est le hu

publié chez
VLB ÉDITEUR.

La collection « Roman »
est dirigée par Jean-Yves Soucy.

VLB éditeur bénéficie du soutien de la Société de développement des entreprises culturelles du Québec (SODEC) pour son programme d'édition.

Gouvernement du Québec – Programme de crédit d'impôt pour l'édition de livres – Gestion SODEC.

Nous reconnaissons l'aide financière du gouvernement du Canada par l'entremise du Programme d'aide au développement de l'industrie de l'édition (PADIÉ) pour nos activités d'édition.

Nous remercions le Conseil des Arts du Canada de l'aide accordée à notre programme de publication.

MARIA MONK

DE LA MÊME AUTEURE

Healing Passion, Londres, Black Lace, 1995.
The King's Girl, Londres, Black Lace, 1996.
Jasmine Blossoms, Londres, Black Lace, 1997.
Une libertine en Nouvelle-France, Montréal, VLB éditeur, coll. « Roman érotique », 2005.
Sexy sashimi, Montréal, VLB éditeur, coll. « Roman érotique », 2006.

Sylvie Ouellette

MARIA MONK

roman

vlb éditeur

VLB ÉDITEUR
Une division du groupe Ville-Marie Littérature
1010, rue de La Gauchetière Est
Montréal (Québec) H2L 2N5
Tél.: (514) 523-1182
Téléc.: (514) 282-7530
Courriel: vml@sogides.com

Conception de la couverture: Anne-Maude Théberge
En couverture: *Study of Nuns, a Novice and an Abbot*, huile sur toile,
© The Bridgeman Art Library

Données de catalogage avant publication de Bibliothèque et Archives Canada

Ouellette, Sylvie, 1964-
Maria Monk
(Roman)
ISBN 978-2-89005-873-6
1. Monk, Maria, m. ca 1850 – Romans, nouvelles, etc. I. Titre.

PS8579.U34M37 2007 C843'.54 C2006-942044-0
PS9579.U34M37 2007

DISTRIBUTEURS EXCLUSIFS:

- Pour le Québec, le Canada
et les États-Unis:
LES MESSAGERIES ADP*
955, rue Amherst
Montréal (Québec) H2L 3K4
Tél.: (514) 523-1182
Téléc.: (450) 674-6237
*Filiale de Sogides ltée

- Pour la Belgique et la France:
Librairie du Québec / DNM
30, rue Gay-Lussac
75005 Paris
Tél.: 01 43 54 49 02
Téléc.: 01 43 54 39 15
Courriel: direction@librairieduquebec.fr
Site Internet: www.librairieduquebec.fr

- Pour la Suisse:
TRANSAT SA
C.P. 3625
1211 Genève 3
Tél.: 022 342 77 40
Téléc.: 022 343 46 46
Courriel: transat-diff@slatkine.com

Pour en savoir davantage sur nos publications,
visitez notre site: **www.edvlb.com**
Autres sites à visiter: www.edhomme.com • www.edtypo.com
• www.edjour.com • www.edhexagone.com • www.edutilis.com

Dépôt légal: 1er trimestre 2007
Bibliothèque et Archives nationales du Québec, 2007
Bibliothèque nationale du Canada

ISBN 978-2-89005-873-6

à Michel Saint-Germain,
merci de m'avoir présenté Maria Monk…

Un mensonge peut faire le tour de la Terre pendant que la vérité est encore en train en mettre ses souliers.

Mark Twain

Prologue

New York, novembre 1834

– Nous aurions bien besoin de draps et de couvertures, déclara Mme Lowell en examinant le grand cahier ouvert devant elle.

Mme Slocum acquiesça.

– Oui, dit-elle. Les dons généreux que nous avons reçus récemment nous ont bien aidés à regarnir nos garde-manger et notre literie. Mais avec l'hiver qui s'en vient, nous serons certainement à court bientôt.

Dans la pénombre de la grande salle, leurs voix faisaient écho et apportaient un peu de chaleur à l'atmosphère froide et humide. Dehors, le vent d'automne battait violemment contre les carreaux vitrés, entraînant avec lui des feuilles mortes et quelques petits bouts de branches. Assise devant les deux femmes, de l'autre côté de la grande table, la jeune Emily Taylor essayait tant bien que mal de voir ce qu'elles inscrivaient dans le cahier. Elle se tordait le cou d'un côté puis de l'autre, tentant en vain de lire les mots à mesure que Mme Slocum les traçait sur la page. L'une après l'autre, les femmes balayaient du regard la salle, si vaste que même la lueur provenant de la lampe à huile fixée au mur, combinée à celle de la lampe posée sur la table, ne pouvait complètement l'éclairer.

Le soir, l'hospice méthodiste de la 22e Rue prenait des airs lugubres, totalement différents de la joyeuse atmosphère qui y régnait le jour. Les dames assurant la bonne marche de l'établissement s'occupaient des jeunes femmes qui y séjournaient temporairement, les encourageant à prendre part aux travaux ménagers ainsi qu'à la préparation des repas. Au moment du service, les rires fusaient, mêlés aux cliquetis des couverts. Entre les repas, la salle était quand même animée, certaines femmes aidant à la lessive, tandis que d'autres s'adonnaient à la couture tout en discutant rondement. Mais le soir, lorsque ces femmes étaient reparties ou montées au dortoir pour la nuit, la grande salle s'assombrissait et ne faisait que renvoyer les échos lointains de l'extérieur. Même les murs blanchis à la chaux devenaient ternes et gris.

Avant de retourner chez elles, Abigail Slocum et Hannah Lowell se devaient d'inscrire dans le grand cahier toutes les observations de la journée : les noms des nouvelles arrivantes, la quantité de repas servis, le nombre de draps et de couvertures utilisés, les dépenses encourues et une foule d'autres petites choses dont les pasteurs méthodistes dirigeant l'établissement voulaient être informés.

Au début de la trentaine, Abigail Slocum était mariée au Révérend John Jay Slocum, le directeur de l'établissement, et secondait son mari dans les tâches administratives. Malgré sa silhouette menue et ses cheveux blonds lui donnant l'allure d'une fragile poupée de porcelaine, Mme Slocum était en fait une femme déterminée, dont la générosité n'avait d'égales que sa force de caractère et sa droiture. Plusieurs soupçonnaient que le dévouement dont elle faisait preuve jour après jour à l'hospice de la 22e Rue était en fait une façon d'oublier la peine de ne pas pouvoir avoir d'enfants.

Hannah Lowell avait eu, quant à elle, un cheminement diamétralement opposé. Et même physiquement, elle était aussi brune et aussi corpulente que Mme Slocum était pâle et délicate. Ayant élevé quatre enfants dont le dernier avait depuis peu quitté le nid familial, elle se retrouvait, à l'aube de la cinquantaine, presque désœuvrée. Épouse d'un riche banquier souvent absent, elle aimait se rendre utile et secondait sa jeune amie Abigail de façon magistrale, mettant ainsi à profit l'expérience glanée dans le cadre d'une vie familiale active.

Emily Taylor, pour sa part, faisait don de ses nuits à l'hospice. Pas encore mariée malgré ses vingt-deux ans, elle préférait œuvrer pour les bonnes causes plutôt que de fréquenter les cotillons et autres événements mondains. Elle se savait pas très jolie et, étant d'origine modeste, cette situation la désavantageait lorsqu'elle se retrouvait en société. À l'hospice, par contre, rien de cela n'importait. Donc elle se faisait un plaisir de s'y rendre presque quotidiennement, en début de soirée, pour y dormir et veiller à ce que personne ne manque de rien. Il y avait maintenant plus d'un mois qu'elle s'y dévouait. Elle croyait bien être habituée au roulement routinier et aux diverses anicroches rencontrées occasionnellement, mais rien n'aurait pu la préparer à l'arrivée de celle qui allait tout bouleverser dans la vie du modeste établissement.

Au moment où les dames s'apprêtaient à lui faire leurs recommandations tout en enfilant leurs manteaux, elles furent surprises par un grincement inattendu. Tournant la tête, Emily vit la clenche de la grande porte se lever, puis s'abaisser lentement, avec une espèce d'hésitation. Les deux dames se figèrent et suivirent son regard. Le vent s'engouffra dans l'hospice, faisant voler la porte si fort qu'elle alla claquer contre le mur.

Dans l'entrée, une silhouette immobile se tenait sur le seuil. Seuls les longs cheveux bruns ébouriffés par le vent permettaient de conclure qu'il s'agissait d'une femme. Dans la pénombre, on pouvait deviner sa petite main, toujours placée comme si elle tenait encore la clenche que la bourrasque venait de lui arracher. Lorsque le vent repoussa ses cheveux, découvrant son visage si sale qu'on pouvait à peine distinguer ses traits, seuls ses yeux lui donnaient une apparence humaine. Jeunes, mais ternes et sans vie, ils reflétaient la faible lueur de la lampe qu'ils fixaient. Par-dessus tout, ils trahissaient une extrême lassitude : l'inconnue n'aurait probablement pas eu la force de pousser la porte sans l'aide d'un coup de vent violent et glacial.

Finalement, le vent pénétrant dans l'hospice fit tinter la cloche qu'on tirait habituellement avant d'ouvrir la porte. Comme si le son rétablissait enfin l'ordre des choses, Mme Slocum se secoua et alla accueillir la nouvelle arrivante.

– Entrez, ma fille, dit-elle en passant un bras autour des épaules de la femme qui n'avait toujours pas bougé.

Mme Lowell, qui avait accouru à ses côtés en apportant la lampe, referma la porte derrière elles. L'inconnue se laissa docilement mener vers la table, toujours pétrifiée. Emily la regarda fixement. Depuis qu'elle s'était jointe aux dames de l'hospice, il lui était souvent arrivé de voir des femmes en piteux état. Mais rien de ce qu'elle avait connu jusqu'à maintenant ne se comparait à la triste allure de celle qui se tenait devant elle à ce moment-là.

Lorsqu'elles lui retirèrent son manteau, les deux dames se regardèrent d'un air entendu qui n'échappa point à Emily. C'était un manteau d'homme dont les poignets trop longs, complètement effilochés, avaient été retroussés. Tous les boutons avaient été arrachés et une vieille lanière de cuir nouée tenait lieu de ceinture. Il ne restait que deux lambeaux de mince tissu à l'endroit où les poches auraient dû se trouver. Bref, le vêtement était en si mauvais état qu'il n'était bon qu'à jeter et laissait deviner que celle qui le portait avait erré longtemps, ou encore avait connu une route difficile. Même une fois assise à la table, l'inconnue continuait à regarder fixement la lampe à travers les mèches de cheveux qui pendaient devant son visage.

Maintenant on voyait bien qu'elle était jeune, à peine vingt ans, peut-être même moins. Son visage n'avait sans doute pas été lavé depuis longtemps. Dans sa chevelure sale, on pouvait voir des brins de foin et des brindilles, de même que des parcelles de feuilles mortes. Sur un côté, un énorme amas de cheveux emmêlés s'était formé, à tel point qu'on devrait probablement lui raser la tête, faute de pouvoir en venir à bout. Outre sa robe déchirée à l'épaule et son menton égratigné, la jeune femme ne présentait aucune blessure physique.

Mais dans ce regard vide, Emily Taylor pouvait facilement lire une souffrance morale atroce. Elle ne pouvait s'empêcher de fixer cette femme qui s'était docilement laissé diriger alors qu'on l'avait fait asseoir à la table. Déjà Mme Lowell revenait de la cuisine où elle était allée prendre un quignon de pain et un bol de soupe qui, faute d'être encore chaude, serait quand même nourrissante. Pour un instant, l'inconnue sembla sortir de sa torpeur. Ignorant la cuillère qu'on lui tendait, elle empoigna le bol et le porta à sa bouche de façon brusque. La portion qui tomba sur le corsage de sa robe ne parut aucunement l'incommoder. On aurait même pensé qu'elle ne s'en était pas aperçue, mais au moment où le bol fut vide elle s'empressa de recueillir les petits morceaux de viande et de carotte avec ses doigts sales pour n'en rien laisser. À chaque bouchée qu'elle prenait, on l'entendait déglutir goulûment. Mais loin de suggérer un manque de bonnes manières, son comportement laissait plutôt croire qu'elle était simplement affamée.

De la même façon, elle empoigna le quignon de pain que lui tendit Mme Lowell et, sans même prendre le temps de le rompre, le déchira avec ses dents. Ne cessant pas de la regarder, Emily remarqua ses ongles cassés et les poignets des manches de sa robe, tout aussi effilochés que ceux de son manteau.

– Comment vous appelez-vous, mon enfant ? demanda Mme Slocum.

L'inconnue parut ne pas l'entendre. Jamais elle ne leva les yeux pour regarder les femmes autour d'elle, encore moins l'endroit où elle se trouvait. Après qu'elle eut fini de manger, elle poussa un long soupir. Bien qu'elle semblât avoir repris un peu de forces, son visage demeurait toujours figé.

– D'où venez-vous ? Voulez-vous dormir ici ? demanda Mme Slocum. Nous pouvons vous préparer un bain et un lit.

Toujours aucune réponse ni aucun signe d'acquiescement de la part de l'inconnue. Méthodiquement, elle ramassait une à une les miettes de pain qui étaient tombées sur la table pour les manger. Les trois femmes se regardèrent.

– Peut-être est-elle sourde, suggéra Emily.

Hannah Lowell sourit et, levant la main, fit signe aux deux autres de ne pas parler.

– Voulez-vous encore un peu de soupe ? demanda-t-elle en se tournant vers l'inconnue.

En guise de réponse, celle-ci lui tendit son bol. Les trois femmes sourirent.

– Emily, allez faire chauffer de l'eau pendant que nous essayons d'en savoir plus sur notre nouvelle pensionnaire, demanda Mme Slocum. Nous allons ensuite lui faire prendre un bain.

À contrecœur, Emily se retira vers la buanderie. Intriguée par la nouvelle arrivante, elle était curieuse elle aussi d'en savoir plus long, impatiente de revenir dans la grande salle. Elle fut heureuse de constater que le feu n'était pas complètement éteint et que quelqu'un avait eu la présence d'esprit de laisser un chaudron plein d'eau suspendu au-dessus. De cette façon, il lui serait bien plus rapide de préparer ce bain. À peine avait-elle eu le temps de verser l'eau et de sortir une savonnette et une serviette du grand placard que déjà Mme Slocum s'approchait d'elle.

– C'est bien étrange, dit celle-ci. Elle refuse de nous parler, mais elle ne donne aucun signe qui nous laisserait croire qu'elle soit muette. Elle réagit à peine à ce que nous lui disons et ne nous regarde même pas. Je me demandais si par hasard elle ne parlait pas notre langue, mais elle semble bien nous comprendre. Son silence est volontaire, je dirais. Il devrait bien y avoir un moyen de la faire réagir.

– Peut-être est-elle fatiguée ou a-t-elle peur, suggéra Emily.

– Cela se pourrait. Nous allons la laisser se laver et ensuite nous la coucherons. Demain matin, dès la première heure, je serai de retour avec mon mari. Peut-être réussira-t-il à la faire sortir de son mutisme.

Accompagnée de l'inconnue, Mme Lowell vint les rejoindre.

– Nous allons nous occuper d'elle, Emily. Allez voir parmi les lits disponibles lequel lui conviendrait le mieux.

Encore une fois, Emily les laissa, non sans se sentir légèrement vexée. Par contre, quelque chose lui disait que Mmes Slocum et Lowell n'en sauraient pas plus ce soir, elles non plus. Saisissant une lampe, elle monta à l'étage et fit silencieusement le tour du dortoir. Il y restait quelques lits vacants, mais Emily voulait offrir le meilleur à cette pauvre femme pour laquelle elle ressentait déjà une certaine affection. Dans le fond, les lits disponibles étaient réputés pour être les plus inconfortables. Ceux près des fenêtres étaient les plus froids. Le seul qui restait était celui près de l'escalier, celui qui était caché par un grand rideau : le lit dans lequel Emily elle-même dormait habituellement.

Elle resta un moment immobile, écoutant d'une oreille distraite les ronflements de quelques-unes des dormeuses, tandis qu'elle soupesait sa décision. Elle savait qu'elle dormirait mal dans un des autres lits, mais elle pourrait toujours faire une sieste chez elle, le lendemain après-midi. L'inconnue, de son côté, n'avait probablement pas nulle part où loger, et Dieu seul savait quand elle avait dormi dans un vrai lit. Emily se retourna en entendant le bruit de quelqu'un qui montait.

– Où va-t-elle dormir ? demanda Mme Lowell en chuchotant.

– Je vais lui céder ma place.

– Vous êtes bien bonne, ma chère fille. Tirez bien le rideau. De cette façon, demain matin les autres ne se douteront pas de sa présence et ne l'importuneront pas à leur réveil.

À peine avait-elle fini de parler que Mme Slocum arrivait avec l'inconnue qui était pieds nus, vêtue d'une simple chemise de nuit blanche. Ses cheveux n'avaient pas été lavés ni démêlés, mais, au moins, on les avait débarrassés de la majeure partie des saletés qui s'y trouvaient auparavant. Rapidement noués derrière sa tête, ils dégageaient son visage maintenant propre. La regardant de nouveau, Emily estima que l'inconnue avait environ le même âge qu'elle. Ses traits étaient doux et elle serait probablement jolie si, au moins, elle souriait.

Ensemble, les trois femmes la firent coucher. Encore une fois, la jeune femme se laissa faire sans dire un mot, sans leur adresser un sourire, sans même les regarder. Elle ferma les yeux et sembla s'endormir presque aussitôt. Emily tira le rideau, souhaita une bonne nuit à ses compagnes et alla à la recherche du lit qui serait le moins inconfortable.

Emily n'osait pas tirer la couverture trop haut, sachant que ses pieds seraient alors découverts. Depuis un long moment, elle essayait de trouver le sommeil. Parfois, elle commençait à sombrer dans un état second, mais chaque fois un ronflement, un grincement provenant d'un des lits de fer ou une bourrasque de vent battant contre la fenêtre la réveillait. Elle ne pouvait chasser de son esprit l'image de cette inconnue qui dormait non loin d'elle. Qui était-elle ? De toute évidence, ni Mme Slocum ni Mme Lowell ne semblaient la reconnaître, ce qui la portait à penser que la mystérieuse jeune femme n'était encore jamais venue à cet hospice. D'où venait-elle ? Elle était dans un si mauvais état à son arrivée qu'il était facile de conclure qu'elle n'avait rencontré aucune âme charitable pour l'aider.

Se retournant une dernière fois, Emily frotta ses mains froides l'une contre l'autre. Le sommeil venait, elle le sentait. Une certaine torpeur l'envahissait peu à peu, lui apportant cet effet de chaleur qui lui permettrait bientôt de finalement s'endormir. Mais soudain un cri déchirant se fit entendre. Son sang se glaça malgré la couverture de laine qui la recouvrait et son cœur se mit à battre plus vite et plus fort. Il lui fallut un instant pour réaliser ce qui se passait. Déjà quelques-unes des pensionnaires étaient réveillées et des voix endormies mais surprises se faisaient entendre.

Réagissant enfin, Emily repoussa la couverture et saisit la lampe qu'elle avait accrochée au pied du lit. D'une main tremblante, elle allongea la mèche et la flamme s'amplifia aussitôt, jetant une pâle lumière jaune dans le dortoir, étirant les ombres ainsi créées. Trois femmes étaient debout et observaient d'un air inquiet le rideau derrière lequel l'inconnue dormait. Emily se leva et les rejoignit. De nouveau on entendit un cri, plus faible, puis un gémissement. Emily regarda autour d'elle. Plusieurs femmes l'observaient. Dans leurs yeux, Emily pouvait lire leur étonnement ; d'habitude, c'était elle qui dormait à cet endroit. Bien sûr, personne ne pouvait savoir qu'elle avait cédé sa place à une inconnue dont on ignorait encore le nom. Elle ouvrit le rideau.

L'inconnue était assise dans le lit, regardant fixement devant elle. Son souffle rapide, ses narines dilatées et ses lèvres tremblantes trahissaient sa peur. De toute évidence, elle venait de faire un cauchemar. Emily s'assit auprès d'elle sur le bord du lit.

– Ce n'est rien, dit-elle. Vous avez fait un mauvais rêve.

Elle tendit la main et voulut la placer sur le bras de l'inconnue, dans un geste de réconfort. La jeune femme se recroquevilla, comme un animal apeuré, les yeux toujours fixes. Un moment plus tard, elle retomba sur son oreiller, se tourna vers le mur et se mit à sangloter.

Emily hésita un instant. Son instinct et sa compassion lui dictaient de faire quelque chose pour aider cette malheureuse, mais elle ne savait pas quoi. Une des femmes, la grande Ruth, la prit par le bras et lui fit signe de se recoucher. Pendant un moment toutes les femmes, autant celles qui étaient debout que celles qui étaient restées assises dans leurs lits, se regardèrent sans dire un mot. Chacune avait connu des moments difficiles et pouvait comprendre la tristesse de cette pensionnaire qu'elles ne connaissaient même pas. Une à une, elles retournèrent dormir, tandis que derrière le rideau les sanglots faiblissaient.

– Ma pauvre Emily, dit Mme Slocum. Mais quelle sorte de nuit avez-vous donc passée ?

– Oh, madame ! Si vous saviez !

– À peine avons-nous mis un pied à l'intérieur que déjà nous n'entendons parler que de cette nouvelle pensionnaire. Est-ce vrai qu'elle vous a tenu éveillées toute la nuit ?

– Oui, répondit faiblement Emily en hochant la tête. Elle faisait sans cesse des cauchemars et criait dans son sommeil. Elle se réveillait en sursaut, se mettait à pleurer et se rendormait jusqu'à ce qu'un autre cauchemar la réveille. Jamais je n'avais vu une telle chose.

Mme Slocum regarda son mari qui l'accompagnait. Un homme de très grande taille, aux cheveux noirs proprement lissés, le Révérend John Jay Slocum contemplait d'un œil bienveillant, derrière de petites lunettes rondes, la grande salle qui bourdonnait d'activité. Malgré le fait qu'il ait à peine plus de trente ans, John Slocum possédait une solide réputation en tant que pasteur et s'attirait beaucoup de respect à titre de directeur de plusieurs œuvres de bienfaisance.

– Où est-elle ? demanda-t-il d'un ton calme, mais qui laissait transpirer une certaine inquiétude.

– Elle est à la cuisine, répondit Emily. Puisqu'elle avait passé une mauvaise nuit, je l'ai laissée dormir plus longtemps que les autres. Lorsqu'elle est descendue, le petit-déjeuner était déjà terminé, alors je l'ai installée dans la cuisine pour qu'elle puisse manger en paix.

– Vous avez bien fait, dit le Révérend. Selon ce que vous venez de me raconter, il semblerait que son âme soit en proie à des souffrances atroces. Mêlée aux autres femmes, elle deviendrait un objet de curiosité et se ferait poser beaucoup de questions, ce qui risquerait de l'apeurer encore plus.

– C'est singulier, ajouta Emily. Lorsqu'elle s'est réveillée, elle était tout à fait calme. Rien de ce qu'elle a dit ne nous donne d'indices concernant son identité et sa provenance.

– Elle parle donc ! s'écria Mme Slocum.

– Elle a prononcé à peine quelques mots, pour demander à manger et à faire sa toilette. J'ai essayé de lui poser quelques questions, mais elle n'y répond pas.

– Allons la voir, déclara le Révérend. Peut-être réussirons-nous à gagner sa confiance.

Le pasteur et sa femme trouvèrent la jeune femme assise près du long comptoir de cuisine. On lui avait donné une robe qui malheureusement était trop courte et trop serrée pour elle. Les boutons du corsage semblaient sur le point de céder sous la tension de sa poitrine gonflée. Sa taille épaisse se trouvait complètement moulée par le tissu de la robe qui était étiré au maximum et laissait voir un petit ventre rond. Néanmoins, elle avait bien meilleure mine que lors de son arrivée. On avait peigné ses longs cheveux bruns tant bien que mal : même si certaines mèches restaient mêlées, sa tignasse était propre et on n'aurait probablement pas besoin de la raser. Son visage frais aux traits jeunes et aux joues pulpeuses était d'aspect plus agréable. Les cernes sous ses yeux gris étaient moins prononcés, mais une certaine lassitude se lisait encore dans son regard.

Elle mangeait de façon moins goulue que la veille, mais avec une telle ardeur qu'on devinait tout de suite qu'elle ne laisserait pas la moindre miette.

– En voici une qui a tout un appétit ! s'écria la cuisinière en apercevant le Révérend Slocum et sa femme. C'est déjà la troisième bolée qu'elle avale !

– Eh bien ! dit le Révérend en souriant à la jeune femme. C'est réconfortant de voir que notre nourriture est appréciée !

Tirant un tabouret, il s'installa près de l'inconnue qui l'examina de la tête aux pieds d'un œil méfiant. Puis, elle soutint son regard pendant quelques instants. Mme Slocum ne put s'empêcher de constater à quel point la jeune femme paraissait plus forte que la veille, aussi bien de corps que d'esprit.

– Écoutez, mon enfant, dit le Révérend. On me dit que vous êtes arrivée très tard hier soir et qu'il semblerait que vous veniez de loin. Est-ce vrai ?

La jeune femme continua de manger tout en le regardant, mais ne répondit pas. Mme Slocum s'approcha à son tour et lui sourit.

– Nous savons que vous pouvez parler. Ne craignez rien. Vous pouvez tout nous dire. Le Révérend et moi ne cherchons qu'à vous aider.

– Révérend ? répondit enfin la jeune femme d'une voix faible et tremblante. Vous êtes prêtre ?

– Je suis pasteur méthodiste, répondit-il. L'hospice appartient à notre congrégation et j'en suis le principal administrateur. Êtes-vous catholique ? Voudriez-vous voir un prêtre ?

À ces mots, la jeune femme prit un air effrayé.

– Non ! Pas de prêtre ! Plus jamais !

Mme Slocum lui parla d'une voix douce :

– Comme vous voudrez, mon enfant. Peu importe vos croyances, nous ferons de notre mieux pour vous aider. Mais d'abord, nous devons en savoir plus long sur vous.

L'inconnue les regarda tour à tour. Petit à petit, des larmes montèrent à ses yeux et c'est en étouffant un sanglot qu'elle leur répondit enfin :

– Vous ne pouvez pas m'aider. Personne ne peut m'aider.

– Mais dites-nous donc ce qui vous bouleverse, l'encouragea le Révérend. Pouvez-vous au moins nous dire votre nom ? Lorsque nous en saurons plus, nous pourrons peut-être trouver un moyen d'apaiser vos souffrances. Car il est clair que vous avez beaucoup de peine, n'est-ce pas ?

– Je ne peux pas en parler. C'est trop horrible.

– Mon enfant, les femmes qui trouvent refuge ici ont souvent connu des moments bien difficiles. Mon épouse et moi avons reçu beaucoup de confidences atroces, vous savez.

– Mais si je parle, plusieurs seront en danger de mort.

– Est-ce si affreux ? Dites toujours. Avec l'aide de Dieu, peut-être trouverons-nous une solution.

Sans se lever, la jeune femme déposa son bol sur le comptoir et tourna son visage vers la fenêtre. De nouveau son regard prit une expression vague et vide.

– Personne ne peut m'aider, dit-elle dans un faible murmure, comme si elle se parlait à elle-même. Pas même Dieu.

PREMIÈRE PARTIE

Chapitre premier

Assise sur un petit tabouret, l'inconnue restait silencieuse. Elle n'eut qu'un petit gémissement, à peine perceptible, au moment où Emily lui tira les cheveux légèrement, mais bien involontairement, tout en les brossant. À chaque passage de la brosse, la tête de l'inconnue cédait sous l'effet de la traction, comme si son cou était trop faible pour y résister. Désormais ses cheveux étaient propres, bien lisses et légèrement ondulés. Emily essayait de les rassembler pour en faire une large natte.

Dans la grande salle, le petit groupe constitué de Mmes Slocum et Lowell, Emily, l'inconnue et le Révérend Slocum était de nouveau réuni, un peu à l'écart des pensionnaires pour s'isoler de l'activité de l'hospice et du bruit.

– Je m'appelle Maria, dit la jeune femme lentement et sans enthousiasme, regardant fixement la table devant laquelle elle était assise. Maria Monk. J'arrive de Montréal, au Canada.

Le Révérend Slocum et sa femme poussèrent à l'unisson un soupir de soulagement, et leurs visages s'illuminèrent.

– À la bonne heure ! s'exclama le Révérend d'un ton enjoué, en claquant des mains. Finalement, vous n'êtes plus une inconnue ! Maintenant, racontez-nous ce qui vous a amenée ici…

Mais alors qu'ils continuaient à la regarder, bouche bée, attendant qu'elle en dise plus long, la jeune femme se leva, prit le ruban avec lequel Emily s'apprêtait à lui nouer les cheveux et retourna à la cuisine. Ce fut au tour de Mme Lowell de pousser un soupir, cette fois plutôt pour exprimer son découragement.

Se levant brusquement, le Révérend Slocum fit signe aux femmes de rester où elles étaient et suivit Maria à la cuisine. La jeune femme avait terminé elle-même de nouer ses cheveux, puis avait entrepris de laver la vaisselle, lentement et méthodiquement. Elle bougeait sans grande hâte, mais sans hésitation non plus.

– Voyons, mademoiselle Monk, en voilà des façons !

Le ton du Révérend Slocum était à la fois désapprobateur et doux. D'un geste silencieux, il demanda aux autres pensionnaires qui se trouvaient dans la cuisine de les laisser seuls, puis il attendit un instant avant de s'approcher de la grande cuve. Maria agissait exactement comme s'il n'était pas là, frottant un bol puis un autre, travaillant comme un automate. De toute évidence, elle savait que le Révérend l'avait suivie, mais elle ne s'arrêta jamais pour le regarder.

– Vous savez que cet établissement existe depuis plus de cinquante ans ?

Le Révérend Slocum avait repris son ton enjoué tout en tirant vers lui un petit tabouret. Il retira son veston, lissa ses manches, puis pinça le tissu de son pantalon au-dessus des genoux pour le relever légèrement. Tant bien que mal, il s'accroupit pour s'asseoir sur le petit tabouret, dans un mouvement qui laissait voir qu'il n'avait pas l'habitude de poser son postérieur sur un siège si bas. De sa nouvelle posture, il se trouvait alors obligé de lever la tête pour voir Maria. Celle-ci s'arrêta un instant, le regarda d'un air surpris, puis retourna tout aussi vite à sa tâche.

– Durant toutes ces années, continua-t-il, nous avons dû aider… voyons… oh, je dirais près de deux mille femmes, peut-être plus ? Certaines ne restent avec nous que le temps d'une nuit, d'autres pendant plusieurs semaines. Elles ont toutes un problème à régler, un obstacle à surmonter, une épreuve à traverser. Nous les assistons du mieux que nous pouvons, même si parfois nos moyens sont bien limités. Nous ne demandons pas grand-chose en retour : un peu d'aide avec les tâches ménagères, un minimum de discipline et le respect des autres. En général, nous posons très peu de questions, car la plupart de ces femmes se confient spontanément. Alors, vous comprendrez mon désarroi face à votre attitude. Vous êtes ici depuis déjà trois jours, mais personne ne vous connaît encore. Vous nous avez dit vous-même que vous veniez de loin. Cependant, nous ne pouvons nous empêcher de croire que l'état dans lequel vous vous trouviez à votre arrivée n'est pas seulement le résultat d'un long voyage, n'est-ce pas ? Vous avez traversé une épreuve bien difficile, j'en suis sûr. Nous n'avons trouvé aucun papier sur vous ; comment avez-vous fait pour passer la frontière ? Comment avez-vous trouvé à vous loger et à vous nourrir, sans un sou en poche ? Car il est évident…

Il s'interrompit un moment, visiblement gêné, et chercha ses mots pendant qu'il observait Maria, s'attardant sur ses formes généreuses enserrées dans sa robe trop petite.

– Vous ne me paraissez pas avoir trop souffert de malnutrition, dit-il en toussotant nerveusement. Par contre, à en juger par ce que vous nous avez dit hier, vous semblez aussi avoir perdu la foi, et voilà quelque chose de bien triste.

À ces mots, Maria suspendit subitement son travail. Elle le regarda froidement et ne sembla nullement amusée par l'image d'un homme d'une prestance si digne, impeccablement vêtu de noir, se trouvant dans une position si peu élégante.

– La foi serait-elle le seul moyen de remédier aux problèmes du monde ? demanda-t-elle d'un ton sec.

– C'est selon…, commença le Révérend.

Il n'eut pas le temps de finir sa phrase. Quelques coups discrets mais fermes frappés à la porte le firent sursauter. Sursautant également, Maria se tourna vers la porte qui, un instant plus tard, s'entrouvrit légèrement. Le visage d'un homme apparut dans l'entrebâillement. Sa tête garnie d'une masse de boucles couleur de cuivre s'inclina de côté. Il sourit d'abord au Révérend Slocum, puis, dirigeant son regard vers Maria, il l'observa avec attention, de la tête aux pieds, d'un air à la fois amusé et intrigué. À première vue, il devait avoir environ le même âge que le Révérend, mais il semblait moins empesé et plus espiègle. Les commissures de ses lèvres s'étirèrent davantage alors qu'il examinait Maria et, à la stupéfaction de Slocum, celle-ci lui sourit à son tour.

– Veuillez excuser cette intrusion, dit l'homme d'un ton gai, mais Mmes Slocum et Lowell m'ont informé qu'il y avait ici une jeune femme aussi mystérieuse que charmante, et je n'ai pu résister à la tentation de venir la rencontrer.

Ses yeux vifs se promenèrent rapidement entre le Révérend Slocum et Maria, comme s'il attendait une réponse sans savoir de qui elle viendrait. Mais déjà Maria était retournée à sa vaisselle. Slocum se leva et alla accueillir le nouvel arrivant.

– Mon cher Hoyt! dit-il. Quelle heureuse surprise! Je suis bien content de vous voir de retour à New York! Et vous tombez à point: la voici, votre jeune femme tout à fait charmante, et effectivement bien mystérieuse, qui vient de me poser une question tout aussi énigmatique: la foi peut-elle être un remède à tout?

Ce fut au tour de Hoyt d'aller s'asseoir sur un petit tabouret, de l'autre côté de la cuve où Maria finissait de laver la vaisselle. Sans dire un mot, il la fixait des yeux, de façon si intense qu'elle finit par le regarder elle aussi. De nouveau ils échangèrent un sourire.

– Vous vous appelez Maria, me dit-on? Un bien beau nom, celui de la mère du Christ.

À ces mots, Maria se renfrogna brusquement. Hoyt se mit à rire.

– Elle n'apprécie pas, cette petite! Serait-elle athée?

Il se leva et se mit à marcher de long en large dans la grande cuisine, ralentit alors qu'il passait près de Maria et l'observa d'un air narquois, toujours en penchant la tête de côté.

– Marie... Marie... la mère de Dieu... à condition de croire en Dieu, fit-il d'un ton sentencieux. Maria, Maria, Maria... Un nom qu'on retrouve de tout temps, peut-être aussi dans toutes les langues, dans tous les pays. Et cette Maria qui nous intrigue tant vient de Montréal. C'est plutôt loin d'ici, non? Je le sais car je m'y rends souvent, vous savez. Ma mère est canadienne. Et j'aurai certainement l'occasion d'y retourner prochainement. Peut-être pourrons-nous faire le voyage ensemble lorsque vous déciderez de rentrer ?

Il s'était arrêté près de Maria quand il termina sa phrase, baissant le ton comme s'il s'agissait d'une confidence. Son visage se trouvait alors tout près de celui de la jeune femme. Elle se retourna pour le regarder, toujours silencieuse. Ils s'étudièrent un moment : il conserva son air narquois et elle, son impassibilité. Mais au bout d'un instant, elle rougit légèrement et se détourna.

– Je ne veux pas y retourner, fit-elle d'une voix à peine perceptible, mais qui trancha avec le silence de la grande cuisine vide. Jamais.

– Jamais ? répéta Hoyt. Que voilà un bien grand mot. Un mot qu'on ne devrait pas utiliser à tort et à travers. Surtout à votre âge, puisque vous n'avez que… dix-sept, dix-huit ans ?

– Dix-neuf, répondit Maria.

– Dix-neuf… Et pourquoi donc ne voulez-vous pas y retourner ?

Ayant achevé de laver la vaisselle, Maria étendit les linges sur leur support et se dirigea vers la porte. Hoyt s'élança prestement et se plaça devant elle pour l'empêcher de sortir. Maria, qui était aussi grande que lui, le défia du regard.

– Laissez-moi sortir, dit-elle d'une voix grave qui laissait poindre un début de colère.

Hoyt ne bougea pas. Son éternel sourire demeurait à peine visible au coin de ses lèvres, mais son visage se montrait désormais beaucoup plus sérieux. Glissant la main dans son dos, il saisit d'un geste souple et rapide la poignée de la porte pour la fermer complètement.

– Mais qu'est-ce qui vous presse tant, chère demoiselle ? demanda-t-il d'un ton grave, presque accusateur. Pourquoi cherchez-vous à vous soustraire à nos questions ?

Le Révérend se leva et les rejoignit.

– Voyons, mon cher William, notre hospice n'est pas une prison, annonça-t-il en haussant la voix. Si Maria veut retrouver les autres, elle est bien libre de le faire...

– Si elle veut se débarrasser de nous, voulez-vous dire. Malheureusement, je me dois d'insister, ajouta-t-il en s'adressant au Révérend, comme si la jeune femme n'était pas présente. Elle est ici depuis trois jours, et nous ne savons toujours rien d'elle. Il est bien évident, rien que de voir sa façon de laver la vaisselle, qu'elle n'appartient pas à la classe fortunée. Pourquoi tant de mystère ? Qu'a-t-elle donc à cacher ? Elle dit qu'elle vient de Montréal, mais refuse de nous en dire plus, ne nous donne aucun détail. Ne serait-ce qu'un tissu de mensonges ? Chercherait-elle à échapper à quelqu'un ? À quelque chose ? À la police, peut-être ?

Maria ne bronchait pas et se contentait de regarder Hoyt, mais d'un œil désormais animé d'une vive lueur.

– Auriez-vous eu quelque démêlé avec la justice, mademoiselle Monk ? demanda Hoyt en se tournant vers elle. Dites-nous : qu'avez-vous donc fait ? Qui cherchez-vous à fuir ? Qu'avez-vous volé ?

– Je ne suis pas une voleuse ! cria Maria. Je n'ai rien à me reprocher, je n'ai rien fait de mal. Tout ce que j'ai fait, je l'ai fait contre mon gré. Je ne veux pas retourner à Montréal, je ne veux pas retourner au couvent, je ne veux plus jamais revoir le père Phélan ni les autres !

Maria s'interrompit brusquement et mit sa main sur sa bouche, surprise par ses propres mots. Puis elle se mit à trembler, se tourna légèrement vers le Révérend Slocum et le regarda, les yeux remplis de larmes. Elle fit un pas vers lui mais vacilla, ses jambes se dérobant sous elle. Les deux hommes se précipitèrent pour la soutenir et l'aidèrent à s'asseoir.

Elle posa sa tête sur le dossier de sa chaise droite, et se mit à pleurer doucement. Hoyt vint s'accroupir devant elle.

– Pardonnez-moi, je vous prie, dit-il en lui prenant la main. Mais comprenez que nous ne voulons que vous aider et que, pour y arriver, nous devons savoir ce qui vous tourmente.

Maria se calma rapidement et lui adressa un faible sourire.

– Je veux bien vous croire, fit-elle d'une petite voix tremblotante tout en retirant sa main. Mais ce serait bien dangereux. Plusieurs risquent leur vie à cause de moi.

Le Révérend Slocum lui apporta un verre d'eau.

– Tout ce que vous nous confierez demeurera entre nous, annonça-t-il. Dites toujours, nous verrons bien ensuite ce que nous pourrons faire.

Essuyant ses yeux, Maria se leva et alla vers la fenêtre. Le bruit des gens qui s'affairaient à l'extérieur n'était qu'une rumeur confuse. Le pâle soleil de novembre avait déjà commencé à redescendre dans le ciel ; la journée serait courte.

– Comme vous voudrez, dit-elle enfin, sans regarder ses interlocuteurs. Mais pas ici, pas tout de suite. Mon histoire est bien longue et bien compliquée. Je veux bien vous la raconter, mais ne me demandez pas de noms ; ne me demandez rien de plus que ce que je vais vous dire.

Chapitre II

Maria avait insisté pour qu'Emily assiste à la rencontre, qui se tenait dans l'étude du Révérend Slocum. Mlle Taylor se tenait bien droite sur la petite chaise qu'on lui avait apportée et placée dans le fond de la pièce, le long du mur. Ses mains posées sur ses genoux, elle écoutait attentivement l'histoire de la mystérieuse jeune femme, comme si elle s'attendait à quelque révélation aussi fantastique que terrifiante.

À l'autre bout de la pièce, le Révérend Slocum s'était installé derrière son bureau, bien calé dans son grand fauteuil de cuir capitonné. En face de lui, de l'autre côté du bureau, Maria prenait place dans un fauteuil identique. Mme Slocum était assise aux côtés de son mari. William Hoyt, quant à lui, avait préféré se jucher sur le rebord de la fenêtre, un choix qui avait l'air à la fois d'intriguer et d'amuser Maria.

Les faibles rayons du soleil perçaient le givre de la fenêtre et suffisaient à baigner la silhouette de l'homme et projeter sur le tapis son ombre qui semblait fasciner Maria : elle ne regardait rien d'autre tout en parlant, nullement impressionnée par le décor autour d'elle.

Le bureau du Révérend Slocum était très différent du reste de l'hospice. Les murs lambrissés de chêne couleur caramel conféraient à la pièce un aspect beaucoup plus chaleureux que ceux blanchis à la chaux des salles du rez-de-chaussée. De même, ses dimensions réduites et le plafond mansardé, le tapis bourgogne et les meubles de bois massifs étouffaient considérablement les sons, créant ainsi une ambiance propice aux confidences, ce à quoi Maria se montrait particulièrement disposée ce matin-là.

Elle parlait depuis déjà près d'une heure, d'une voix monocorde et dénuée de toute émotion, ne s'efforçant pas de parler plus fort même si l'atmosphère feutrée du bureau rendait l'écoute difficile. Elle livrait les renseignements de façon chronologique, méthodique, comme une leçon qu'elle aurait maintes fois répétée.

Elle raconta d'abord son enfance qui, selon sa description, avait été passablement mouvementée. Elle était née près de Saint-Jean, au sud de Montréal, de parents d'origine écossaise, mais la famille avait emménagé à Montréal peu de temps après. Son père, un militaire dans l'armée britannique, avait été tué lorsqu'elle n'avait que cinq ans. Mais même avant sa mort, il n'était pour ainsi dire jamais à la maison. Sa disparition n'avait donc été pour Maria qu'un événement parmi d'autres.

Sa mère, qui recevait de l'armée une maigre pension lui permettant à peine de survivre, n'aimait pas sa fille : elle n'avait pas souhaité la naissance de Maria et ne manquait jamais une occasion de le lui rappeler, du moins lors des rares moments où elle daignait s'occuper d'elle. Très tôt, la jeune Maria fut donc souvent laissée à elle-même. Elle était, de son propre aveu, une enfant rebelle, qui n'en faisait qu'à sa tête.

En dépit de ses racines écossaises, elle avait été mise en contact avec la culture française au moment de commencer l'école. Même si sa famille était protestante et de langue anglaise, la petite Maria avait été éduquée par des religieuses catholiques francophones, de façon intermittente. Elle avait d'abord été placée au pensionnat, par la force des choses puisqu'il fallait bien « la mettre quelque part », comme disait sa mère. Mais Maria n'aimait pas l'école et s'enfuyait souvent. On avait aussi essayé deux écoles protestantes, où elle ne fit guère mieux.

Tous ces changements et le manque de supervision parentale avaient laissé leur marque : dès son jeune âge, Maria était constamment tiraillée entre les principes du protestantisme de son milieu d'origine et ceux de la religion catholique que les religieuses lui avaient enseignés.

D'abord, elle avait souvent de la difficulté à s'exprimer. Elle mélangeait les deux langues à l'intérieur d'une même phrase, si bien qu'elle faisait souvent rire d'elle par les autres enfants de son âge, en plus de se voir punir par les adultes. Ensuite, les vues divergentes des deux religions entre lesquelles elle devait se partager la confondaient. La notion de péché de l'Église catholique englobait tant de choses auxquelles les protestants n'attachaient pas autant d'importance que Maria n'était jamais sûre de faire la différence entre ce qui était bien et ce qui était mal, ce qui était permis et ce qui était interdit.

Même s'il n'avait été à peine plus qu'un inconnu, Maria avait néanmoins souffert de l'absence de son père. Sa mère l'ignorait complètement la plupart du temps et ne lui prêtait attention que lorsque venait le temps de la réprimander, ce qu'elle faisait de façon cruelle. Un jour, alors que Maria n'avait que sept ans, sa mère lui enfonça un crayon dans l'oreille, un geste qui non seulement rendit la fillette partiellement sourde, mais lui perfora aussi la boîte crânienne, lui causant des dommages permanents au cerveau.

Par la suite, sa mère la mit au défi d'aller tout raconter à quiconque.

– Tu penses qu'on te croira ? répondait-elle constamment à Maria lorsque celle-ci menaçait de se plaindre de ces mauvais traitements. Je suis ta mère et tu n'es qu'une méchante petite fille, ne l'oublie pas. Personne ne croit jamais ce que les enfants peuvent raconter. Je dirai combien tu es menteuse, et c'est moi qu'on croira, tu verras.

Et pendant près de douze ans, la jeune Maria dut apprendre à ne compter que sur elle-même, ne faisant confiance à personne, s'enfuyant aussi bien de la maison que de l'école dès qu'elle se sentait menacée ou contrainte de faire quelque chose qu'elle ne voulait pas faire, pour ensuite revenir avec l'espoir que la situation se serait améliorée.

Au début de son adolescence, on lui offrit l'opportunité d'aller parfaire son éducation chez les sœurs de la Charité. Ces religieuses catholiques non seulement dirigeaient un des plus gros couvents d'enseignement de la ville, mais elles étaient également celles qu'on envoyait dans les petits villages éloignés pour y enseigner aux enfants des fermiers.

Maria s'empressa d'accepter cette offre croyant que, loin de chez elle, tout serait plus facile. Cependant la vie de pensionnaire au couvent commença rapidement à lui peser. Elle avait l'habitude de tout faire à sa guise et les règlements la suffoquaient. Le soir, elle encourageait ses compagnes à l'accompagner alors qu'elle s'éclipsait en douce, se glissant silencieusement par la fenêtre du dortoir pour aller explorer la ville et découvrir des endroits dont les jeunes filles de son âge n'auraient même pas dû soupçonner l'existence.

Au début, ces fredaines étaient tout à fait puériles. Après quelques mois d'escapade nocturnes, cependant, Maria et ses compagnes poussèrent l'audace jusqu'à se poster, une à la fois, à l'entrée d'une taverne près du port. Aussi bien par goût de l'aventure que par défi, elles voulaient voir si on les remarquerait et quel effet elles auraient sur les hommes. Un peu par jeu, la jeune fille soutenait le regard de celui qui s'arrêtait pour la fixer et lui sourire. Au moment où l'homme s'approchait pour lui parler, la jeune fille s'enfuyait en riant pour aller retrouver ses compagnes embusquées, qui observaient la scène de leur cachette. Toutes les filles avaient essayé à leur tour, mais Maria était de loin celle qui avait le plus de succès.

Maria n'avait alors que quatorze ans, mais son instinct de femme était déjà affiné : elle avait découvert dès le premier soir qu'elle détenait sur les hommes un pouvoir indéniable, un pouvoir qu'elle ne comprenait pas très bien, mais dont elle devinait l'importance.

Elle savait qu'elle était jolie et que ses grands yeux gris acier prenaient le soir des teintes d'ardoise, ce qui était aussi étrange qu'enjôleur. Les hommes qui entraient et sortaient de la taverne ne pouvaient s'empêcher de la regarder. Dans leurs yeux, ce qu'elle lisait lui plaisait : ce n'était pas l'étonnement de voir une si jeune fille se trouver dans un tel endroit à une pareille heure, mais plutôt le désir que tout homme pouvait éprouver à la vue de la femme qu'elle était devenue. Mais une fois, elle se trouva prise à son propre jeu.

Il était jeune, beau et portait des vêtements élégants et propres, se démarquant de ceux des autres clients qui étaient pour la plupart des ouvriers et des matelots, très souvent sales et mal rasés. Maria avait fait de lui sa victime à plusieurs reprises, mais le regard de l'homme posé sur elle la troublait davantage à chaque rencontre et elle mettait de plus en plus de temps à s'enfuir.

Un soir de pluie, elle ne réussit à convaincre aucune de ses compagnes de venir avec elle. Elle alla donc, seule, faire le pied de grue devant la taverne, ignorant tous ceux qui essayaient de capter son attention, dans l'espoir de le voir, lui. Ce ne fut que près d'une heure plus tard, au moment où, trempée et transie de froid, Maria s'apprêtait à tout abandonner pour rentrer, qu'elle s'aperçut qu'il était déjà dans la taverne, assis près d'une fenêtre, à la regarder.

Un mélange de colère et de bonheur la submergea : depuis combien de temps l'observait-il et comment avait-il osé la laisser attendre ainsi sous la pluie ? Elle lui offrit un pâle sourire, mais au fond c'était elle-même qu'elle lui offrait. Un instant plus tard, il venait la rejoindre à l'extérieur. Sans un mot, il enleva son manteau pour le poser sur les épaules de Maria. Elle se laissa emmener sans protester, devinant déjà ce qui allait se passer, mais incapable de refuser.

Elle croyait qu'il l'emmènerait chez lui pour faire d'elle une femme, mais la réalité fut tout autre. Après avoir longtemps marché, ils se retrouvèrent à l'arrière d'une autre taverne. Son compagnon cogna à la porte et deux gros hommes bourrus et puant l'alcool vinrent lui répondre. Ils parlèrent brièvement avec le bel inconnu. Ils n'échangèrent que peu de mots, en français, mais si vite que Maria ne put comprendre que quelques paroles : « c'est elle », « combien » et « personne ne le saura ».

Elle vit l'un des hommes sortir quelques pièces d'argent pour les remettre à son beau compagnon. Elle fut prise de panique et chercha à s'enfuir, mais le troisième homme ne lui en laissa pas le temps. Déjà il l'avait saisie en glissant un de ses gros bras autour de sa taille fine, tandis que sa main rugueuse se plaquait sur la bouche de Maria pour l'empêcher de crier.

Mme Slocum sortit son mouchoir et se moucha discrètement avant d'essuyer ses larmes. Dans le fond de la pièce, Emily pleurait doucement elle aussi.

– Vous n'avez pas à nous en dire plus long, déclara le Révérend Slocum. Il nous est bien facile de deviner la suite. Vous avez été vendue à ces hommes pour qu'ils profitent de vous, n'est-ce pas ?

Maria secoua la tête.

– Non, ils m'ont ensuite revendue à un couple qui avait une grande maison. Il y avait là plusieurs autres femmes, de différents âges…

Maria reprit son récit. Elle s'était retrouvée dans une maison close où elle avait vécu pendant quelques semaines. Elle y avait connu plusieurs hommes qui avaient tour à tour acheté son corps. Elle n'avait jamais été maltraitée, mais sa situation la répugnait tant qu'elle en était tombée malade. Un matin, ayant repris des forces, elle profita d'un moment calme après le départ du dernier client, alors que tout le monde dormait, pour s'enfuir.

Elle avait erré quelques jours à travers la ville, étant forcée de voler pour pouvoir manger. Puis, finalement, elle avait compris que, malgré le manque de liberté dont elle souffrait au pensionnat, sa vie entre les murs de pierre était préférable à ce qu'elle avait connu à l'extérieur. Elle avait donc demandé d'être admise au noviciat du couvent de l'Hôtel-Dieu, bien humblement, en se repentant, fermement décidée à ne plus jamais en ressortir, choisissant plutôt d'offrir sa vie à Dieu.

Le couvent des religieuses hospitalières, communément appelées « Black Nuns » par les Anglais, avait très bonne réputation parmi toute la société montréalaise. Situé à côté de celui des Sœurs de la Charité, ce couvent était très connu puisque les religieuses qui y résidaient faisaient aussi office d'infirmières à l'hôpital adjacent. Alors qu'elle était pensionnaire chez les Sœurs de la Charité, Maria était tombée brièvement malade et avait été admise à cet hôpital pour un court moment.

C'est à cette occasion qu'elle avait rencontré ces « Black Nuns » et en avait appris plus long sur leur couvent. On y accueillait les jeunes filles de toutes conditions, des orphelines à celles qui, pour toutes sortes de raisons, ne pouvaient espérer faire un bon mariage.

Selon les rumeurs qui couraient alors, les mères supérieures des couvents avaient parfois la possibilité d'accomplir des miracles. À leur décès, on publiait la nouvelle dans les journaux et les gens accouraient prier pour la défunte, croyant qu'ils pouvaient obtenir quelque indulgence en touchant une partie de ses vêtements ou d'autres objets ayant été en sa possession. Certains envoyaient même des pièces de tissu qu'on étendait sur le lit et le fauteuil de la défunte, car ils croyaient ainsi recueillir un peu de ses vertus.

Maria avait très rapidement adhéré à ces superstitions et en était venue à se persuader que les religieuses étaient assurément les plus heureuses des femmes, et les couvents, des endroits où trouver la paix, la sainteté et le paradis sur terre.

À quelques reprises, elle avait rencontré la mère supérieure du couvent de l'Hôtel-Dieu. La supérieure venait parler aux jeunes filles du pensionnat des Sœurs de la Charité, faisant l'éloge de la vie entre les murs, répétant sans cesse les avantages de ne plus avoir à s'inquiéter de quoi que ce soit, de partager le quotidien de femmes ne désirant rien d'autre que d'offrir leur vie et leur travail à Dieu. Maria avait donc conclu que sa destinée s'y trouvait.

Au début, le noviciat lui plut. Elle croyait avoir découvert sa vocation, et la discipline qui exigeait de suivre un horaire, si strict soit-il, commençait à lui convenir. Ses journées étaient remplies par la messe, les périodes de prière et de méditation, et les travaux de couture durant lesquels les religieuses lui apprenaient à confectionner de petites pochettes dont les prêtres se servaient pour transporter l'hostie lorsqu'ils devaient aller administrer les derniers sacrements.

Le tout se passait dans le silence complet. Qu'elles soient assignées à la couture, à la fabrication de pain, de cierges ou de savon, toutes les religieuses et les novices se devaient de s'affairer dans un état de recueillement, et les seules paroles permises étaient celles jugées indispensables dans l'exercice de leurs tâches ou pendant les courtes récréations durant lesquelles leurs conversations étaient tout de même épiées. Bien entendu, il était toujours excitant de défier ce règlement, ce que les plus jeunes essayaient de faire le plus souvent possible.

Par contre, Maria se voyait souvent complice des autorités : de temps à autre, la mère supérieure venait la trouver et lui indiquait quelques religieuses ou novices d'un bref mouvement de la tête.

– Elles parlent en anglais, faisait-elle d'un ton sec. Allez les écouter et rendez-moi compte de ce qu'elles disent.

Ces demandes répugnaient à Maria. Elle faisait mine d'écouter ses consœurs, bien entendu, mais elle s'efforçait de ne jamais rapporter quoi que ce soit qui aurait pu leur valoir des ennuis. En quelques semaines, elle acquit la capacité de fabuler de façon crédible et en était très fière.

Il y avait, parmi les religieuses plus âgées, une femme d'au moins trente ans à qui tout était permis en raison de son tempérament des plus bizarres. Ayant violemment refusé le nom du saint qu'on avait voulu lui attribuer au moment de prendre le voile, elle était la seule à se faire appeler par son nom de baptême, Jane Ray McCoy.

À cause de son comportement inusité, les jeunes religieuses l'avaient surnommée « Mad Jane Ray » – Jane la folle. Dans la grande salle commune où les religieuses travaillaient en silence, elle allait et venait comme bon lui semblait, malpropre et impolie. Elle parlait à voix haute alors que c'était formellement interdit, se levait de table lors des repas et se promenait dans les allées durant la messe, le tout sans jamais subir les punitions que les autres religieuses auraient encourues si elles s'étaient comportées de la même façon.

Maria apprit rapidement que cette femme avait toujours agi ainsi. Elle défiait constamment l'autorité, mais les punitions ne semblaient avoir que peu d'effet sur elle. Plusieurs avaient pitié d'elle, et les autres la trouvaient amusante. Par-dessus tout, elle était dans les bonnes grâces de la mère supérieure qui avait toujours une raison pour excuser son comportement, répétant que la pauvre n'était simplement pas responsable de ses actes.

C'était principalement au dortoir que ses pitreries étaient le plus remarquées. En effet, les jeunes religieuses et les novices dormaient toutes dans une grande salle au second étage, dans la partie ouest du couvent. Les lits disposés sur deux rangées se faisaient face, ne bénéficiant ni de rideaux ni d'aucun autre type de partition pour les séparer. Au bout de la salle, derrière un rideau percé de deux trous, se trouvait le lit de la religieuse chargée de les surveiller durant la nuit. Ce lit était placé sur une petite plateforme et se trouvait donc un peu plus élevé que les autres. Comme il y avait au centre du dortoir une lampe suspendue à une poutre et allumée en permanence, mais qu'il n'y avait aucune source de lumière de l'autre côté du rideau, les novices et les jeunes religieuses ne pouvaient jamais savoir avec certitude si leur chaperon dormait ou les épiait silencieusement.

Le matin, vers six heures et demie, une cloche sonnait pour annoncer l'heure du réveil. La vieille religieuse qui avait monté la garde toute la nuit déclarait alors à haute voix : « Voici le Seigneur qui vient », et les religieuses, en se réveillant, répondaient en chœur : « Allons devant Lui. »

Elles devaient alors s'habiller rapidement, sans un mot, se mettre en rang devant leur lit pour ensuite descendre pour la prière du matin, les mains jointes sous leurs tabliers.

Malheureusement, l'heure du lever et l'heure du coucher étaient celles où Jane la folle en profitait pour briser le silence – chose défendue et passible de punition immédiate – et faire rire ses consœurs.

À l'heure des repas, elle poursuivait dans la même veine, allant d'une religieuse à l'autre, examinant ce que chacune avait dans son assiette, même si, bien entendu, elles mangeaient toutes la même chose. La regardant d'un air conciliant, la mère supérieure ne tentait même plus de la semoncer, et toutes savaient que la moindre remarque n'aurait servi qu'à l'encourager davantage.

Elle aimait également jouer des tours à toutes celles qu'elle n'aimait pas. Chaque semaine, la religieuse à qui incombait la tâche de laver les tabliers devait, une fois le travail fait, les replacer sur les lits de leurs propriétaires respectives. Règle générale, les tabliers neufs allaient aux religieuses plus âgées alors que les plus jeunes devaient se contenter des vieux tabliers. Pour sa part, Jane la folle n'aimait rien de mieux que d'interchanger les tabliers durant la nuit de façon à rétablir la situation. Si l'une des vieilles religieuses s'avisait de la réprimander ou de la menacer de rapporter ces fredaines à la supérieure, Jane s'introduisait alors dans leur dortoir pour insérer des épingles ou des chardons sous les draps de celle qui l'avait menacée, lui soutirant ainsi des cris de douleur au moment de se mettre au lit, ce qui lui faisait briser le silence et lui apportait la pénitence de circonstance.

Tous ces petits événements étaient en somme puérils, mais c'est ainsi qu'au fil des jours Maria commença à s'habituer à cette vie austère, ponctuée des clowneries de Jane la folle. Celle-ci l'avait en quelque sorte prise sous son aile, ce qui la protégeait d'une certaine façon de celles qui auraient voulu lui causer du tort. Et bien que Maria se sente constamment surveillée – sachant que certaines de ses consœurs pouvaient s'empresser de rapporter tout manquement à la mère supérieure –, au moins ici elle ne manquerait de rien, et elle croyait bien qu'elle n'aurait jamais de mauvaises surprises.

Elle dut déchanter quelques mois plus tard. Un après-midi, elle se trouvait seule à laver le plancher du long corridor sur lequel s'ouvrait le bureau de la mère supérieure. Maria craignait un peu cette femme à l'air revêche. La mère supérieure n'était pas très vieille, mais son visage était dur. Ses yeux bleu-vert étaient totalement dénués de chaleur, même si son regard perçant qui, croyait-on, pouvait lire dans les pensées de toutes s'animait parfois d'une lueur presque démoniaque.

À quatre pattes sur le plancher, Maria s'appliquait à sa tâche, sachant que tout manquement lui vaudrait une remarque sèche, sinon de la supérieure, du moins de sœur Saint-Paul, celle qui était en charge des postulantes. Mais tandis qu'elle progressait le long du corridor, en traînant son gros seau, elle entendit s'accroître dans le creux de son oreille des pleurs et des cris provenant du bureau de la supérieure. Elle reconnut immédiatement la voix de la supérieure qui criait ses ordres, mais les pleurs semblaient venir de deux autres femmes, et Maria ne pouvait pas les identifier.

Elle laissa son seau et s'avança silencieusement vers le bureau. La porte était à peine entrouverte, mais juste assez pour que Maria puisse voir ce qui se passait à l'intérieur. Ce qu'elle vit lui glaça le sang.

Deux religieuses étaient agenouillées sur le plancher de tuiles, leurs corps penchés vers l'avant et leurs habits complètement retroussés par-dessus leurs têtes, ce qui ne permettait pas à Maria de les identifier, mais de bien voir par contre leurs reins et leurs fessiers dénudés. Les deux femmes faisaient dos à la mère supérieure, et celle-ci brandissait une sorte de petit fouet, assénant aux deux femmes à tour de rôle de violents coups sur le dos et sur les fesses.

– Vous devez obéir ! répétait en criant la mère supérieure. Vous devez obéir !

Chaque coup était reçu avec un cri de douleur qui se transformait en long gémissement. Même Maria ne pouvait s'empêcher de sursauter à chaque fois qu'elle voyait le fouet frapper la chair maintenant à vif, marquée de stries pourpres. Les deux religieuses ne semblaient pas avoir la force de protester ni de se défendre. Elles restaient toutes deux prostrées, en signe de pénitence, ne cherchant pas à échapper à leur bourreau.

Les coups continuaient de pleuvoir quand Maria se sentit envahie par la nausée. Aussi silencieusement et rapidement qu'elle le put, elle revint sur ses pas, empoigna son seau et l'emporta avec elle jusqu'au petit placard où étaient rangés les balais. Elle s'y enferma sans perdre une seconde pour ensuite vomir dans le seau.

Elle resta longtemps cachée dans le placard, tremblante d'effroi et de dégoût. Après quelque temps, les cris et les pleurs cessèrent. Puis elle entendit la porte du bureau se refermer et des pas s'éloigner. Même si elle croyait bien que plus personne n'était resté dans le bureau, elle attendit jusqu'à ce que la cloche du réfectoire sonne l'heure du souper pour sortir de sa cachette, encore secouée par ce qu'elle avait vu.

Le lendemain et pendant les quelques jours qui suivirent, elle passa beaucoup de temps à examiner les visages des autres religieuses, ainsi que leur démarche, cherchant constamment à découvrir qui avait été victime de la mère supérieure. Au cours de ces observations, elle remarqua quelque chose qui lui avait totalement échappé jusqu'alors : quelques religieuses semblaient avoir disparu depuis son arrivée. Avaient-elles quitté le couvent ? Maria croyait cela peu probable, elle en aurait entendu parler. Étaient-elles parties sans que personne le sache ? C'était quasi impossible, mais Maria trouvait par-dessus tout étrange que personne n'en parle. Elle osa, un jour, poser la question à sœur Saint-Paul, mais celle-ci lui laissa savoir que cela ne la regardait pas.

– Quand vous aurez besoin de savoir quelque chose, dit-elle à Maria d'un ton sans équivoque, nous vous le dirons.

À partir de ce moment-là, Maria commença à perdre une forte partie de son insouciance. Au fil des jours, elle s'apercevait qu'il se passait en ces murs des choses décidément bizarres. À commencer par un curieux rite auquel s'adonnaient les religieuses qui étaient assignées au bureau de la mère supérieure : on vouait à celle-ci une adoration basée sur le fait que toute supérieure, après sa mort, devenait bienheureuse et, éventuellement, était même déclarée sainte. Lorsqu'une religieuse était appelée au bureau de la mère supérieure pour lui couper les ongles ou lui raser la tête, elle se devait de recueillir la moindre rognure d'ongles ou mèche de cheveux sur lesquelles elle pouvait mettre la main. De même, toute personne chargée de changer les draps de la supérieure ne manquait jamais de ramasser scrupuleusement les plumes qui s'échappaient parfois du matelas.

Bien qu'elle trouvât cette superstition saugrenue et exagérée, Maria ne faillit pas à sa tâche quand vint son tour de servir la supérieure, et elle prenait bien soin de conserver les « souvenirs » dans une petite pochette qu'elle avait confectionnée précisément à cet effet. Après tout, s'il devait s'avérer que cette superstition était justifiée, elle ne voulait pas laisser passer sa chance. Et comme le disait si bien Jane la folle :

– Après sa mort, les reliques vont se faire rares. Vaut mieux en faire provision dès maintenant.

Mais plus elle observait tout ce qui se passait autour d'elle et y réfléchissait, ne pouvant oublier la scène dont elle avait été témoin et soupçonnant que d'autres religieuses avaient quitté le couvent, plus Maria était déterminée à partir. Son instinct lui disait que cet endroit n'était pas pour elle.

Ses craintes furent confirmées quelques jours plus tard. Encore un fois affectée aux tâches ménagères, elle dut aller à la recherche de torchons pour nettoyer les tables du réfectoire. Sœur Saint-Vincent, qui habituellement distribuait le travail et indiquait où se trouvaient tous les articles nécessaires, s'était absentée et Maria s'aventura seule dans la salle de rangement située derrière la cuisine.

Munie d'une petite bougie, elle fouillait méthodiquement le large placard lorsqu'elle y remarqua, tout au fond, une porte à demi dissimulée par une vieille planche de bois. La curiosité s'empara d'elle et elle prit de sa petite main la froide poignée de métal. Elle dut forcer un peu pour ouvrir la porte, dont le bois était gonflé d'humidité, mais à sa grande surprise aucun grincement ne se fit entendre. De l'autre côté, elle découvrit un vieil escalier de pierre qui devait vraisemblablement mener à la cave.

Maria était de celles que l'obscurité n'effrayait pas. De plus, sa nature fouineuse prenait presque toujours le dessus sur ses craintes. Ayant presque vécu dans la rue, elle savait que les plus grands dangers se trouvaient à l'extérieur des murs du couvent. Elle décida d'aller voir ce qui se trouvait au bas de cet escalier.

Au fur et à mesure qu'elle descendait, elle sentait l'air de plus en plus froid. De part et d'autre, des coulées d'eau avaient laissé des traces sombres sur la pierre. L'écho lui rapportait le bruit de l'eau qui coulait goutte à goutte, bien qu'elle ne pût pas en déceler la provenance exacte. Elle voyait cependant que l'escalier s'élargissait et que la flamme de sa bougie était de moins en moins efficace pour percer la noirceur.

Des odeurs d'humidité et de moisissures lui montaient aux narines. D'autres effluves, âcres et nauséabonds, lui parvenaient également, mais elle n'arrivait pas à les identifier.

Au bout d'un moment, elle atteignit enfin le pied de l'escalier et toucha le sol de terre battue. Ses yeux s'étaient habitués à l'obscurité et Maria remarqua qu'elle se trouvait à l'entrée d'un long corridor. De chaque côté de ce passage s'élevaient des grilles de fer et Maria mit peu de temps à comprendre qu'il s'agissait de portes de cachots. Certaines grilles étaient fermées par de vieux cadenas rouillés, d'autres, par des verrous, et d'autres encore étaient entrouvertes.

À l'intérieur de la plupart des cachots, c'était les ténèbres. À peine deux ou trois avaient un petit soupirail donnant sur l'extérieur et qui laissait entrer un peu de lumière, mais pas suffisamment pour qu'on puisse discerner ce qui se trouvait dans les cachots.

Un gros rat détala subitement devant Maria, la faisant sursauter. Mais elle n'avait pas peur des rats. Ce qui commençait à l'effrayer, par contre, était l'atmosphère malsaine qui régnait dans cet endroit. Elle sentait aussi une vague de nausée l'envahir, causée par ces horribles odeurs qui flottaient dans la cave. L'humidité transperçait ses vêtements et semblait même la pénétrer jusqu'aux os.

Mais son désir d'en savoir plus l'emportait encore sur tout, y compris ses malaises. Elle vivait au couvent depuis quelque temps déjà et elle n'avait jamais entendu parler de cette cave, encore bien moins de ces cachots !

Avançant toujours, Maria eut soudain l'impression que le sol sous ses pieds avait changé. Baissant les yeux, elle vit que la terre était maintenant parsemée d'une espèce de poudre blanche, devenant de plus en plus épaisse, comme un tapis de neige, au fur et à mesure qu'elle progressait. La sensation sous ses pieds lui fit deviner tout de suite que c'était de la chaux. Abaissant sa bougie à la hauteur de sa taille, elle continua de marcher jusqu'à ce qu'elle aperçoive un large seau laissé contre le mur de pierre et une pelle posée à côté.

À ce moment-là, ses craintes se dissipèrent pour faire place à une question des plus anodines : à quoi pouvaient bien servir cette pelle et ce seau ? Détournant son regard, elle remarqua une large tache noire en plein centre de ce tapis de chaux. Dirigeant sa bougie de ce côté, elle vit alors que cette tache était en fait un trou béant, d'une largeur d'environ douze à quinze pieds, et sans barrière de protection pour empêcher quiconque d'y tomber.

Elle crut d'abord qu'il s'agissait d'un endroit où on jetait les déchets, mais elle savait par contre que tout ce qui devait être jeté l'était d'ordinaire dans le fleuve. De plus, à en juger par la quantité de déchets accumulés chaque jour au couvent, ce trou, si creux fût-il, aurait dû en être rempli. Non, ce gouffre devait servir à autre chose. Elle voulut s'approcher pour essayer de voir ce qu'il y avait au fond, mais un bruit soudain lui glaça le sang et la cloua sur place.

Un gémissement venait de se faire entendre. Le son était faible, mais le silence avait jusque-là été si lourd que Maria l'entendit bien clairement. Elle resta figée pendant quelques secondes, puis eut finalement la force de se tourner vers la gauche.

Derrière une grille de métal, la plainte se fit de nouveau entendre, un peu plus fort cette fois. C'était une voix de femme et, du coup, Maria réalisa que quelqu'un était enfermé dans ce cachot.

Elle fut saisie de tremblements si violents qu'elle faillit laisser échapper sa bougie. Aussitôt, elle se retourna, releva sa jupe de sa main libre et se dirigea vers l'escalier. Ses pas s'accélérèrent à mesure qu'elle vit se dessiner dans l'ombre le vague contour des marches, qu'elle monta deux par deux.

Arrivée en haut, elle referma rapidement la porte derrière elle, replaça la planche de bois comme elle l'avait trouvée, puis sortit du placard. Une fois de retour dans le réfectoire, à bout de souffle, elle eut tout juste le temps de s'asseoir avant de se sentir faiblir. Son cœur continuait de tressaillir dans sa poitrine, les terribles odeurs de la cave l'avaient suivie et lui tenaillaient la gorge, ne faisant qu'amplifier son envie de vomir.

Dans le réfectoire, le soleil entrait à profusion par les larges fenêtres, mais Maria contemplait toujours la bougie qu'elle tenait à la main et dont la flamme était restée allumée malgré sa course. La cire avait même ramolli et laissait voir la trace de ses doigts crispés autour de la chandelle. Elle souffla la bougie avec le peu d'énergie qu'il lui restait. À la place de la flamme, une mince colonne de fumée s'éleva.

L'odeur de cire brûlée emplit les narines de Maria et chassa la puanteur de la cave. Mais rien ne pourrait jamais effacer de sa mémoire ce qu'elle venait de voir et d'entendre.

Même après avoir envisagé la question pendant trois jours, Maria ne savait pas quoi faire. Il n'était décidément pas question de rester une minute de plus dans ce couvent, mais où pouvait-elle bien aller ? Et comment partir ? À la sauvette, tard dans la nuit, ou après en avoir avisé sœur Saint-Paul ? Et même en annonçant son départ, quelle excuse crédible pourrait-elle concocter pour le justifier ?

Elle eut la réponse sans même la chercher. Un matin, alors qu'elle s'affairait à la cuisine, sœur Saint-Paul vint lui parler :

– Maria, chère petite, je pensais à vous récemment. J'ai eu vent d'une famille de Montréal qui pense aller s'établir à Saint-Jean. C'est bien d'où vous venez, n'est-ce pas ?

Maria acquiesça.

– Cette famille désire engager une gouvernante qui servirait aussi d'institutrice à leur petite fille qui est trop malade pour se rendre à l'école tous les jours. Connaissez-vous quelqu'un à Saint-Jean qui pourrait faire l'affaire ?

Maria sauta sur l'occasion et se proposa elle-même.

– Je pourrais très bien y aller, déclara-t-elle en essayant de retenir sa joie.

– Vous ?

Sœur Saint-Paul parut étonnée.

– Voyons ! Vous êtes entrée ici en disant que vous vouliez prendre le voile. Auriez-vous des doutes sur votre vocation ?

Maria hésita avant de lui répondre. Comment pouvait-elle expliquer à sœur Saint-Paul qu'elle était encore terrorisée par ce qu'elle avait vu dans le bureau de leur mère supérieure ? Comment lui décrire ces nausées qui s'emparaient d'elle chaque fois qu'elle devait se rendre dans la salle de rangement située derrière le réfectoire, qu'elle manquait de défaillir à la simple idée que le grand placard dissimulait une porte menant à la cave ? Elle décida plutôt de lui mentir.

– En effet, dit-elle. Depuis quelques semaines, je ne suis plus tout à fait sûre que ma place est ici. J'ai longtemps prié, mais Dieu ne semble pas m'envoyer de signe. À moins que cette offre ne soit, en fait, une façon de me montrer la voie ? Vous comprenez, j'aime tellement les enfants ! Et puis, en retournant à Saint-Jean, je serais plus près de ma famille, qui me manque terriblement.

– Votre famille ? s'étonna encore sœur Saint-Paul. Mais je croyais que votre père était mort et que votre mère ne voulait pas de vous ? Et qu'elle résidait à Montréal depuis quelques années ? Ou est-ce que je vous confonds avec quelqu'un d'autre ?

– Mon père est effectivement mort, mais ma mère est très malade et m'a récemment fait parvenir une lettre dans laquelle elle se repentait, m'expliquant qu'elle voulait que je revienne auprès d'elle.

Dans la tête de Maria, tout se passait très vite. Tant pis si elle devait mentir à sœur Saint-Paul : elle voyait désormais une issue et elle n'avait pas le choix de l'exploiter à fond. Elle persista dans la même veine, ajoutant toutes sortes de détails sur ses oncles, ses tantes et ses cousins, tous aussi fictifs les uns que les autres, qui lui avaient écrit. Il fallait convaincre sœur Saint-Paul que cette occasion de retourner à Saint-Jean était vraisemblablement un signe du destin.

– Je vais y penser, déclara enfin sœur Saint-Paul. Puisque vous semblez manquer à votre famille à ce point, il serait peut-être pertinent de reconsidérer votre présence parmi nous.

Se réfugiant dans la chapelle, Maria mit du temps à se calmer. Elle craignait d'en avoir trop dit dans sa hâte de partir. Pourquoi diable avait-elle parlé de lettres ? Il serait très facile pour sœur Saint-Paul de vérifier et d'apprendre que personne n'avait demandé de ses nouvelles depuis son arrivée, encore bien moins envoyé ces supposées lettres !

Elle s'en voulait d'avoir trop parlé, mais elle s'aperçut rapidement que sœur Saint-Paul était facile à berner. Elle continua de plaider sa cause avec ferveur, son zèle étant attisé par le souvenir de ce qu'elle avait vu et entendu dans la cave. Soutenant qu'elle avait longtemps prié et réfléchi sans avoir obtenu de réponse du bon Dieu, elle réussit à convaincre sœur Saint-Paul de la laisser aller, et elle quitta le noviciat sans même avoir à affronter la mère supérieure.

En quelques jours, Maria fut de retour à Saint-Jean et croyait bien, finalement, que tout irait pour le mieux. Elle ne fit aucun effort pour avertir sa famille de son arrivée cependant, sachant que ça ne pouvait que lui attirer des ennuis. De plus, elle était logée et nourrie dans son nouvel emploi de gouvernante, alors que pouvait-elle demander de plus ?

Sa vie au couvent lui parut soudain comme un mauvais rêve. Peut-être avait-elle effectivement imaginé la scène de flagellation ? la cave et ses cachots ? Lorsque ces images lui revenaient à l'esprit, Maria les chassait aussitôt. Tout cela était désormais très loin derrière elle.

Sa nouvelle vie était bien agréable et elle préférait penser à la petite Catherine dont elle devait s'occuper plutôt qu'à ses consœurs du couvent. Elle s'était vite rendu compte que la jeune enfant était décidément très malade et elle passait plus de temps à la soigner et à lui tenir compagnie qu'à lui faire la classe. En un sens, Maria retrouvait quelque chose qui lui avait manqué, étant enfant : des parents aimants et dévoués, une sœur ou un frère avec qui s'amuser et partager ses rêves et ses projets.

Mais le bonheur de Maria ne fut que de courte durée. La petite Catherine mourut moins de trois mois après son arrivée. Ses parents, n'ayant plus besoin de gouvernante, n'eurent d'autre choix que de renvoyer Maria, pensant sans doute qu'elle désirait de toute façon retourner au couvent.

Pour Maria, il n'en était cependant pas question. Sans emploi, elle fut forcée d'aller vivre avec une tante, une sœur de son défunt père, pour quelque temps. C'est là qu'elle fit la connaissance d'un lointain cousin, qui se prit d'amour pour elle et lui demanda bientôt de l'épouser. Maria n'y songea pas longtemps. Elle se trouvait dans une situation précaire et s'estimait chanceuse que quelqu'un veuille bien d'elle.

Elle avait alors tout juste dix-sept ans. Sa famille s'était opposée de façon violente à ce mariage, mais Maria n'avait que faire de leurs mises en garde et de leurs menaces : elle n'avait toujours compté que sur elle-même et elle n'allait pas laisser ces gens, qui étaient au fond à peine plus que des étrangers, lui dire comment vivre sa vie. Elle réussit à falsifier son acte de naissance, puis elle et son cousin traversèrent rapidement la frontière pour aller se marier aux États-Unis, alléguant qu'elle était enceinte pour ne pas avoir à publier de bans.

De retour à Saint-Jean, il ne lui fallut pas longtemps pour constater qu'elle aurait dû écouter sa famille : à peine quelques semaines après son mariage, son mari se révéla être un coureur de jupons, un ivrogne qui n'hésitait pas à la battre sous n'importe quel prétexte.

Maria résolut de s'enfuir après peu de temps. Confuse et déroutée, se retrouvant sur le pavé, elle prit rapidement le chemin de Montréal. Bien malgré elle, elle dut voler pour pouvoir manger. Elle n'avait, bien entendu, nulle part où aller. Elle savait que sa mère avait été embauchée comme ménagère au château Ramezay, là où logeait le gouverneur, et qu'elle vivait dans un petit logement de Griffintown. Mais il n'était pas question d'aller la trouver.

Pendant des semaines, elle fut réduite à mendier, n'ayant pour toute possession que les vêtements qu'elle portait. À quelques jours de Noël, avec un hiver qui s'annonçait rude, Maria ne vit qu'une seule option s'offrant à elle : retourner au couvent et terminer son noviciat. Puisqu'elle avait été mariée dans la religion protestante, elle était certaine que ce mariage ne compterait pas vraiment aux yeux des catholiques et qu'elle pourrait prononcer ses vœux. De toute façon, elle n'avait pas à dire qu'elle avait été mariée si on ne le lui demandait pas.

Même si elle gardait toujours en tête cette image de la supérieure frappant deux religieuses avec son petit fouet, Maria ne pouvait s'empêcher de croire que ces deux femmes avaient dû faire quelque chose de terrible pour mériter une telle punition.

Elle se souvenait également de religieuses qui lui avaient déclaré avoir reçu des pénitences qui semblaient tout aussi pénibles que bizarres : rester debout dans le jardin, les bras à l'horizontale, imitant le Christ en croix, pendant de longues heures, et ce, malgré la pluie qui s'abattait violemment, réciter un nombre incroyable de rosaires pendant toute une nuit, agenouillées sur le plancher de marbre de la chapelle, ou encore boire l'eau dans laquelle la supérieure venait de se laver les pieds.

D'instinct, Maria se doutait qu'il y avait pire, même si elle n'avait jamais vu rien d'aussi brutal que la scène de flagellation dans le bureau de la supérieure. De temps à autre, on pouvait entendre des cris retentir à travers tout le couvent : des cris de douleur aussi perçants que terrifiants – les cris de celles qui avaient désobéi ? Mais quelle punition devaient-elles encourir à ce moment-là ? De tels châtiments ne devaient être mérités qu'en cas de terribles fautes…

Rien de tout cela n'était réjouissant, mais Maria se disait qu'elle n'avait qu'à bien se tenir, et tout irait pour le mieux. Quant aux gémissements qu'elle croyait avoir entendus dans la cave du couvent, ils n'étaient sans doute que le fruit de son imagination. Comment des religieuses qui étaient si dévouées auprès des malades pourraient-elles être aussi cruelles et enfermer quelqu'un de cette façon ?

Son instinct de survie commençait à prendre le dessus. Transie, sans argent, sans toit, le ventre vide, Maria se dit que, tout compte fait, la vie du couvent ne pouvait pas être pire que ce qu'elle devait endurer jour après jour à l'extérieur.

CHAPITRE III

Au fil des semaines, Maria se mit à croire qu'elle avait pris la bonne décision. Personne ne lui avait posé de questions sur ses allées et venues à l'extérieur du couvent, et elle n'avait pas offert de détails non plus. De surcroît, elle n'était pas arrivée les mains vides : lors de sa première admission au noviciat, on ne lui avait pas demandé de fournir la somme que les postulantes devaient parfois offrir en guise de dot. Mais pour faciliter son retour au couvent, Maria avait cette fois-ci entrepris de recueillir les fonds nécessaires.

Pour ce faire, elle s'était rendue au manège militaire pour trouver le brigadier, lui laissant croire que c'était sa mère qui l'envoyait. En tant que veuve, Isabella Monk avait droit à une petite rente et Maria savait que sa mère allait tous les mois quérir l'argent qui lui revenait. Tout innocemment, Maria avait réclamé les quelques dollars mensuels, somme que le brigadier lui avait remise sans autre question, nullement étonné de la voir se présenter si sale. Bien entendu, Maria s'était ensuite directement rendue au couvent avec les sous.

La supérieure avait pris l'argent sans dire un mot, bien qu'elle eût deviné sans doute que Maria ne s'était pas procuré une telle somme par des moyens honnêtes. Elle ne l'avait pas questionnée non plus sur la raison de sa mine et de sa tenue pathétiques. Des ordres avaient ensuite été donnés pour que l'on n'interroge jamais Maria sur son emploi du temps à l'extérieur du couvent.

Et bientôt la routine avait repris pour la jeune novice, qui s'efforçait de filer droit, de faire ce qui lui était demandé, et qui se considérait chanceuse d'avoir gîte et couvert.

Le jour où elle allait enfin prononcer ses vœux, elle fut réveillée par un chaud rayon de soleil de mai. En ouvrant la fenêtre qui donnait sur la cour intérieure, elle entendit les oiseaux chanter. Dans les arbres, les bourgeons s'étaient changés en petites feuilles d'un vert pâle et lumineux, une métamorphose qui semblait s'être opérée durant la nuit. Dans le dortoir, les autres novices et les religieuses les plus jeunes s'activaient à faire les lits dans la bonne humeur, et même la vieille religieuse qui avait monté la garde toute la nuit trouvait amusantes les pitreries habituelles de Jane la folle.

Tout cela parut de bon augure à Maria. Depuis qu'elle était revenue au couvent, elle s'était bien gardée de faire ou de dire quoi que ce soit pouvant lui valoir une pénitence. À quelques reprises, elle avait eu l'idée de retourner dans le grand placard derrière le réfectoire, pour voir si vraiment il y avait une porte et un escalier menant à la cave. Malheureusement, elle n'avait jamais eu l'occasion d'être seule assez longtemps, et comme elle craignait une réprimande si elle avait posé quelque question que ce soit, elle n'avait pas cherché à en savoir plus long. Mais au fond d'elle-même, elle savait bien qu'elle cherchait plutôt à éviter tout ce qui se trouvait derrière le réfectoire. Au fil des jours, à force de se répéter que tout n'était que le fruit de son imagination, elle avait fini par le croire.

Depuis son retour, elle s'était liée d'amitié avec une jeune fille, Frances Partridge, qui était de langue anglaise comme elle, mais qui avait plus de difficulté à comprendre le français. Leurs relations étant limitées en vertu des règles de silence du couvent, les deux jeunes filles avaient instinctivement élaboré un langage codé qui faisait en sorte qu'elles pouvaient rapidement se faire comprendre l'une de l'autre. Elles évitaient de se faire voir en train de converser, ne faisant confiance à personne, et fuyaient sœur Saint-Hippolyte qui avait la réputation de toujours tout rapporter à la mère supérieure.

Entre les novices et les religieuses, les mots étaient superflus : chacune devait savoir où était sa place. Les novices n'adressaient la parole aux religieuses que pour répondre à leurs questions, et il n'y avait aucune discussion sur les ordres donnés. Il semblait y avoir une règle tacite qui voulait que les jeunes religieuses aient certains égards envers les sœurs les plus âgées. Et, bien entendu, celles qui étaient dans les bonnes grâces de la mère supérieure, les plus jeunes les avaient instinctivement en aversion sans qu'elles puissent expliquer pourquoi.

Ce matin-là, Maria et trois de ses compagnes allaient devenir membres à part entière de la congrégation. Maria Monk serait désormais connue sous le nom de sœur Saint-Eustache. Ce nom l'amusait beaucoup, faisant surgir dans sa tête des visions de moustaches, mais elle n'avait aucune préférence et se disait que ce nom-là ou un autre…

Son amie Frances deviendrait sœur Saint-Patrice, tandis que les deux autres, des jeunes filles que Maria connaissait uniquement sous les noms de Mlle Fougnee et Mlle Howard, seraient renommées respectivement sœur Saint-François de Sales et sœur Saint-Thomas d'Aquin.

Un peu avant d'entrer dans la chapelle, Maria fut soudainement prise de vertiges. Dans un coin de la cour intérieure qu'elle traversait avec ses compagnes, derrière un bosquet dénudé, elle crut remarquer un des soupiraux de la cave.

Bien entendu, elle avait traversé cette cour des dizaines de fois depuis qu'elle était au couvent. Mais jamais il ne lui avait été donné de voir ce soupirail, dissimulé par les feuilles du bosquet en été et en automne, et par la neige en hiver.

Les images de la cave resurgirent violemment dans sa mémoire, des images si vives qu'elles rapportaient avec elles les horribles odeurs qu'elle avait eu tant de difficulté à effacer de son esprit. Autour de Maria, les trois autres novices qui allaient prononcer leurs vœux riaient nerveusement, mais dans sa tête ces rires sonnaient comme une cacophonie de métal grinçant. Aucun vent n'agitait les branches des arbres bordant la petite allée où elles avançaient, mais Maria sentit un souffle glacial la pénétrer jusqu'aux os.

Néanmoins, elle se laissa guider lorsque quelqu'un lui prit le bras pour la mener au lieu du culte avec la courte procession. À partir de ce moment-là, tout se déroula comme dans un rêve pour Maria – un bien mauvais rêve. Elle se sentit devenir une sorte d'automate, comme si sa volonté avait quitté son corps, et elle n'eut pas la force de résister.

Au moment de franchir le seuil, le soleil disparut derrière un nuage et l'intérieur de la chapelle lui parut très sombre. Quelques bougies jaunies étaient allumées, mais leur faible lumière ne parvenait pas à dissiper l'atmosphère lourde et lugubre. Ses yeux mirent longtemps à s'habituer à la pénombre et, pendant ce temps, Maria ne reconnaissait rien ni personne.

Chaque novice était escortée par une religieuse qui paraissait la tirer vers l'autel plutôt que la guider. De part et d'autre de l'allée centrale, les religieuses regardaient passer le cortège, le visage impassible pour la plupart. Certaines d'entre elles, cependant, toisaient Maria avec un air hautain.

Chose bizarre, aucun étranger n'assistait à la cérémonie. Bien entendu, Maria avait rompu tout contact avec sa propre famille, mais elle aurait cru que les proches des autres novices auraient tenu à être présents. Il n'y avait dans la chapelle que les religieuses du couvent, une demi-douzaine de prêtres et l'évêque qui officiait.

Durant un instant, Frances, qui marchait devant Maria, se retourna et la regarda, l'air inquiet. Maria eut l'impression que la jeune femme aussi sentait que quelque chose n'allait pas, mais leur contact ne fut que courte durée : la religieuse qui escortait Frances la tira vigoureusement pour qu'elle suive la procession.

Maria observa discrètement la religieuse qui la tenait dans une poigne de fer, la vieille main ridée bien refermée autour de son bras. Sœur Saint-Élie était habituellement d'humeur égale et même avenante, mais, à ce moment-là, elle lui parut carrément méchante.

En fait, tout dans la chapelle lui apparaissait soudainement sinistre et mauvais, ce qui était plus que surprenant puisque Maria avait imaginé qu'une telle cérémonie ne pouvait être que joyeuse. Aucune musique, aucun chant ne se faisait entendre. Comble du macabre, quatre cercueils avaient été placés devant l'autel et les jeunes filles devaient y prendre place.

Prise d'un très fort tremblement, Maria hésita un moment, mais la poigne de sœur Saint-Élie ne lui laissait aucun choix. Elle fut forcée de s'étendre dans la caisse de bois, n'osant fermer les yeux, craignant même qu'on ne referme le couvercle sur elle.

Elle fut à peine rassurée lorsque l'évêque expliqua que ce rite signifiait la mort de leur ancienne vie et leur renaissance en tant que servantes du Christ. De longues prières furent récitées, mais Maria ne les écoutait pas vraiment. Elle entendit clairement énoncer la longue liste des plaisirs terrestres auxquels les jeunes filles répondaient rapidement, en chœur : « Je renonce, je renonce, je renonce », mais Maria ne prononça ses propres vœux que du bout des lèvres.

La seule chose résonnant à ses oreilles était les battements de son cœur qui cognait à une vitesse folle dans sa poitrine sous l'effet de la peur. Tant bien que mal, elle essayait de se convaincre que toutes les mauvaises impressions qu'elle ressentait découlaient de son imagination. Sans doute sa nervosité en un moment si solennel influençait-elle sa perception de la réalité.

Avant qu'elle ait tiré au clair quoi que ce soit, tout était fini. Maria – ou plutôt sœur Saint-Eustache – était de nouveau à l'extérieur, levant son visage vers le soleil qui était aussi de retour.

Maria ne put s'empêcher de frissonner en entrant dans le bureau de la mère supérieure. Elle se plaça le long du mur avec ses compagnes, les mêmes qui avaient pris le voile avec elle dans la lugubre chapelle.

La supérieure se mit à marcher de long en large devant elles, sa bouche tordue en un rictus triomphal et mesquin.

– Mes filles, annonça la femme, l'air hautain, en les dévisageant l'une après l'autre, vous êtes à moi maintenant !

Dans sa voix, Maria reconnut le ton que la supérieure avait employé le jour où elle l'avait vue en train de flageller les deux religieuses. Son cœur se mit à battre plus vite, car elle savait d'instinct que cela ne pouvait présager rien de bon.

– Vous venez de faire vœu de pauvreté, d'obéissance et de chasteté. Évidemment, vous ne comprenez sans doute pas exactement en quoi consistent ces vœux. Vous êtes trop jeunes, trop ignorantes, et votre expérience de la vie est trop limitée. C'est pourquoi vous devrez vous en remettre à moi pour vous guider et vous expliquer ce qui est attendu de vous désormais.

Elle cessa de marcher et approcha son visage tout près de celui de sœur Saint-François de Sales. La pauvre fille baissa les yeux vers le sol et sembla soudain prise d'un tremblement incontrôlable.

– Parlons d'abord de pauvreté, continua la supérieure. C'est le plus simple des vœux. Bien entendu, en dehors de ces murs vous ne possédez rien. Certaines d'entre vous n'avez pas de famille. Les autres, c'est tout comme. Vous êtes religieuses ou vous n'êtes rien. Et s'il vous venait l'idée de partir d'ici un jour, où iriez-vous ? D'emblée, on croirait que vous avez été mises à la porte. Vos parents ne sauraient endurer la honte de vous voir quitter le couvent et vous en seriez réduites à mendier. Personne ne vous respecterait. Il est donc dans votre intérêt de rester parmi nous.

En disant ces mots, la mère supérieure avait regardé Maria. Celle-ci comprenait maintenant pourquoi on ne l'avait pas questionnée sur la raison de son piteux état lors de son retour au couvent, quelques mois auparavant : la supérieure savait que Maria revenait parce qu'elle n'avait pas d'autre choix et qu'elle n'oserait plus repartir.

Durant le discours de la supérieure, Frances, maintenant appelée sœur Saint-Patrice, avait relevé la tête et jeté sur elle un œil surpris. Les deux autres jeunes femmes, sœur Saint-François de Sales et sœur Saint-Thomas d'Aquin, s'étaient interrogées du regard. Maria comprit alors que, dans leur petit groupe, elle était probablement la seule qui savait qu'elles auraient toutes envie de partir si elles apprenaient ce qui s'était passé – et ce qui se passait peut-être même souvent – dans le bureau de la supérieure.

– Parlons maintenant d'obéissance, poursuivit la supérieure en se remettant à faire les cent pas. Rien de bien compliqué non plus : vous devez faire ce que l'on vous dit. Sans jamais poser de questions. Quand je dis « on », je parle de moi-même, mais également de celles qui me secondent. Surtout, vous devez obéir aux prêtres qui viennent nous rendre visite et célébrer les messes. Car, en tant que servantes de Dieu, vous êtes à leur service, puisqu'ils sont les représentants de Dieu sur terre. Vous devez faire tout ce qu'ils vous demanderont sans jamais refuser, sans jamais vous y opposer.

La supérieure se dirigea vers la fenêtre et regarda dehors en direction du séminaire qui se trouvait de l'autre côté de la rue. Son visage prit un air hébété, tandis que son ton se radoucit et elle se mit par la suite à parler d'une voix monocorde.

– Vous devrez leur apporter à boire et à manger lorsqu'ils vous le demanderont. Vous devrez porter leurs vêtements lorsqu'ils vous le demanderont. Vous devrez vous prosterner devant eux lorsqu'ils vous le demanderont. Vous devrez les laisser vous toucher, les laisser vous embrasser, accepter de retirer vos vêtements lorsqu'ils vous le demanderont.

À ces mots, les quatre jeunes filles relevèrent la tête en même temps et se regardèrent d'un air stupéfait.

– Bien sûr, reprit la supérieure d'un ton hautain en se retournant vers elles, vous pensez sans doute que cela ne concorde pas du tout avec votre vœu de chasteté, n'est-ce pas ? Mais que croyez-vous donc ? La chasteté dont vous avez fait vœu consiste à refuser tout plaisir charnel. Or ce plaisir n'existe nullement lorsqu'il est question d'offrir notre corps à un saint homme. Car voyez-vous, les prêtres sont avant tout des hommes et, à ce titre, ils ont certains besoins à assouvir. Ce sont par contre de saints hommes, et en vous offrant à eux pour l'assouvissement de ces besoins, vous ne faites qu'obéir à l'ordre divin. Tout refus serait passible de sanctions. N'oubliez jamais que l'obéissance, le renoncement et la mortification ne forment qu'une seule et même vertu !

Les jeunes filles continuèrent de se regarder, visiblement déconcertées. Deux d'entre elles se mirent même à chuchoter.

– Taisez-vous ! cria la supérieure d'une voix rauque. N'ayez crainte, il ne vous arrivera rien tant que vous obéirez. Car n'oubliez pas : vous êtes trop ignorantes pour comprendre. Moi seule sais ce qui est bon. Et vous venez de promettre de façon solennelle d'obéir. Je vous le répète pour la dernière fois : il y aura des punitions pour celles qui refuseront, des punitions qui ne deviendront que de plus en plus sévères !

Elle s'arrêta net, l'écho de sa voix s'éteignant rapidement pour faire place à un lourd silence. Au bout d'un moment interminable, une cloche sonna dans le lointain, allégeant de façon incongrue la pesante atmosphère qui régnait dans le bureau. Maria comprenait désormais quelle faute avaient pu commettre les deux religieuses à la flagellation desquelles elle avait assisté. Et elle pensa qu'elle n'avait peut-être pas imaginé ces gémissements dans la cave : quelqu'un était bel et bien enfermé dans un des cachots.

Maria sentait son cœur battre de plus en plus vite. Plus elle ressassait les mots que la supérieure venait de prononcer, plus elle réalisait la portée de telles révélations, malgré son jeune âge. Son expérience de la vie et des hommes lui permettait en effet de saisir ce à quoi elle et ses compagnes devraient faire face. Elle le saisissait probablement plus que celles-ci. La plupart des jeunes filles du noviciat venaient d'honnêtes familles et n'avaient, dans la plupart des cas, jamais connu l'homme.

– N'ayez crainte, poursuivit la mère supérieure, il ne vous arrivera rien de fâcheux. En vous soumettant à ce qui est attendu de vous, vous ne ferez qu'honorer votre vœu d'obéissance. En fait, il ne s'agit pour vous que d'un pas de plus vers la rédemption et la sanctification !

Au fur et à mesure que la mère supérieure parlait, le ton de sa voix changeait : de froid et sévère, il devenait nettement plus mielleux.

– Vous verrez : ce n'est pas si terrible. Nos visiteurs viendront certains soirs et, l'une après l'autre, vous serez appelées à les rencontrer dans ce que nous appelons le lieu de la « Sainte Retraite ». Tout se passera bien si vous faites ce que l'on attend de vous. Et si vous deviez vous demander quel serait le sort réservé à l'éventuel fruit de ces rencontres, je peux vous rassurer tout de suite : jamais nous ne saurions laisser un être innocent souffrir des malheurs terrestres. Par le baptême, nous les offrons à Dieu dès leur naissance, les purifiant de toute souillure et, avant qu'ils aient pu faire quoi que ce soit de mal, nous renvoyons leurs âmes au ciel ! De cette façon, ils ne connaissent que le bonheur d'être auprès de Notre-Seigneur, sans jamais vivre les affres de la vie telles que nous les subissons. Ils nous en remercieraient s'ils le pouvaient !

Cette dernière phrase avait été lancée de manière joyeuse, exaltée. Maria crut qu'elle allait défaillir. Elle n'osait même plus regarder ses compagnes, car elle se doutait bien qu'elle en savait plus qu'elles sur ce que la supérieure venait de leur révéler.

Les images des cachots de la cave lui revenaient sans cesse en mémoire et maintenant elle comprenait aussi à quoi servait ce trou creusé dans le sol et le seau de chaux posé tout près : si les âmes de ces enfants de Dieu retournaient au ciel, leurs pauvres petits corps, eux, se retrouvaient probablement dans le fond du gouffre, recouverts d'une pelletée de chaux !

C'est à ce moment-là qu'elle sut hors de tout doute que son instinct ne l'avait pas trompée et qu'elle avait bien fait de quitter le couvent l'année précédente. À présent, elle ne pouvait que se blâmer elle-même, blâmer sa propre naïveté, car jamais elle n'aurait dû revenir et se placer de façon si irrévocable sous le pouvoir d'êtres tels que ceux qui dirigeaient cet établissement.

Elle voyait bien que ce qu'elle avait cru être un lieu de paix et de sainteté n'était en réalité qu'un écran dissimulant la vraie nature du couvent : un endroit où il se passait des choses qui, dans la société, ne seraient jamais tolérées.

Chapitre IV

Tenant Frances fermement par le poignet, Maria s'arrêta un instant. Levant sa lampe, elle essaya tant bien que mal d'éclairer le passage devant elles.

– Je ne vois rien, geignit Frances. Je n'entends rien. Ça sent mauvais. J'ai froid. Retournons en haut.

Sa voix faisait écho dans la cave humide. À part le bruit d'un filet d'eau qui dégouttait, on n'entendait effectivement rien d'autre. Mais Maria savait qu'elles n'étaient pas seules. Les images de sa première visite lui revenaient en mémoire, étonnamment claires et détaillées, comme si elle y était venue la veille.

Elle avait eu de la difficulté à convaincre Frances de l'accompagner, et maintenant qu'elle avait réussi non seulement à descendre dans la cave, mais aussi à le faire sans que personne les remarque, elle n'allait surtout pas remonter avant d'avoir pu montrer à sa compagne ce qu'il y avait à voir.

– Ne fais pas l'enfant, répondit-elle sèchement. Je veux te prouver que je n'ai pas rêvé.

Mais ce que Maria ne disait pas, c'est qu'elle voulait également se le prouver à elle-même.

En sortant du bureau de la mère supérieure, les autres filles venant de prendre le voile étaient restées confuses, désorientées : elles n'étaient pas sûres d'avoir bien entendu ce que la supérieure venait de leur annoncer. Pour sa part, Maria avait très bien compris chaque mot. Évidemment, elle était la seule des quatre à savoir que le refus d'obéir était une faute passible de flagellation et, à en juger par la réaction et l'évidente incrédulité de ses compagnes, elle était également la seule à connaître l'existence des cachots de la cave.

Le lendemain, pendant la courte récréation qui avait suivi le repas du midi, Frances avait fait fi du code secret que les jeunes filles employaient habituellement pour communiquer et elle était carrément venue rejoindre Maria pour lui demander ce qu'elle avait retenu de l'annonce de la veille. Manifestement, cette révélation l'avait bouleversée et elle n'avait pensé à rien d'autre depuis.

Marchant en rond lentement dans le petit jardin du couvent, les jeunes filles avaient communiqué par bribes, essayant de ne pas se faire entendre de leurs consœurs. Têtes baissées, les mains enfouies sous le repli de leurs nouveaux habits, elles ne s'étaient adressé que de courtes phrases, mais la communication avait néanmoins été très claire.

– Tu le savais ? avait demandé Frances.

– Oui, avait soufflé Maria. Ces femmes sont incroyablement cruelles.

– Comment ?

– Dans la cave…

– Quelle cave ? Il y a une cave ?

– Oui, l'entrée est derrière le réfectoire.

– Et ?

– Il y a un gouffre dans lequel ils jettent les bébés.

– Un gouffre dans la cave ?

– Oui.

– Tu es bien sûre ?

– Je peux te le montrer.

– C'est probablement pour jeter les déchets…

– La mère supérieure vient tout juste de nous l'avouer…

– Quoi ?

– Qu'ils baptisent les bébés et les tuent tout de suite après !

– Non, elle a dit qu'elle renvoyait leurs âmes au ciel, elle n'a pas dit « tuer ».

– Et les cachots, qu'est-ce que tu en fais ?

– Quels cachots ?

– Les cachots de la cave…

– Il y a des cachots dans la cave ? Tu viens de dire qu'il y avait un gouffre…

– Il y a un gouffre et des cachots.

– Tu es sûre ?

– Je les ai vus !

– Je ne te crois pas ! Tu as dû rêver.

– Je peux t'y emmener !

Mais plus Maria avait tenté de convaincre son amie, plus celle-ci s'était montrée sceptique. Cependant, Frances, maintenant devenue sœur Saint-Patrice, avait décidément pâli pendant leur courte conversation.

– Je ne te crois pas, avait-elle répété plusieurs fois à Maria, d'un ton de moins en moins assuré. Ce serait trop horrible.

– Crois-moi, avait répondu Maria. Je pourrais te fournir des preuves de ce que j'avance, dans la cave.

Après la récréation, les deux jeunes filles étaient rentrées à l'intérieur pour reprendre leurs travaux de couture. Dans la grande salle commune, elles avaient pris place sur un des longs bancs fixés au mur, dans le fond de la pièce. Puisque les autres religieuses semblaient préférer s'installer près des fenêtres, Maria et son amie avaient donc pu discuter en secret et à voix basse pendant que, à l'avant de la salle, une de leurs consœurs faisait la lecture du livre des Actes des Apôtres.

Pendant près d'une heure, les deux jeunes filles avaient échangé de courtes phrases : Maria essayait tant bien que mal, à grand renfort de détails, de décrire à Frances ce qu'elle avait vu et entendu en bas, même si sa mémoire lui faisait défaut pour ce qui était moins important. Frances, de son côté, l'écoutait avec horreur, répétant qu'elle refusait de la croire, mais en même temps fascinée bien qu'atterrée par ce que sa compagne lui racontait.

Tout de suite après le souper et la vaisselle, il y avait un temps de repos avant la messe du soir. Maria savait qu'il n'y aurait plus aucune religieuse au réfectoire et que c'était le meilleur moment d'emmener Frances à la cave. Chemin faisant, elles n'avaient croisé personne et Maria savait que c'était là une chance inespérée.

Au début, Frances avait été prise d'un fou rire nerveux, tandis qu'elle aidait Maria à déplacer les objets qui se trouvaient devant la porte de la cave. Mais lorsqu'elle avait constaté qu'il y avait bel et bien un escalier de pierre, des murs ruisselants d'humidité et que le froid s'intensifiait au cours de la descente, elle était devenue hésitante et semblait désormais au bord des larmes.

Maria savait qu'elles devaient aller jusqu'au bout. Elle avait tout de suite agrippé le poignet de Frances pour l'empêcher de rebrousser chemin et devait la tirer de plus en plus fort au fur et à mesure qu'elles avançaient sur le sol de terre battue.

Cette fois-ci, Maria porta une plus grande attention à la structure de la cave, observant rapidement les murs de pierre assurément très épais, l'arche formée par le plafond au-dessus de sa tête, si basse qu'une femme à peine un peu plus grande qu'elle n'aurait pas pu passer dessous sans s'accrocher.

Atteignant l'endroit où commençait la série de cachots, elle vit, malgré la faible lueur de sa lampe, que les grilles étaient solidement ancrées dans la pierre par de grosses tiges rouillées et que les verrous pénétraient également la pierre.

Les horribles odeurs qui flottaient toujours dans l'air étaient bien les mêmes qui étaient restées imprégnées dans la mémoire de Maria depuis sa première visite et lui apportèrent la même sensation de nausée.

Progressant malgré la pénombre, elle aperçut soudain, à peu de distance, la tache blanche de la chaux répandue. Au centre se dessinait le pourtour du gouffre. À côté, contre le mur, la pelle et le seau n'avaient pas bougé. Elle remarqua plus loin, contre un mur, un gros tas de chaux et, plus haut, à deux ou trois pieds au-dessus du tas, un soupirail. Elle comprit alors que c'était probablement par cette entrée que la chaux était livrée.

– C'est là, dit-elle à voix haute, en désignant le trou d'un mouvement du menton.

Les deux jeunes femmes se regardèrent un instant. Une lueur de frayeur passa dans les yeux de Frances, puis elle fit un signe du menton.

– Allons voir, répondit-elle. C'est la seule façon. Avec toi, je n'ai pas peur.

Maria n'avait pas peur non plus. Du moins, elle n'avait pas peur de la cave. Ce qu'elle craignait plutôt était de se faire découvrir. Elles étaient parties depuis déjà un bon moment et leur absence allait probablement bientôt être remarquée.

– Ne perdons pas de temps.

Elle lâcha le poignet de Frances et, ensemble, elles se rendirent rapidement au bord du gouffre. Dirigeant sa lampe, Maria essaya d'en éclairer le fond.

Il n'y avait malheureusement pas grand-chose à voir : une couche de chaux qu'on devinait épaisse, profilant vaguement les contours de ce qui se trouvait en dessous. Ça aurait pu être n'importe quoi. Impossible de distinguer les petits corps de nouveau-nés assassinés que Maria avait imaginés. Elles étaient loin de la vision d'horreur qu'elle avait dépeinte à Frances.

– Il n'y a rien ici, déclara Frances. Probablement des déchets, comme je te disais. Ce trou a pu être creusé il y a longtemps.

De nouveau sœur Saint-Patrice fut prise de fou rire.

– Tu m'as bien eue, dit-elle en riant, je te croyais presque.

– Je n'ai pas menti ! cria Maria de colère. Je sais ce que je dis ! Ils jettent les bébés dans le fond de ce gouffre !

Frances riait toujours et ne répondit pas. Elle se retourna pour se diriger vers l'escalier, mais s'arrêta net lorsqu'un gémissement se fit entendre.

Maria en eut presque le sourire. Tout comme lors de sa première visite, c'était la voix d'une femme, provenant de l'un des cachots. Elle eut pour réflexe de saisir à nouveau le poignet de Frances avant que cette dernière puisse déguerpir.

– Et ça, tu l'entends ?

Cette fois-ci, au lieu de remonter à toute vitesse, Maria tenait à en avoir le cœur net.

– Qui est là ? demanda-t-elle d'une voix forte, mais dont le manque d'assurance trahissait tout de même sa nervosité. Qui êtes-vous ?

Un bruissement se fit entendre et les deux jeunes femmes se tournèrent dans sa direction. Autour des barreaux de l'une des grilles, des doigts sales et décharnés s'enroulèrent.

– Partez d'ici, dit une voix faible et chevrotante. Quittez le couvent pendant qu'il en est encore temps.

La voix se transforma en sanglots. Maria et Frances se regardèrent et, sans dire un mot, à la faible lueur de leur lampe, s'approchèrent ensemble de la grille. Derrière, une vision d'horreur leur apparut.

Celle qui était enfermée dans le cachot n'avait que la voix d'une femme. Le reste avait été réduit à l'état de loque humaine : une silhouette frêle dans un habit sombre, sale et déchiré. Ses longs cheveux poussiéreux étaient mêlés et cachaient son visage. De toute évidence, cette femme se trouvait enfermée depuis un bon moment.

Au même instant, un gros rat sortit de nulle part et passa près des pieds de Frances, qui poussa un cri en reculant de quelques pas. Irritée, Maria la saisit et la secoua pour la ramener près du cachot.

– Depuis combien de temps êtes-vous ici ? demanda Maria à la prisonnière. Qu'avez-vous fait pour mériter une telle punition ?

– À quoi vous servirait de le savoir, répondit l'inconnue entre deux sanglots. Partez, vous dis-je, sauvez-vous avant qu'il soit trop tard.

Frances essaya effectivement de partir, mais Maria l'en empêcha encore une fois.

– Nous ne pouvons pas vous laisser ici, dit-elle. Nous devons vous faire sortir.

La femme se mit à tousser violemment, de la toux âcre et profonde des tuberculeux.

– C'est inutile, dit-elle après un moment. Ma vie est finie. J'attends la mort, ma seule délivrance. Mais vous pouvez encore vous en sortir.

Maria resta estomaquée et fut incapable de parler pendant quelques secondes. Elle venait de reconnaître la voix de sœur Saint-Barnabé, une religieuse qu'elle avait connue lors de son entrée au couvent. Sœur Saint-Barnabé était une jeune femme douce et gentille, une âme pure. Maria se souvenait très bien d'elle, de ses joues roses et potelées, de ses petits doigts boudinés. Mais sœur Saint-Barnabé avait apparemment quitté le couvent pendant que Maria était elle-même partie enseigner à la petite Catherine. Avait-elle été gardée prisonnière tout ce temps ? Un autre doute surgit dans son esprit.

– Êtes-vous seule ici ? Y a-t-il d'autres prisonnières ?

Sœur Saint-Barnabé toussa plusieurs fois encore.

– Il y a au moins deux autres femmes, répondit-elle finalement d'une voix rauque. Dans deux cachots un peu plus loin. Mais je ne sais pas qui elles sont et il y a très longtemps que je ne les ai pas entendues. Elles sont probablement mortes à présent. On nous apporte parfois de la nourriture, mais c'est à peine suffisant pour nous maintenir en vie. Dans le froid et l'humidité, on ne peut survivre bien longtemps.

– Mais comment arrivez-vous effectivement à survivre ? Qui vous apporte votre nourriture ? demanda Maria.

– Je ne peux pas trahir celles qui risquent leur vie à cause de moi. J'ai quelques amies en haut, elles m'apportent du pain et des fruits quand elles le peuvent.

– Il y a donc d'autres sœurs qui savent que vous êtes ici ?

– Oui, et elles se retrouveraient probablement ici elles aussi si on découvrait qu'elles viennent me rendre visite.

– Pensez-vous vraiment que quelqu'un les dénoncerait à la supérieure ? demanda Frances.

– C'est un fait, répondit sœur Saint-Barnabé entre deux quintes de toux. Ne faites jamais confiance à personne, vous êtes constamment épiées.

Pendant un moment, les trois femmes demeurèrent silencieuses. Maria éprouvait désormais un profond dégoût pour ces femmes qu'elle avait jadis vénérées et auxquelles elle avait entrepris de ressembler. Si au moins elle avait été prévenue !

Tenant toujours la lampe, elle regarda Frances. Celle-ci ne semblait plus pressée de repartir, comme elle l'avait été quelques minutes plus tôt. Elle était descendue pour savoir la vérité, et c'est elle qui posa finalement la question que Maria brûlait d'envie de poser :

– Y a-t-il vraiment des cadavres de bébés dans le fond du gouffre ? fit-elle d'une petite voix.

– Oui, répondit doucement sœur Saint-Barnabé. Mais il y a pire encore. C'est pourquoi vous devez partir de ce couvent le plus tôt possible.

Maria laissa aller Frances qui fit quelques pas en direction de l'escalier. Elle s'arrêta, puis interrogea Maria du regard. Celle-ci se sentait tiraillée entre le désir d'aider cette pauvre femme et le sentiment qu'elle et sa compagne devaient quitter la cave au plus tôt. Elle étendit la main et toucha les doigts décharnés qui étaient encore enroulés autour du barreau de fer glacial.

– Nous reviendrons, dit-elle avec bienveillance. Nous vous sortirons d'ici.

– Ne risquez pas votre vie pour moi, dit sœur Saint-Barnabé en sanglotant. Sauvez-vous, et vite !

Chapitre V

De retour au dortoir, Maria s'empressa d'aller se changer avant la messe. Encore une fois, on aurait dit que l'humidité de la cave avait permis à ces horribles odeurs d'imprégner son habit et son voile, et même le fond de sa gorge. La sensation de ce tissu poisseux sur sa peau la répugnait.

Elle aurait aimé prendre un bain et laver ses cheveux qui lui semblaient, eux aussi, avoir absorbé à jamais toute cette affreuse puanteur. Elle savait qu'on allait bientôt lui raser la tête, puisque c'était une chose à laquelle devaient se soumettre les religieuses au moment de prendre le voile, mais, alors que cette idée la navrait par le passé, elle aurait aujourd'hui voulu que cela se fasse tout de suite.

Même une fois changée, elle se sentit sale, souillée jusqu'au plus profond d'elle-même. Les sentiments qui la possédaient – dégoût, peur, colère et mépris – étaient si intenses qu'elle voulait hurler. Elle était incapable de mettre de l'ordre dans ses idées. Tout se passait trop vite et elle n'avait pas le temps de réfléchir ; elle ne pouvait que réagir selon son instinct.

Au moment d'entrer dans la chapelle pour la messe du soir, elle passa devant la mère supérieure et s'efforça de ne pas la regarder, craignant de ne plus être capable de retenir l'envie qui la tenaillait de lui cracher au visage.

Contre toute attente, la mère supérieure lui prit le bras pour l'arrêter.

– Venez me voir dans mon bureau après la messe, lui ordonna-t-elle sèchement.

Maria soutint son regard un instant, s'efforçant de ne pas laisser paraître sa colère. Ne sachant si elle devait répondre, elle fut plus soulagée que révoltée de sentir la mère supérieure relâcher sa poigne et la pousser violemment en avant.

En prenant place sur son banc, Maria se mit à trembler de façon incontrôlable. La cérémonie durant laquelle elle avait prononcé ses vœux s'était tenue à cet endroit la veille à peine, mais on aurait dit que ça faisait déjà une éternité. La chapelle lui paraissait plus sinistre que jamais. En promenant son regard sur la vaste pièce, elle remarqua que les murs étaient faits de la même pierre que ceux de la cave. Au milieu des échos qui se répercutaient, il lui parvenait occasionnellement un grincement de métal qu'elle imaginait semblable à celui que pourraient faire les portes des cachots. Seule l'odeur d'encens apportait une différence entre les deux endroits, mais ce soir-là cela lui était tout aussi répugnant.

Maria s'inquiétait de ce qui l'attendait. La cérémonie des vœux l'avait marquée sans qu'elle puisse prendre le temps de tout absorber. Par la suite, les révélations de la mère supérieure, puis la visite de la cave avec Frances n'avaient eu pour résultat que de la bouleverser davantage. C'en était trop en un si court laps de temps. Et voilà que la mère supérieure la convoquait… Mais que pouvait-elle bien lui vouloir ?

Savait-elle que Maria et Frances s'étaient aventurées dans la cave ? Et où était donc Frances ? Maria tourna discrètement la tête et chercha sa complice du regard : la pauvre sœur Saint-Patrice, pâle et tremblotante, était assise un peu plus loin et regardait droit devant elle. Impossible de savoir si son piètre état était le résultat de la découverte qu'elle venait de faire à la cave, ou si elle avait été elle aussi convoquée par la supérieure.

Déjà, Maria se voyait prosternée sur le plancher de tuiles, l'habit relevé, en train de se faire flageller. Elle se souvenait trop bien de la scène dont elle avait été témoin l'année précédente. Ce matin-là, elle ne savait pas de quel crime les deux religieuses avaient pu se rendre coupables, mais elle avait cru que ça devait être très grave. Maintenant qu'elle savait exactement ce qui était attendu des religieuses du couvent de l'Hôtel-Dieu, les mots que la mère supérieure avait hurlés alors : « Vous devez obéir ! »... prenaient désormais toute leur signification.

Tandis qu'elle se rendait, tout hésitante, à sa convocation, Maria n'avait qu'une vague idée de ce qui pouvait l'attendre, mais à tout le moins elle savait que rien de bon n'en découlerait. C'est donc à son extrême étonnement qu'en entrant dans le bureau de la supérieure elle la vit qui arborait un large sourire.

– Sœur Saint-Eustache ! fit-elle de cette voix mielleuse qui donnait la nausée à Maria. Venez par ici, il y a des gens qui voudraient vous rencontrer...

La supérieure ouvrit alors un grand placard qui était en fait une ouverture donnant sur une pièce adjacente, une pièce dont Maria n'aurait jamais pu soupçonner l'existence.

En entrant dans cette pièce, Maria remarqua immédiatement qu'il n'y avait aucune fenêtre ni aucune autre porte. Il y avait par contre, dans le plancher, une trappe ouverte qui lui rappela immédiatement la cave. Ce souvenir lui glaça le sang et ramena dans sa gorge les effluves nauséabonds dont elle avait eu tant de mal à se débarrasser. Heureusement, Maria avait un sens de l'orientation très développé et elle savait que la partie de l'édifice où elle se trouvait était complètement à l'opposé du réfectoire, du côté de la rue et ne donnait pas sur la cour intérieure. Elle était donc très loin de cette horrible cave et de ses cachots.

Se tournant légèrement sur sa droite, elle aperçut trois hommes, trois prêtres. L'un d'eux était le père Phélan, que Maria avait souvent vu officier la messe du soir. Cet homme était facile à reconnaître en raison de sa petite taille, de son épaisse chevelure raide de couleur carotte et surtout de son profil qui lui donnait l'air d'un aigle. Il avait de petits yeux noirs et perçants, qui dévisageaient d'un air cupide ceux qui s'adressaient à lui.

Maria reconnut également un second prêtre, l'abbé Michaud, un homme grand et maigre, dont le crâne dégarni reflétait constamment la lueur des cierges pendant qu'il chantait la messe. Par contre, le troisième prêtre lui était inconnu.

Bien qu'ils soient tous déjà dans la pièce au moment où elle y entra, il fut facile pour Maria de deviner que la trappe dans le plancher donnait sur un passage creusé sous la rue et qui menait au séminaire situé de l'autre côté. Mais à quoi servait-il ? Pourquoi les prêtres venant visiter le couvent auraient-ils eu besoin d'emprunter ce tunnel alors qu'ils n'avaient qu'à entrer par la porte principale, comme ils le faisaient le jour ? Et pourquoi avait-elle été demandée ici plutôt qu'au parloir ?

La réponse lui vint au moment où son regard se détacha des trois hommes pour scruter de nouveau la pièce. Il s'agissait d'une vaste chambre, sans aucun décor, à l'exception des longues tablettes fixées aux murs qui étaient autrement dénudés, et sur lesquelles une multitude de bougies étaient disposées pour illuminer le lieu.

Il n'y avait pour seul meuble qu'un lit, complètement à l'opposé de l'entrée, mais un lit d'un genre qu'on ne voyait probablement jamais dans un couvent : gigantesque, avec des montants de bois noir savamment sculptés et ornementés, un matelas épais, un baldaquin, des rideaux et des édredons faits d'un riche tissu cramoisi et une multitude de coussins – l'antithèse des paillasses et des simples lits de bois qui garnissaient le dortoir des jeunes religieuses. Maria sut alors qu'elle se trouvait dans cet endroit que la mère supérieure leur avait décrit comme étant la Sainte Retraite, et qu'en fait cette retraite n'était nullement sainte.

Les yeux de Maria voyagèrent un moment entre le lit, les hommes et la mère supérieure. Maria n'était plus une pucelle innocente et elle comprit tout de suite que les lueurs brillant dans les regards de chacun ne reflétaient que convoitise et lubricité.

L'abbé Michaud s'approcha.

– Sœur Saint-Eustache ? fit-il. Vous venez de prononcer vos vœux, n'est-ce pas ? Notre mère vous a-t-elle expliqué que vous devez désormais nous obéir ?

– Sœur Saint-Eustache comprend très bien, intervint la mère supérieure en entourant de son bras les épaules de Maria. N'est-ce pas, ma sœur ?

L'abbé Michaud prit alors le bras de Maria pour l'amener vers le lit. Maria ne put s'empêcher de remarquer un renflement sur le devant de sa soutane, à la hauteur du bas-ventre. Un bref regard vers les deux autres hommes, dont les soutanes présentaient un renflement semblable au même endroit, et Maria se souvint alors de ce que la mère supérieure avait dit la veille : les prêtres sont avant tout des hommes…

– Inutile de continuer, déclara le Révérend Slocum en toussotant, son timbre de voix traduisant son malaise. Il nous est facile d'imaginer la suite…

– Non, répliqua Maria avec force, avant même que l'homme ait le temps de finir sa phrase. Je veux que vous sachiez tout ce qu'ils m'ont fait endurer, et ce qu'ils font probablement endurer à celles qui sont restées.

Il y eut un moment de silence dans le bureau, durant lequel le Révérend Slocum, son épouse et William Hoyt se regardèrent sans parler.

– D'accord, annonça le Révérend. Mais je crois qu'il serait approprié que Mlle Taylor quitte la pièce. Votre récit semble prendre une tournure pour le moins inconvenante pour une demoiselle de son âge.

Encore secouée par la brusque interruption de son histoire par ses hôtes, histoire dans laquelle elle avait plongé sans réserve, Maria ne sut quoi répondre sur le moment. Emily se leva et se dirigea vers la porte. Sur le seuil, elle se retourna et regarda Maria d'un air à la fois soulagé et contrarié, comme si elle était à la fois heureuse de ne pas avoir à entendre les détails salaces, mais tout de même déçue de ne pas pouvoir connaître toute l'histoire.

– Non ! protesta soudainement Maria avant que la porte se referme. Je veux qu'Emily reste. Il faut que tous sachent ce que j'ai enduré. Il y a eu trop de jeunes filles innocentes condamnées à souffrir comme j'ai souffert simplement parce qu'on ne les avait pas averties de ce qui les attendait. Si seulement j'avais su, je n'aurais jamais mis les pieds dans cet endroit. J'ai bien l'intention de tout faire pour éviter qu'une seule autre fille ne tombe entre les mains de ces dégénérés. Il est plus immoral de cacher à Emily ce qui m'est arrivé que de le lui révéler. Elle est majeure. Elle est assez forte pour supporter la vérité.

– Elle est effectivement majeure, répondit le Révérend d'un ton gêné, mais elle n'est pas mariée… Je sens que vous allez nous révéler des choses qui risqueraient de la choquer…

– Elle reste ou je refuse de continuer.

De plus en plus embarrassé, le Révérend regarda William Hoyt, qui était toujours juché sur le bord de la fenêtre : il resta de glace. Le Révérend jeta ensuite un coup d'œil sur sa femme, qui se pencha vers lui pour lui chuchoter quelques mots à l'oreille.

– Très bien, fit-il au bout de quelques secondes. Elle peut rester. Mais nous nous réservons le droit de la faire sortir si votre récit devient… disons… trop corsé.

Et Emily revint s'asseoir, cette fois ne posant son derrière que sur le bout de sa chaise, comme si elle se tenait prête à quitter la pièce à toute vitesse à n'importe quel moment.

Maria resta silencieuse pendant quelques lourdes minutes, reprenant son souffle avant de poursuivre sa narration.

Sans même qu'on ait eu à le lui dire, elle avait tout de suite compris ce que l'on demanderait d'elle ce soir-là. Elle n'eut pas à attendre longtemps la suite des événements. La mère supérieure fit entrer une autre religieuse, sœur Saint-Clément, une femme un peu plus âgée que Maria, reconnue pour sa corpulence. Lorsqu'elle entra dans la pièce, l'abbé Michaud en fut manifestement le plus heureux.

Les intentions des trois hommes, même s'ils étaient des prêtres, étaient désormais très claires. Maria se considérait comme chanceuse de ne plus être une innocente pucelle. Sœur Saint-Clément devait elle aussi être habituée à se faire ainsi offrir en pâture, à en juger par la façon dont elle se laissa rapidement dévêtir par l'abbé Michaud.

Maria ne broncha pas non plus lorsque le père Phélan et le troisième prêtre entreprirent de lui retirer son habit. En quelques secondes à peine, les deux femmes se retrouvèrent nues au centre de la pièce, n'ayant conservé que leur voile, chose à laquelle ces messieurs semblaient particulièrement tenir.

La mère supérieure avait quitté la chambre pendant ce temps-là, pour revenir quelques minutes plus tard avec un cruchon de vin et des gobelets de métal. Mais alors que sœur Saint-Clément refusa la coupe que la supérieure lui tendit, Maria s'empressa de vider la sienne et ne se fit pas prier pour en reprendre une seconde fois. Elle vit immédiatement qu'il s'agissait d'une autre sorte de vin que celui utilisé pour la messe, étant plus sec et moins sirupeux. Elle se doutait bien qu'il était d'une meilleure qualité, un petit luxe que les prêtres s'offraient à l'occasion mais elle n'en avait que faire. Tout ce qui lui importait était que l'alcool fasse effet rapidement. Elle avait des souvenirs trop précis de cette époque où elle avait été obligée de vendre son corps pour survivre, et elle savait que l'alcool aidait à rendre floues ces images et ces sensations qu'elle préférait oublier.

Sœur Saint-Clément, quant à elle, semblait être plongée dans une profonde transe et ne paraissait nullement s'inquiéter du fait que l'abbé Michaud lui tripotait les chairs à la fois avec ses mains et avec sa bouche. La femme demeurait stoïque, complètement détachée mais, en l'observant à la dérobée, Maria vit bientôt que ses lèvres bougeaient légèrement. Elle comprit alors que la religieuse mettait en pratique les instructions de la mère supérieure : elle se réfugiait dans la prière sinon pour oublier la façon dont l'homme abusait de son corps, à tout le moins pour y puiser la rédemption et la sanctification qui lui avaient été promises.

Sœur Saint-Clément resta de glace pendant que l'homme se servait de son ample poitrine, de son ventre rebondi et de son énorme fessier pour assouvir son désir. Il la couvrit de baisers goulus, la baignant de sa salive de la tête aux pieds. Maria ne pouvait détourner son regard de cet homme qui, après avoir relevé sa soutane, entreprit de frotter son sexe sur tous les bourrelets et replis charnus de ce corps boudiné. Le tableau était encore plus dégoûtant du fait que l'abbé Michaud paraissait particulièrement maigre et même décharné à côté du corps si bien enrobé de la religieuse.

Puis il la fit se mettre à genoux, et ensuite à quatre pattes. Pendant qu'il la prenait bestialement, Maria entendait de plus en plus fort les mots prononcés par sa compagne, un Ave Maria rendu plus poignant du fait qu'il était récité par une femme qui se faisait violer.

Maria ferma les yeux un moment, essayant de toutes ses forces de bloquer les sons qui lui parvenaient : les prières de la pauvre femme, accompagnées des rugissements et des soupirs rauques de l'homme qui se servait d'elle. Soudain, elle sentit des mains froides se poser sur sa peau nue. Comme elle l'avait fait par le passé, elle se concentra pour détacher son esprit de son corps. Contrairement à sœur Saint-Clément, elle savait que la prière ne pouvait pas l'aider, car elle ne croyait pas que ce qui se passait dans cette chambre était la volonté de Dieu. Il ne pouvait pas vouloir cela.

Sans regarder la supérieure, elle tendit néanmoins le bras et elle fut soulagée de pouvoir vider coup sur coup deux autres gobelets de vin. Mais même si elle avait fermé les yeux et choisi de s'abandonner aux étourdissements provoqués par l'alcool qui lui montait à la tête, sa mémoire enregistra néanmoins tous les gestes qui furent posés à son endroit ce soir-là. Comment pourrait-elle jamais oublier que ces deux hommes, se cachant derrière leur titre de prêtres, avaient passé de longs moments à se servir de son corps, à le couvrir de caresses lubriques et de baisers repoussants, sans se soucier de ce qu'elle pouvait ressentir ? Elle n'était pour eux qu'un objet, une poupée de chiffon qu'on place de manière à l'utiliser dans un but essentiellement salace. Ils lui indiquaient comment se tenir, comment se placer pour mieux les accommoder, mais sans autrement lui adresser la parole ni lui prêter attention.

Bien entendu, ce n'était pas nouveau pour Maria. Mais par le passé, donner son corps avait été une question de survie, et elle l'avait fait avec des hommes qui ne s'étaient pas cachés derrière de faux prétextes. Dans le couvent de l'Hôtel-Dieu par contre, on abusait de pauvres femmes à coups de mensonges et, pire encore, on abusait de leur foi.

Après que l'inconnu se fut assouvi, et deux fois plutôt qu'une, il se rhabilla rapidement et prit congé de la mère supérieure avant de disparaître par la trappe. Allongée par terre, sentant sa propre sueur s'accumuler entre la peau nue de son dos et les tuiles froides du plancher, Maria s'aperçut alors que sœur Saint-Clément et l'abbé Michaud avaient eux aussi quitté la pièce. Mais tandis qu'elle commençait à espérer la fin de ce calvaire, Maria dut déchanter lorsque le père Phélan parla enfin.

– Elle est adorable, cette petite, déclara-t-il en claquant de la langue de manière lubrique. Si vous le permettez, je vais passer la nuit ici avec elle.

Sans dire un mot, mais en arborant un large sourire, la mère supérieure fit relever Maria et la dirigea vers le lit. Au moment où elle lui retira son voile, le père Phélan poussa un cri de joie :

– Quelle chevelure ! Je suis heureux d'avoir pu rencontrer notre sœur avant qu'on lui ait rasé la tête ! Bien entendu, ce serait un péché de le faire et je vous l'interdis formellement !

La mère supérieure alla fermer la porte de la trappe, défit le lit, puis quitta la pièce. Maria se mit à trembler, se sentant soudainement prise au piège, comme un agneau qu'on amène à l'abattoir. Le père Phélan, désormais nu, la plaqua sur le lit et se jeta sur elle de façon violente. Constamment insatisfait, l'homme passa la nuit à ses côtés, la forçant à se soumettre à ses désirs, de toutes les façons que l'on puisse imaginer, infatigable et inlassable. À plusieurs reprises, il l'empoigna par les cheveux pour diriger sa tête vers son bas-ventre, l'obligeant à lui prodiguer des caresses particulières avec sa bouche, sans qu'elle puisse s'y opposer.

Il la prit durement, sans se soucier de l'humiliation et de la douleur que tous ses gestes pouvaient lui causer. À plusieurs reprises, Maria crut qu'elle allait vomir, non seulement à cause de tout l'alcool qu'elle avait ingurgité, mais surtout à cause de tous ces actes perpétrés sur sa personne. Pendant un moment, elle eut une pensée pour les deux religieuses qu'elle avait vues en train de se faire flageller. Cette punition était-elle le prix à payer pour avoir refusé de se soumettre aux désirs immoraux d'un homme tel que le père Phélan ? Si c'était le cas, il était désormais clair pour Maria que quelques coups de fouet étaient de loin préférables à une seule minute au lit avec cet homme.

Puis elle pensa à sœur Saint-Barnabé, détenue dans le cachot de la cave. Une âme si pure n'avait sans doute jamais accepté de se soumettre ainsi et c'était probablement la raison de son incarcération. Combien de fois avait-elle eu à endurer un tel calvaire avant de se rebeller et de risquer la mort au cachot ?

Lorsque le père Phélan s'endormit enfin, Maria enfouit sa tête dans l'oreiller de duvet et pleura longtemps. Elle se sentait sale de la tête aux pieds, et elle l'était, souillée par la salive et la semence de cet homme qui s'était servi d'elle de façon si abjecte. Mais par-dessus tout, elle se sentait dupée, car elle avait elle-même choisi de revenir au couvent l'hiver précédent. Elle avait cru y trouver mieux que dans la rue, mais rien de ce qu'elle avait eu à affronter pendant plusieurs semaines, à l'extérieur de ces murs, ne se comparait à ce qu'elle venait d'y subir en une seule nuit.

Elle ne pensait pas s'être endormie, mais elle fut brutalement réveillée lorsque le père Phélan décida de commencer sa journée en l'assaillant une dernière fois, devant la mère supérieure venue les tirer du sommeil.

Dès qu'il eut fini, il enfila rapidement sa soutane et disparut par le souterrain de la trappe.

– Venez, dit la mère supérieure à Maria en lui tendant ses vêtements. Dépêchez-vous de vous habiller, c'est bientôt l'heure de la messe. Vous devrez d'abord vous confesser de tout plaisir que vous avez pu prendre cette nuit.

Chapitre VI

De nouveau convoquée par la mère supérieure, Maria savait qu'elle pouvait s'attendre à n'importe quoi. Marchant le long du corridor menant à son bureau, elle sentait son cœur battre à tout rompre et ses jambes se dérober sous elle. Comme d'habitude, elle crut qu'elle allait défaillir quand ce sentiment de nausée devenu par trop familier lui monta à la gorge.

Il y avait déjà six semaines qu'elle avait prononcé ses vœux et, depuis, elle avait été convoquée de cette façon pas moins de quatorze fois. Chaque fois lui avait semblé pire que la précédente. En tout, elle avait dû offrir son corps à seize prêtres, seize saints hommes qui ne s'étaient en fait servis d'elle que pour assouvir leurs instincts combien humains.

Très peu de mots étaient prononcés lors de ces rencontres. Les seuls bruits qu'on entendait étaient les grognements bestiaux des hommes alors qu'ils abusaient des femmes mises à leur disposition. De toute façon, il n'y avait vraiment rien à ajouter. La mère supérieure était celle qui donnait les ordres aux religieuses qui étaient livrées lors de ces occasions, surtout lorsqu'il s'agissait de jeunes femmes inexpérimentées ou réticentes.

Mais en autant que Maria était concernée, la supérieure n'avait jamais à lui ordonner quoi que ce soit. Maria savait qu'elle n'avait aucun autre choix et la vie lui avait enseigné qu'il était presque toujours plus simple de se soumettre et d'endurer en silence que de protester et d'en subir les conséquences, le plus souvent abjectes. De toute façon, elle commençait à connaître les préférences des hommes auxquels elle avait affaire et savait que l'obéissance et la docilité apportaient presque toujours une rapide délivrance.

En effet, certains prêtres étaient plus expéditifs que d'autres et les séances avec eux n'étaient que de courte durée. Par contre, quand il s'agissait du père Phélan, la nuit se transformait en un véritable chemin de croix. Sans contredit, cet homme était celui qui la dégoûtait le plus. Il avait une façon de couvrir le corps de Maria d'une salive fétide répugnante, qui finissait par imprégner sa peau et la laissait gluante, même si elle s'efforçait de se laver à grande eau par la suite. Il aimait également empoigner sa longue chevelure brune pour en entourer son membre viril, s'y vautrant jusqu'à ce que sa semence s'y répande. Il ne suffisait que de quelques instants avec lui pour que Maria se sente souillée de la tête aux pieds pendant des jours.

Il était brutal et parfois même presque bestial, mais, par-dessus tout, il y avait dans ses yeux une lueur démoniaque, à la limite de la folie. Fort malheureusement, selon les dires de la mère supérieure, il aurait déclaré préférer Maria à toute autre religieuse.

En entrant dans le bureau, Maria fut soulagée de voir que, d'une part, la porte du placard était fermée et, d'autre part, qu'elle n'était pas la seule à y avoir été mandée.

Il y avait dans la pièce les trois religieuses en compagnie desquelles elle avait prononcé ses vœux – sœurs Saint-Patrice, Saint-François de Sales et Saint-Thomas d'Aquin – et deux autres religieuses, sœurs Saint-Basile et Saint-Joachim. Les femmes étaient debout et formaient un cercle auquel la supérieure ordonna à Maria de se joindre.

Au centre du cercle, agenouillée et en larmes, se trouvait sœur Saint-Clément. Contrairement au soir où Maria l'avait vu livrer à l'abbé Michaud, sœur Saint-Clément ne semblait pas réfugiée dans la prière. Les sons sortant de sa bouche n'étaient que couinements et gémissements déchirants, semblables à ceux d'un petit animal à l'agonie.

– Taisez-vous! lui ordonna sèchement la mère supérieure, en lui assénant une taloche derrière la tête. Toute plainte de votre part ne servira qu'à prolonger votre pénitence.

Elle se tourna ensuite vers les religieuses qui se regardaient d'un air médusé.

– Voici la raison pour laquelle je vous ai fait demander ici, expliqua la supérieure. Votre sœur s'est rendue coupable d'un péché capital, le péché de gourmandise. En effet, elle a été surprise alors qu'elle fouillait dans le garde-manger afin d'y trouver de la nourriture, chose qui est interdite entre les repas, comme vous le savez.

En parlant, la supérieure s'était approchée de sœur Saint-Clément et avait légèrement relevé son habit, de façon à ce que toutes puissent voir que la malheureuse était agenouillée sur des pois secs.

– Afin que vous puissiez mesurer la portée de vos actes, continua la supérieure, sachez que les punitions infligées ici sont toujours proportionnées à la gravité du péché commis. Alors, si d'avoir à s'agenouiller de la sorte est la punition pour avoir succombé à la faiblesse de votre estomac, vous pouvez imaginer ce à quoi vous devrez faire face si vous commettez une faute encore plus grave.

Maria observa ses compagnes l'une après l'autre. Toutes regardaient fixement la pauvre sœur Saint-Clément, certaines visiblement éberluées, alors que les autres restaient impassibles.

Jusqu'à maintenant, lesquelles d'entre elles avaient eu à rencontrer les prêtres ? se demanda Maria. Frances n'avait pas encore été convoquée, de ses propres dires. En fait, elle avait semblé sceptique lorsque Maria l'avait avertie de ce qui l'attendait, tout comme lorsqu'elle lui avait révélé l'existence de la cave et de ses cachots. Mais Maria n'avait pas tenté de lui en dire davantage, persuadée que bientôt la pauvre sœur Saint-Patrice serait convaincue hors de tout doute.

Sœur Saint-Thomas d'Aquin avait carrément changé d'attitude depuis quelques jours, ce qui laissait croire à Maria qu'elle avait été présentée aux visiteurs de la nuit dans la Sainte Retraite pour y connaître le même sort que celui qui les attendait toutes. Sœur Saint-Thomas avait été jusqu'à tout récemment une jeune fille enjouée et parfois même d'un enthousiasme ridiculement puéril. Mais, du jour au lendemain, elle avait cessé de sourire pour prendre un air hébété qui laissait croire à Maria que le réveil aux réalités de la vie au couvent avait été brutal.

Quant à sœur Saint-François de Sales, une petite femme aux airs doux qui n'était pas sans rappeler sœur Saint-Barnabé, elle affichait constamment cet air béat de la dévote qui se considère désormais la plus heureuse des femmes parce qu'elle est devenue la servante du Christ. Maria savait trop bien qu'elle déchanterait sous peu, ce n'était qu'une question de temps.

Il y avait donc dans la pièce deux catégories de femmes : celles qui, comme Maria et sœur Saint-Thomas d'Aquin, avaient été présentées aux visiteurs du soir. Sœurs Saint-Basile et Saint-Joachim étaient probablement du nombre, puisqu'elles étaient au couvent depuis très longtemps. De plus, toutes quatre avaient ceci en commun : elles ne semblaient nullement surprises ni impressionnées de voir sœur Saint-Clément ainsi torturée. Elles savaient qu'il y avait pire encore.

Les deux autres, sœur Saint-Patrice et sœur Saint-François de Sales, étaient au bord des larmes. Mais comment Maria aurait-elle pu leur expliquer que le supplice de s'agenouiller sur des pois secs n'était rien comparativement à une nuit passée en compagnie du dégoûtant père Phélan ? Leur tour viendrait, bien entendu.

– C'est bien, mes sœurs, déclara la mère supérieure au bout d'un instant. Vous pouvez reprendre vos occupations.

En se tournant vers la porte, Maria vit que sœur Saint-Antoine était entrée dans la pièce sans que personne la remarque. Elle ne manqua pas le regard entendu que sœur Saint-Antoine échangea avec la supérieure. Comme toutes les religieuses, Maria savait que sœur Saint-Antoine était en quelque sorte l'adjointe de la mère supérieure, celle qui veillait à ce que toutes obéissent aux ordres de celle-ci en ce qui avait trait à la routine du couvent.

Sœur Saint-Antoine alla vers la supérieure et lui chuchota quelques mots à l'oreille, ce qui eut pour effet de la faire sourire d'une manière qui convainquit Maria que les deux femmes étaient également complices à un autre niveau. De plus en plus aux aguets, Maria comprenait maintenant qu'elle devait se méfier de sœur Saint-Antoine au même titre qu'elle devait se méfier de la mère supérieure.

S'en retournant vers le dortoir, elle se demanda si sœur Saint-Clément avait réellement succombé au péché de gourmandise. Elle se souvenait encore que sœur Saint-Barnabé lui avait dit qu'elle avait des alliées qui lui apportaient de la nourriture occasionnellement. Si la pénitence dont elle venait d'être témoin était infligée pour expier ce simple péché de voracité, à quoi pouvait-elle s'exposer si on apprenait que la nourriture ainsi subtilisée était en fait destinée à la prisonnière dans son cachot ? Pendant un moment, Maria pensa à en discuter avec son amie Frances. Elle se ravisa au bout d'un moment cependant, sachant que cela ne changerait rien.

Pendant quelques jours, il ne se passa rien de remarquable. Trois jeunes postulantes avaient été admises au noviciat. Maria brûlait d'envie de leur dire de quitter les lieux et de ne plus jamais revenir, mais elle craignait que ses paroles ne soient rapportées sinon à la mère supérieure, du moins à sœur Saint-Antoine ou même à sœur Saint-Paul. Elle savait trop bien quel châtiment effroyable lui serait alors réservé.

On lui avait annoncé qu'elle irait bientôt du côté de l'hôpital, pour participer aux soins des malades. Depuis son entrée au couvent, il lui avait parfois été ordonné d'aller aider à l'infirmerie. Cet endroit, à l'intérieur des murs du couvent, comprenait une grande salle semblable au dortoir, mais de dimensions plus réduites, où étaient soignées les religieuses malades.

Malgré les larges fenêtres qui laissaient entrer le soleil à profusion, Maria n'aimait pas s'y retrouver. Il y avait une multitude de petites salles adjacentes, dont certaines servaient à entreposer toutes sortes d'instruments qui la laissaient craintive. Tout au fond, il y avait une salle presque vide, à l'exception d'une table longue et étroite, assez haute et dont les pattes étaient pourvues de roulettes. À une des extrémités de la table, des étriers de métal étaient fixés et Maria considérait cette installation comme un appareil de torture.

Elle savait, bien entendu, qu'elle retrouverait beaucoup de ces instruments de l'infirmerie, et plus encore, du côté de l'hôpital. Par contre, à l'hôpital, elle serait hors du couvent, dans un établissement auquel toute la population avait accès. Elle y voyait donc la possibilité, sinon de fuir, à tout le moins de révéler à quelqu'un de l'extérieur ce qui se passait vraiment derrière les épaisses murailles de pierre du couvent. Elle attendait donc patiemment son tour, sachant que l'heure approchait où la vérité éclaterait enfin au grand jour.

Un matin, elle vit sœur Saint-Antoine et sœur Saint-Honoré soutenir sœur Saint-François de Sales en entrant dans la chapelle. La pauvre jeune fille semblait soudainement avoir perdu toutes ses forces. Son visage autrefois si serein et si plein d'adoration lors de la prière était maintenant livide, ses yeux étaient révulsés. On la laissa à genoux devant l'autel et elle ne bougea presque pas durant la messe, se contentant simplement d'ouvrir la bouche au moment où le père McVinty lui présenta l'hostie.

Puis, sœurs Saint-Antoine et Saint-Honoré revinrent la chercher pour la faire sortir de la chapelle, en traînant presque cette pauvre fille qui, de toute évidence, n'avait même plus la force de tenir sur ses jambes. Et elle se laissa conduire, comme un agneau qu'on mène à l'abattoir. Maria comprit à ce moment-là que la douce sœur Saint-François de Sales avait été convoquée dans la Sainte Retraite.

Après que le pathétique cortège fut passé dans l'allée centrale, Maria vit Frances qui l'interrogeait du regard. Elle détourna simplement la tête, trop bouleversée pour pouvoir donner quelque réponse tacite à son amie.

Elle se retint également de faire quelque commentaire que ce soit le lendemain soir, alors qu'elles marchaient toutes les deux en direction du bureau de la supérieure. Frances ne lui avait posé aucune question, de toute façon. Maria la sentait fébrile et inquiète, ce qui était tout naturel puisque non seulement elle devait se douter que les révélations de Maria allaient lui être confirmées, mais elle devait se souvenir de la pauvre sœur Saint-François de Sales et du triste état dans lequel elle se trouvait la veille.

À nouveau la mère supérieure était tout sourire en accueillant les deux jeunes femmes et en leur ouvrant la porte de la chambre secrète. Frances se figea un moment en constatant l'existence de cette annexe et elle tourna la tête en direction de Maria. Celle-ci ne put soutenir le regard de son amie et détourna les yeux. Puis la supérieure, sans ménagement, poussa Frances à l'intérieur. Maria les suivit, sachant qu'il n'y avait pour elle aucune autre issue.

Elle soupira presque aussitôt de soulagement en constatant que le père Phélan était absent; dans la pièce, il n'y avait que l'inconnu du premier soir – dont le nom lui était toujours étranger – et l'abbé Deschênes, un jeune homme qui, à première vue, était tout aussi craintif et timide que Frances.

Du coup, Maria se dit que cette première expérience pour Frances ne serait sans doute pas aussi horrible que la sienne l'avait été. Si l'abbé Deschênes était aussi réticent que sœur Saint-Patrice, leur accouplement ne pourrait être que bref et sans incident. Quant à l'inconnu du premier soir, Maria se souvenait qu'il avait pu la prendre à plusieurs reprises, mais qu'il n'avait pas été brutal ; il repartirait rapidement, une fois satisfait. Elle fut donc rassurée de voir que cette soirée ne serait pas aussi pénible qu'elle l'avait craint.

Cependant, à son grand étonnement, c'est Frances qui fut présentée à l'inconnu, alors que Maria fut poussée en direction du jeune abbé Deschênes. Encore une fois, la mère supérieure apporta du vin et Maria fut presque amusée de voir l'abbé Deschênes en avaler deux gobelets coup sur coup.

Le prêtre inconnu s'était assis sur le lit et avait relevé sa soutane, laissant voir toute l'ampleur de sa virilité. Tenant fermement Frances par le bras, la supérieure lui intima l'ordre de se mettre à genoux devant lui.

– Allez, ma fille, dit-elle d'un ton mielleux, mais sans équivoque. Ce n'est pas aussi terrible que vous le pensez. N'oubliez pas que c'est la Volonté de Notre-Seigneur.

La pauvre Frances tourna vers Maria un visage baigné de larmes avant que la supérieure lui pousse la tête en direction du prêtre. Maria les observa un moment, également au bord des larmes en constatant combien son amie devait trouver pénible d'avoir à se soumettre ainsi.

De son côté, elle n'osait pas regarder l'abbé Deschênes, ne sachant pas quel genre d'homme il était ni ce qu'il lui demanderait. Au bout d'un moment, elle jeta un coup d'œil sur lui et fut étonnée de voir que, même s'il observait la scène avec intérêt, il était visiblement mal à l'aise. Son visage rouge, son front en sueur et ses yeux exorbités trahissaient ses sentiments, mais Maria ne le sentait pas pressé de s'adresser à elle. Lorsque leurs regards se croisèrent à quelques reprises, c'est lui qui détourna les yeux, timide. À la hauteur de ses hanches, Maria ne distingua point de renflement révélateur, à la différence des autres hommes.

Son étonnement ne fit qu'augmenter lorsque la supérieure se dirigea vers elle, soudainement en furie.

– Mais qu'attendez-vous ? Vous savez ce que vous avez à faire, alors faites-le !

Incrédule, Maria se tourna vers son compagnon qui devenait de plus en plus nerveux. Elle se planta devant lui et se déshabilla sans perdre une seconde, retira même son voile pour découvrir cette chevelure qui plaisait tant au père Phélan, craignant que la mère supérieure ne devienne encore plus contrariée si elle n'agissait pas rapidement.

Elle s'arrêta un moment, lui offrant la possibilité de contempler son corps nu. À sa grande surprise, il détourna son regard de nouveau. De toute évidence, il était tellement embarrassé qu'il ne pouvait que jeter un coup d'œil furtif sur Maria avant de fixer son attention ailleurs. Maria s'avança alors et prit ses mains pour les poser sur sa poitrine, espérant que cela suffirait à vaincre sa timidité.

L'abbé Deschênes ne broncha pas. À un certain moment, son attitude sema le doute dans l'esprit de Maria et elle eut peine à retenir un sourire malicieux : le pauvre jeune homme était probablement puceau !

C'est alors qu'elle entreprit de le déshabiller, défaisant un à un les boutons de sa soutane. Ce faisant, elle prenait soin de se coller à lui, voulant lui faire sentir sa douce peau de jeune femme au fur et à mesure que son corps d'homme se dénudait. Une fois à découvert, le sexe de l'homme réagit violemment et sans équivoque, mais lui ne bougea pas. Maria s'enhardit alors, à la fois amusée et remplie de pitié pour ce pauvre abbé Deschênes. Elle se plaqua sur lui et leva son visage vers le sien pour lui offrir un sourire enjôleur. Peine perdue, l'homme semblait au comble du malaise.

Pour Maria par contre, ce geste eut un effet inattendu. Pour la première fois, le contact avec le corps d'un homme lui plut. Elle se figea un moment, surprise par ces nouvelles sensations qui étaient, elle devait se l'avouer, décidément plaisantes. Elle s'en voulut immédiatement d'éprouver tout cela, sachant que le plaisir lui était désormais interdit.

Le moment suivant, se tournant de nouveau vers Frances, Maria sentit une profonde tristesse l'envahir. Cette situation était pathétique, aussi bien pour l'abbé Deschênes que pour elle et pour sœur Saint-Patrice. Elle n'osa cependant pas regarder la mère supérieure, qu'elle tenait maintenant pour un montreur de marionnettes manipulant des figurines à sa guise, des hommes comme des femmes, sans se soucier qu'il s'agisse d'êtres humains.

Se souvenant de ce qu'elle avait appris à l'époque où elle avait dû vendre son corps pour survivre, Maria entreprit de séduire l'abbé Deschênes. Elle lui caressa les jambes et le ventre, se vautrant sur lui et, à un certain moment, elle lui prit même la main pour la guider sur son corps de femme.

Lorsque, finalement, il toucha son sexe et y laissa ses doigts un moment, Maria ne put s'empêcher de sursauter, éprouvant toujours ces sensations qui ne faisaient que s'amplifier et la laisser confuse. Pour la première fois, elle comprenait tout le sens du plaisir sexuel, de ce qu'elle pouvait ressentir au contact d'un homme, si inexpérimenté fût-il. Mais, au-delà du plaisir, la honte et le remords commencèrent également à poindre.

– Ça suffit ! déclara alors la mère supérieure. Retournez au dortoir, mes filles.

Un peu à regret, Maria vit l'abbé Deschênes se rhabiller rapidement, toujours muet et mal à l'aise. Puis elle vit que l'autre prêtre était lui aussi prêt à partir et que Frances était accroupie dans un coin, le visage livide mais les yeux désormais secs.

Maria dut aider son amie à se relever et à s'habiller, et ensemble elles retournèrent au dortoir. Aucun mot ne fut échangé ce soir-là. De toute façon, qu'auraient-elles bien pu se dire ?

En entrant dans la chapelle le lendemain matin, Maria sursauta lorsqu'elle sentit une poigne de fer se resserrer sur son bras.

– Allez d'abord vous confesser, lui ordonna sœur Saint-Antoine avant de la pousser vers le confessionnal. Et surtout, ne cachez rien à Dieu.

En entrant dans le confessionnal, Maria mit quelques secondes à reprendre ses esprits. Elle était surprise de la requête de sœur Saint-Antoine, mais encore plus contrariée par le ton et la manière que la femme avait employés. Peut-être la mère supérieure avait-elle vu comment la main de l'abbé Deschênes posée sur elle l'avait bouleversée ? Était-ce de cela qu'elle devait se confesser ? L'idée la révoltait. Pourquoi se confesser d'une sensation de plaisir physique, si brève et nullement quémandée, alors que les hommes qui prenaient son corps tour à tour étaient au-dessus d'un tel péché ?

– Notre-Seigneur vous écoute, mon enfant, lui parvint la voix de l'autre côté de la grille de métal. Ouvrez votre cœur et laissez Dieu entendre votre confession.

Maria eut tout à coup la nausée en reconnaissant la voix du père Phélan. Elle comprit alors l'ampleur de cette mascarade : elle n'avait pas besoin, bien entendu, de lui dire quoi que ce soit, la mère supérieure lui ayant sans aucun doute déjà raconté tout ce qui c'était passé la veille. Cependant, plus rien ne la surprenait en ce qui concernait la perversité de cet homme et elle savait qu'elle n'avait d'autre choix que de tout lui répéter dans les moindres détails.

Elle se souvint alors d'une confidence que lui avait faite l'une de ses amies, alors qu'elles n'étaient encore que des enfants. Le curé du village, désireux de recevoir leur confession, était apparemment avide de détails lubriques. Il aimait spécialement confesser les fillettes et, pour ce faire, les recevait dans un petit local aménagé à cette fin dans les écoles plutôt que dans un confessionnal à l'église. Maria avait souvent entendu dire que cette proximité avait donné lieu à des comportements inappropriés.

Jusqu'à maintenant, cet épisode de son enfance était resté enfoui au plus profond de sa mémoire. Et voilà qu'il lui revenait brutalement. Mais, tandis que les petites filles de jadis devaient presque tout inventer, les détails qu'on demandait à Maria de livrer n'avaient rien de fictif.

– Pardonnez-moi, mon père, car j'ai péché…, commença-t-elle.

– Et qu'avez-vous fait, mon enfant ?

– J'ai cherché à procurer du plaisir à un homme…

– Comment ?
– En me dévêtant devant lui.
– C'est tout ?
– Non, je l'ai également aidé à se dévêtir.
– Et ensuite ?
– Ensuite, je me suis collée contre lui…
– Continuez…
– J'ai placé mes mains sur son corps…

– Mais encore ? l'interrompit le père Phélan avec impatience. Racontez donc ! Vous savez fort bien que je dois tout savoir dans les moindres détails si vous voulez que je vous donne l'absolution !

– J'ai pris ses mains et je les ai placées sur ma poitrine. Je lui ai montré comment il devait me caresser.

– Et comment devait-il vous caresser, je vous prie ?

Maria prit un moment avant de répondre. De l'autre côté de la grille, le père Phélan devenait de plus en plus nerveux et insistant.

– Dites-moi comment, ma sœur. Dites-le moi immédiatement !

– En… en les pétrissant, mon père, avoua-t-elle, le souffle coupé.

– Et vous l'avez aidé à le faire ? demanda le père Phélan.
– Oui, admit Maria.
– Et y avez-vous pris du plaisir ?
– Non ! protesta-t-elle.
– En êtes-vous sûre ?
– Absolument, déclara-t-elle.
– C'est bon. Mais ensuite ?
– Ensuite, j'ai dû continuer.
– Continuer quoi ?
– À lui montrer comment me caresser.

– Et comment lui avez-vous montré ?

Maria hésita de nouveau. Elle n'osait pas lui dire comment elle s'était nichée contre l'homme, comment elle avait guidé ses mains le long de son corps et surtout comment elle avait aimé sentir ses doigts hésitants entre ses jambes.

– Comment lui avez-vous montré ? répéta Phélan d'un ton qui demandait une réponse immédiate.

– J'ai… j'ai pris sa main et je l'ai glissée entre mes jambes.

– Et après ? demanda-t-il encore.

– Après ? Plus rien, mon père. La mère supérieure m'a dit de retourner au dortoir.

– Est-ce vrai ? Cela ne m'en dit pas assez. Recommencez votre histoire depuis le début.

Déroutée, Maria recommença sa description des événements de la veille. Cette fois, le père Phélan était moins volubile, se contentant de la laisser parler alors que Maria faisait bien attention de ne pas omettre aucun détail.

Elle se demandait constamment pourquoi il tenait à tel point à tout savoir sur ce qui s'était passé dans la Sainte Retraite. Était-ce pour l'humilier ? Pour l'amener à lui avouer qu'elle aurait pu en retirer du plaisir ? Elle n'allait surtout pas lui donner cette satisfaction.

Au bout d'un moment cependant, la respiration bruyante de l'homme lui parvint et c'est à ce moment-là que Maria comprit ce qui se passait réellement. Elle s'arrêta brusquement de parler, tandis qu'elle remarquait que le prêtre ne tenait pas en place de son côté du confessionnal.

– Continuez, ma fille, lui ordonna-t-il d'une voix étranglée.

Maria approcha son visage de la grille et tenta tant bien que mal de voir ce que l'homme faisait.

– Oui, c'est ça, dit-il en gémissant, approchez-vous un peu.

Lorsque Maria vit ses doutes confirmés, il était trop tard : le père Phélan s'était levé debout et, ses hanches à la hauteur de la grille, y avait répandu sa semence. Il n'y avait maintenant aucun doute : la raison pour laquelle il avait demandé tant de détails à sa pénitente était uniquement motivée par un plaisir pervers.

Maria recula d'un bond, honteuse de s'être fait éclabousser si vilement et furieuse contre elle-même de ne pas avoir pu prévoir ce qui allait se passer. Elle sortit du confessionnal dans le même élan, sans refermer la porte derrière elle. Décontenancée, elle resta un moment immobile, regardant sans les voir les autres religieuses qui allaient s'asseoir sur leurs bancs. Personne ne lui prêtait attention.

Au bout de l'allée, la mère supérieure et sœur Saint-Antoine l'observaient d'un air hautain. Aussitôt, Maria comprit que c'était un coup monté, que les deux religieuses avaient tout orchestré et savaient fort bien ce qui venait de se passer dans le confessionnal. Elle baissa les yeux immédiatement et partit en direction opposée, ne voulant pas qu'elles voient le dégoût sur son visage et leur donner ainsi satisfaction.

Chapitre VII

Bien que la pluie tombât depuis près de trois jours et que le refroidissement soudain annonçât un hiver précoce, Maria se sentait de nouveau pleine d'espoir en franchissant enfin le portail séparant le couvent de l'hôpital.

Il y avait déjà plusieurs mois qu'elle était revenue au couvent et elle n'avait vu personne de l'extérieur depuis. Elle avait le cœur léger, gambadant presque aux côtés de sœur Saint-Philippe qui l'emmenait à l'étage des soins pour y rencontrer le chirurgien.

Maria avait souvent entendu parler de Robert Nelson, un médecin d'une grande réputation et d'une intelligence vive. Elle avait déjà tout prévu. Elle l'accompagnerait d'abord dans sa tournée des malades, probablement en compagnie de sœur Saint-Philippe, mais, dès qu'elle aurait la chance de se retrouver seule avec lui, elle s'empresserait de dévoiler tout ce qui se passait réellement au couvent : les visites des prêtres, les menaces et les châtiments de la mère supérieure, les pauvres religieuses enfermées dans les cachots. Tout.

Elle se demanda pourquoi personne avant elle n'avait songé à faire la même chose. Serait-elle surveillée à son insu ? Se pourrait-il que quelqu'un se doute de ses intentions et soit prêt à intervenir à la moindre tentative de dénonciation ?

Lorsqu'elle pensait aux châtiments infligés à celles qui osaient s'écarter du chemin dicté par la supérieure, Maria ne pouvait s'empêcher de penser à sœur Saint-Barnabé, probablement morte dans le cachot de la cave. Enfermait-on ainsi celles qui menaçaient de tout dévoiler ?

Cette idée fit frémir Maria, mais elle se ressaisit aussitôt en apercevant au bout du couloir un homme à la chevelure en bataille.

– Tenez-vous droite, lui ordonna sœur Saint-Philippe. Voilà le Dr Nelson.

Maria se raidit, se tenant prête à lui offrir son plus beau sourire, espérant ainsi gagner sa confiance le plus rapidement possible. Sa déception fut immense lorsqu'elle constata que le docteur était trop préoccupé pour la regarder plus d'une fraction de seconde.

– Ne perdons pas de temps, dit-il à sœur Saint-Philippe. Nous avons beaucoup de patients à visiter et j'ai plusieurs prescriptions à vous transmettre.

Ils marchèrent très vite, sœur Saint-Philippe un pas derrière le médecin et Maria fermant la marche en trottinant. Celle-ci essayait tant bien que mal de comprendre et de retenir tout ce que le Dr Nelson dictait, tandis qu'il allait d'un patient à l'autre, s'arrêtant un moment pour les examiner, puis repartant de nouveau.

La plupart des patients la regardaient avec reconnaissance, levant vers elle un regard rempli d'espoir et de gratitude. Ces pauvres gens la voyaient comme un ange venu les réconforter, les soigner, les sauver. Maria se prit tout de suite de sympathie pour eux ; même si elle ne savait pas quoi leur dire, elle était prête à leur prendre la main et à leur offrir un sourire d'encouragement.

Petit à petit, elle en vint à oublier ses propres soucis pour se pencher sur ceux des personnes alitées. Tant qu'elle n'était pas seule avec le Dr Nelson, elle ne pouvait rien faire de toute façon. Elle avait songé un moment à se confier à un des patients, se disant que toute bribe d'information concernant le couvent était préférable au silence, mais, dans la plupart des cas, ces malades n'étaient pas en mesure de raconter quoi que ce soit à quiconque. Plusieurs étaient même condamnés et ne sortiraient probablement jamais de cet hôpital.

Un jour, alors qu'elle se promenait d'un lit à l'autre, lissant des draps ou replaçant un oreiller, Maria s'aperçut que sœur Saint-Philippe avait disparu, la laissant enfin seule avec le Dr Nelson. Il était assis à un petit bureau, occupé à rédiger ses notes dans un cahier. Maria s'approcha timidement de lui, son cœur battant à tout rompre dans sa poitrine.

Elle toussota une ou deux fois avant de pouvoir attirer son attention.

– Oui ? demanda-t-il en la regardant dans les yeux pour la première fois. Avez-vous des questions ? Vous êtes nouvelle, n'est-ce pas ?

– Oui, répondit Maria en tremblant. Docteur Nelson, il y a une chose dont je voudrais vous parler…

– Faites, ma sœur.

– Eh bien voici, dit Maria en hésitant. Il se passe une chose horrible, une chose dont vous devez absolument être averti.

Le Dr Nelson ne répondit pas et continua de la regarder. Maria y vit un bon signe et rassembla ses pensées pour pouvoir lui décrire la situation aussi clairement que possible, mais un faible bruit derrière elle arrêta son élan. Elle sentit son sang se figer en reconnaissant un léger frottement d'habit. Une religieuse, probablement sœur Saint-Philippe, venait se joindre à eux.

Le Dr Nelson détourna son regard de Maria pour le poser sur celle qui était entrée. Son visage s'éclaira tout à coup.

– Mère supérieure! Quelle belle surprise!

Il se leva d'un bond pour aller la saluer, lui serrant la main vigoureusement, comme si elle eût été un homme.

– À chacune de mes visites, je me demande si j'aurai enfin l'occasion de vous revoir! Ça fait si longtemps…

– Trop longtemps, répondit la mère supérieure en promenant son regard entre le médecin et Maria. Je vois que vous avez rencontré notre nouvelle compagne…

– Oui, votre sœur allait justement me parler de quelque chose…

Il se tourna vers la jeune religieuse.

– Que disiez-vous, ma sœur, demanda-t-il à Maria, alors qu'il tenait toujours la main de la mère supérieure. Vous me parliez de quelque chose d'horrible dont je devais être averti?

Maria ne répondit pas tout de suite, prise d'une panique qu'elle s'efforçait de ne pas laisser transparaître. Il lui fallait trouver quelque chose d'autre, mais quoi? Elle prit bien soin d'éviter de rencontrer le regard de la mère supérieure, sachant que celle-ci verrait tout de suite qu'elle était prête à tout dévoiler.

– Cet… cet homme là-bas, fit-elle d'une petite voix hésitante, au bout d'un moment. Je… je crois qu'il est mort.

Tout en parlant, elle avait tendu la main vers un des lits dans le fond de la salle, espérant que les tremblements qui la secouaient seraient perçus comme un signe de crainte, alors qu'elle cherchait désespérément une réponse à la question du médecin.

Interloqués, le Dr Nelson et la mère supérieure se retournèrent en même temps.

– Vous vous trompez, répondit le Dr Nelson sans même la regarder. Il est vrai que ce pauvre homme est très malade, mais je l'ai examiné tout à l'heure et il était encore bien vivant. Allons le voir.

Et ils refirent ensemble le chemin inverse, Maria suivant le médecin et la supérieure, tandis qu'ils allaient de nouveau d'un patient à l'autre. Cette fois, la réaction des patients fut encore plus forte que lors de la visite initiale : ils reconnaissaient la mère supérieure qu'ils accueillaient avec joie, comme si elle eût été le bon Dieu en personne.

Certains lui prenaient la main pour la porter à leurs lèvres. D'autres, trop faibles, se contentaient de la regarder, les yeux remplis de larmes de gratitude. Et la mère supérieure se montrait bonne et charitable, les appelant chacun par leur nom, leur adressant quelques mots de réconfort, prodiguant quelques conseils, s'informant de leur famille.

Observant la scène avec stupéfaction, Maria comprit à ce moment-là que tout était perdu pour elle : personne ne voudrait jamais croire que celle qu'ils voyaient comme une sainte entre les murs de l'hôpital se transformait du côté du couvent en une créature démoniaque et perverse.

*

Malgré ses inquiétudes, Maria ne fut nullement interrogée. Qui aurait pu se douter qu'elle s'apprêtait à tout révéler ? Ou alors, la visite surprise de la mère supérieure surgissant inopinément n'était pas vraiment une coïncidence… Avait-elle agi ainsi afin de tester la loyauté de la religieuse ? Quoi qu'il en soit, il se passa quelques jours avant que Maria retourne une nouvelle fois du côté des malades. Et, comme lors de sa première visite, elle était constamment accompagnée – même si parfois d'assez loin – par une autre religieuse, qu'elle soupçonnait d'avoir été envoyée pour l'espionner. Elle s'appliqua donc, en tout temps, à être d'une obéissance sans faute.

Un soir cependant, elle se retrouva seule au chevet d'une vieille religieuse qui s'était blessée à la hanche en tombant dans l'escalier. La patiente avait été ramenée de l'hôpital à l'infirmerie du couvent, et on avait demandé à Maria de la surveiller. La croyant endormie, Maria se préparait à se retirer, emportant avec elle la lampe qui éclairait faiblement la grande salle, quand la vieille religieuse lui prit le bras.

– Ne partez pas ! implora-t-elle. Ne me laissez pas seule dans le noir.

Maria hésita un moment. On l'avait avertie que la patiente avait tendance à divaguer et à s'agiter, et de ne pas tenir compte de ses propos.

– Je ne peux pas supporter d'être seule dans le noir, continua la vieille femme. J'ai vu tant de choses horribles dans cet endroit que je ne peux dormir qu'avec une lampe allumée… Je ne peux pas vous dire tout ce dont je me souviens, car ça ne vous effraierait que trop. Ce que vous avez peut-être vu jusqu'à maintenant n'est rien… J'ai vu tant de jeunes femmes comme vous tuées dans ce couvent…

Je dois vous mettre en garde : ne faites confiance à personne, ne dites rien à personne, il s'en trouvera toujours une pour vous trahir…

Ne sachant que penser, Maria laissa la lampe, mais se retira tout de même. Quelle part de vérité y avait-il dans ce qu'elle venait d'entendre ? Il était tard dans la soirée, et la vieille dame semblait confuse.

Que ces révélations fussent vraies ou non, la vie quotidienne au couvent était d'une lourdeur que seules les fredaines de Jane la folle arrivaient parfois à alléger. En tout temps, la mère supérieure excusait ces écarts, à un point tel que Maria commença bientôt à soupçonner que c'était une façon de faire oublier à toutes la triste réalité de leur situation au couvent.

Une autre convocation survint de bon matin, rassemblant de nouveau les quatre dernières religieuses ayant prononcé leurs vœux. Qu'allait-il leur être dit qu'elles ne savaient pas déjà ? À ce moment-là, Maria avait la certitude que toutes avaient été présentées aux prêtres qui venaient le soir. Sans même qu'un seul mot eût été prononcé, le comportement de ses compagnes parlait de lui-même. Mais, tandis que son amie Frances – qui avait été convoquée dans la chambre secrète deux ou trois fois – ne paraissait pas en souffrir outre mesure, la réaction de sœur Saint-François de Sales était par contre tout autre.

La jeune femme avait totalement changé du jour au lendemain : elle qui était auparavant si calme, posée et béate, semblait parfois perdre la raison, se retrouvant tantôt prostrée et détachée du monde, tantôt pareille à une furie, criant et rageant contre un être invisible.

Au moment d'être convoquées, sœur Saint-François paraissait étrangement sereine, mais Maria sentait que la pauvre femme, telle une tempête qu'annonce un calme insolite, pouvait éclater à tout instant.

Les quatre jeunes filles se retrouvèrent donc une nouvelle fois debout devant la supérieure. Quelle autre révélation inattendue allait leur être faite maintenant? La mère supérieure avait cet air hautain et suffisant qui ne servait qu'à intensifier le pouvoir qu'elle détenait en ces lieux. Un peu à l'écart, sœur Saint-Antoine promenait son regard entre les arrivantes, comme si elle avait été chargée de noter leurs réactions pour ensuite en faire part à la supérieure.

– Mes filles, dit la mère supérieure au bout d'un instant, depuis que vous avez prononcé vos vœux, certaines d'entre vous – et je ne nomme personne – ont été fidèles à ces promesses.

Elle fit une pause et alla se placer derrière son bureau d'où elle se contenta de regarder son auditoire silencieusement pendant quelques secondes.

– Par contre, reprit-elle, d'autres semblent avoir quelque difficulté à comprendre ce qui est attendu d'elles et à y obéir.

Ce disant, elle posa les mains sur la table et s'inclina vers l'avant. Son visage devint dur et ses joues s'enflammèrent. Pendant un instant, Maria crut que la femme allait se mettre à rugir, à se déchaîner comme elle l'avait vue faire cet après-midi-là où, lavant le plancher du corridor, elle l'avait surprise en train de flageller deux religieuses. Mais alors qu'elle retenait son souffle, la mère supérieure sembla se calmer et son visage se détendit. Elle se recula d'un pas et ouvrit l'un des tiroirs de son bureau d'où elle extirpa une feuille de papier jauni.

– Pour celles d'entre vous qui auraient l'idée de s'opposer à notre bon vouloir et de le mettre en doute, je me permets de vous montrer cette missive qui vient directement de Sa Sainteté le bon pape Grégoire XVI, par l'entremise de notre évêque, Mgr Lartigue…

Elle tendit la lettre à sœur Saint-Antoine qui, à son tour, la remit à Maria en lui indiquant de la faire circuler. Maria regarda brièvement la missive, écrite en latin. La feuille portait un sceau de cire qui, à présent, était presque complètement craquelé. Les mots sur la page étaient flous et, comme sa connaissance du latin se limitait à avoir appris par cœur les prières les plus communes, elle ne put rien comprendre de ce qui était écrit. Elle passa donc rapidement la lettre à ses compagnes. Sœurs Saint-Patrice et Saint-Thomas d'Aquin firent de même, mais sœur Saint-François de Sales fut celle qui y porta le plus d'intérêt.

Elle prit la feuille d'une main tremblante et la lut du début à la fin. Au fur et à mesure que ses yeux écarquillés se promenaient sur la page, son visage changea et elle se mit à pleurer doucement. Arrivée à la fin de la lettre, elle s'essuya les yeux avec les poignets de son habit avant de respectueusement porter le papier à ses lèvres. À ce moment-là, sœur Saint-Antoine revint le lui enlever et le remit à la supérieure.

La mère supérieure les regarda toutes en leur adressant un sourire tordu.

– Je peux voir à votre air ébahi que la majorité d'entre vous n'avez rien pu lire du contenu de cette lettre. C'est bien la preuve de votre ignorance. Sachez, mes filles, qu'il n'y a qu'un seul mot sur cette lettre que vous devez reconnaître : *obœdire*, qui signifie obéir.

Tout en parlant, elle s'était avancée vers les religieuses et avait posé sa main sur l'épaule de sœur Saint-François de Sales qui pleurait de nouveau à chaudes larmes.

– Seule votre sœur ici possède les connaissances suffisantes pour apprécier le message de notre Saint-Père. Alors laissez-moi vous en faire une brève traduction : vous avez fait promesse solennelle d'obéir aux ordres qui vous seront donnés. Même si l'accomplissement de certaines tâches vous paraît difficile à comprendre, sachez que c'est la volonté de Notre-Seigneur et de son représentant sur terre. Vous ne gagnerez rien à essayer de vous soustraire à la volonté divine. Par contre, tout manquement vous vaudra immédiatement la damnation.

– Mais comment savons-nous que cette lettre vient bel et bien du pape ? demanda Maria.

Elle s'arrêta net, surprise par ses propres mots. Depuis qu'elle était entrée au couvent, jamais elle n'avait osé répondre à la mère supérieure, encore moins critiquer quelque ordre que ce soit. Mais au moment même où cette phrase sortit de sa bouche, elle la regretta. Sans un mot, la mère supérieure vint se planter devant elle et la regarda d'un air courroucé. Incapable de soutenir ce regard, Maria baissa les yeux.

– Pardon, ma mère, murmura-t-elle dans un sanglot.

La mère supérieure alla vers sœur Saint-Antoine et lui chuchota quelques mots. Maria ne put capter ce qu'elle venait de lui dire, aussi se mit-elle à trembler lorsqu'elle vit sœur Saint-Antoine quitter précipitamment la pièce.

Quelle punition allait-elle encourir pour avoir ainsi osé affronter la supérieure ? Elle revoyait sans cesse la séance de flagellation dont elle avait été témoin jadis et craignait désormais que le même sort ne lui soit réservé. Un instant plus tard, elles sortirent du bureau de la supérieure pour retourner vaquer à leurs travaux.

Maria était toujours inquiète. Toute la journée elle demeura aux aguets, le cœur battant, sursautant chaque fois que quelqu'un surgissait derrière elle. Ce furent des heures infernales, remplies de terreur.

Lorsqu'elle fut de nouveau convoquée le lendemain soir, elle craignit plus que jamais de franchir le seuil du bureau. Priée par la supérieure de bien vouloir entrer dans la chambre secrète, elle savait que tout pouvait arriver.

Dès lors elle ne fut pas étonnée de se trouver en présence du père Phélan, de l'abbé Michaud, du père Bonin et de l'inconnu du premier soir. Cet homme commençait à l'intriguer d'ailleurs. Il venait souvent visiter les religieuses la nuit, mais Maria ne l'avait encore jamais vu officier la messe. Qui était-il donc ? Se pouvait-il que son allure en tant que célébrant soit si différente de celle qu'il avait dans la Sainte Retraite qu'il en devînt méconnaissable ? Elle avait remarqué que les prêtres qui se servaient d'elle de façon si vile la nuit ne lui accordaient plus aucune attention lorsqu'ils la revoyaient durant la messe et ne semblaient jamais la reconnaître. Pour un peu on aurait cru que ce n'était pas les mêmes hommes.

Mais ce soir-là, Maria n'avait aucun doute sur l'identité de ceux devant lesquels elle se trouvait.

On fit par la suite entrer Frances. Cette fois, Maria pressentit que ces messieurs seraient moins réservés à l'égard de son amie, surtout si le père Phélan s'avisait de la prendre pour lui.

L'arrivée d'un dernier prêtre, le père Dufresne, ne servit qu'à la surprendre davantage. Maria se mit tout de suite à éprouver un certain malaise en constatant qu'il y avait un certain déséquilibre entre le nombre de femmes et le nombre d'hommes dans la pièce. Elle avait déjà été témoin de scènes où une de ses consœurs avait dû se conformer aux demandes de trois hommes en même temps, mais ça ne lui était encore jamais arrivé. Combien d'hommes Frances et elle pourraient-elles endurer en une seule soirée ? Le père Dufresne l'impressionnait particulièrement, étant de carrure imposante et animé d'un comportement plutôt brutal.

Tous attendaient sans bouger, sans dire un mot. Maria se mit à se demander ce qui allait se passer. La situation lui paraissait inhabituelle, et elle percevait même un certain malaise parmi les gens présents… Mais au moment où, perdue dans ses pensées, elle en venait presque à se détacher de ce qui se déroulait dans la pièce, d'effroyables hurlements la firent sortir de sa transe. Devant la porte du placard, la mère supérieure et sœur Saint-Antoine se débattaient avec sœur Saint-François de Sales qu'elles essayaient tant bien que mal de faire entrer dans la chambre. Celle-ci, malgré sa petite taille et ses airs fragiles, leur livrait une chaude lutte, criant, gesticulant, leur assénant coup sur coup et tentant même de les mordre pour les faire lâcher prise. Dans cette bagarre, elle en avait même perdu son voile et déchiré son habit.

Suivant ce groupe, sœur Saint-Hippolyte, qui poussait la pauvre sœur Saint-François pendant que les deux autres la tiraient. Au bout d'un moment, les trois femmes réussirent à la traîner dans la chambre secrète et le père Dufresne s'empressa d'aller refermer la porte derrière elles.

– En voilà des façons, dit-il d'une voix méprisante.

– Vous ne m'aurez pas ! cria sœur Saint-François en furie. Je vais révéler à tous ce qui se passe ici. Je le dirai à toute ma famille !

– Allons donc, riposta le père Dufresne en riant. Et que croyez-vous qu'une simple poignée de personnes puisse faire ? À condition, bien sûr, qu'elles commencent par vous croire…

– Mon oncle est journaliste, déclara la jeune sœur en le défiant. Il est mon parrain, c'est même le membre de ma famille qui vient me rendre visite le plus souvent.

À ces mots, le père Dufresne parut hésiter et se tourna vers la supérieure. Celle-ci avait également perdu son air hautain habituel. Le prêtre et la religieuse s'interrogèrent du regard un moment, puis le père Dufresne considéra ses complices, comme s'il cherchait à obtenir d'eux quelque solution au problème soulevé par sœur Saint-François. Pendant ce temps, celle-ci hurlait de plus belle.

– Je le crierai sur les toits, j'alerterai les autorités, j'écrirai à Rome s'il le faut ! Je ne crois pas que ce qui se passe ici soit la volonté divine, et j'entends bien quitter cet endroit maudit pour révéler au monde entier ce que vous nous faites subir !

– Taisez-vous ! hurla le père Dufresne à son tour. Nous avons les moyens de vous faire taire ! Un seul mot de ma part et vous vous retrouverez aux cachots à servir de nourriture pour les rats !

– Vous ne pouvez pas me faire disparaître ! s'écria sœur Saint-François. Tous ces visiteurs qui me réclament au parloir, chaque semaine, se demanderont bien où je suis passée !

Décontenancé, le père Dufresne se mit à faire les cent pas. Les quatre autres hommes ne semblaient pas avoir de suggestions à offrir et se contentaient de s'interroger du regard, visiblement inquiets. Chose inhabituelle, ils ne montraient aucun signe de supériorité, de contrôle de la situation. Contrairement aux autres soirs où elle avait été convoquée dans cette chambre, Maria doutait que leurs esprits fussent occupés par des pensées lubriques. Les hommes lui apparaissaient soudainement comme des rats pris au piège – possiblement leur propre piège.

Pour la première fois depuis son arrivée au couvent, elle commença à penser qu'enfin la vérité allait éclater au grand jour. Enfin quelqu'un allait avoir l'audace de tout dénoncer ! Mais, par-dessus tout, Maria se délectait de voir la mère supérieure, aussi anxieuse que les prêtres, perdre ses grands airs.

– Nous n'avons qu'une solution, dit enfin le père Dufresne à la mère supérieure, au bout d'un moment. Vous avez tous lu les instructions de Mgr Lartigue. Il nous faut agir maintenant ; nous ne pouvons pas attendre une autre visite de sa famille. Défaites le lit, descendez le matelas au sol. Mais avant, faites sortir les deux autres…

Maria comprit que cette dernière demande concernait Frances et elle-même, mais, tandis que sa copine quittait les lieux sans se faire prier pour regagner le dortoir, Maria ne pouvait s'empêcher de vouloir rester. Elle suivit donc Frances de loin au début, mais, la curiosité l'emportant sur la peur, elle retourna vers le bureau de la supérieure. Elle murmura une brève prière et entrouvrit doucement la porte du placard. Comme elle l'avait espéré, par l'entrebâillement elle pouvait voir ce qui se passait dans la chambre secrète.

Ainsi que le père Dufresne l'avait demandé, on avait défait le lit et Maria se rendit compte qu'il était en fait constitué d'une pile de trois matelas distincts. Sœur

Saint-François continuait de hurler ses menaces, mais cette fois elle était retenue par l'abbé Michaud et le prêtre inconnu. Ce qui se passa alors apparut à Maria comme un horrible cauchemar. Retenant son souffle, elle regarda les deux hommes étendre de force sœur Saint-François sur le premier matelas, tandis que le père Phélan, le père Dufresne, sœur Saint-Antoine et la mère supérieure hissèrent, puis posèrent les deux autres matelas sur la pauvre fille.

Tout d'abord, Michaud et l'inconnu restèrent de part et d'autre du lit pour empêcher leur victime de s'échapper, pendant que les autres grimpaient sur les matelas. Lorsque sœur Saint-François arrêta enfin de se débattre, ils montèrent rejoindre leurs complices sur la pile. Seul le père Bonin s'abstint de grimper, restant accroupi pour s'assurer que sœur Saint-François ne bougeait pas. Pardessus, les trois religieuses piétinaient le matelas, sautant à pieds joints. Personne ne semblait se soucier de ce que pouvait ressentir la pauvre sœur Saint-François. Sœur Saint Hippolyte, entre autres, paraissait même y prendre un malin plaisir.

Maria mit son poing dans sa bouche pour étouffer ses sanglots. Elle regardait la scène sans pouvoir détourner les yeux, sidérée par sa violence. Elle savait à présent quelle était l'ultime punition pour celles qui refusaient de se soumettre.

Ainsi écrasée, la pauvre sœur Saint-François n'avait plus aucune chance. Suffoquée par les matelas lestés du poids de sept personnes, elle allait payer de sa vie l'erreur qu'elle avait commise en menaçant de tout révéler. Au bout de quinze à vingt minutes durant lesquelles personne n'avait dit un mot, le groupe descendit finalement de son perchoir. Lentement, les matelas furent retirés. Dessous, gisait le corps inerte de sœur Saint-François. Le père Dufresne s'en approcha, lui prit la main et tâta son pouls.

– Elle est morte, dit-il. Elle aurait fait un bon martyr. Allons la jeter dans le gouffre de la cave avec les autres.

– Non ! déclara la mère supérieure avec force. Sa famille va la demander, comment pourrions-nous leur expliquer son absence ?

– C'est vrai, répondit le père Dufresne, mais quel choix avons-nous ?

– Qu'en est-il de ce bon docteur qui nous devait une faveur ? demanda le père Phélan d'une voix mielleuse. Vous souvenez-vous que nous nous sommes entendus pour garder le silence sur ses agissements en échange de passe-droits futurs ? Eh bien, voilà le moment idéal, je dirais…

– Parfait, fit alors la mère supérieure. Nous allons la mettre dans son lit. De votre côté, assurez-vous que le docteur soit disponible demain matin, lorsque les compagnes de sœur Saint-François la découvriront morte, pour venir constater le décès. Rappelez-lui que c'est une faveur qu'il nous doit bien…

Maria n'attendit pas de voir ce qui se passerait ensuite. Elle partit à pas de loup, du plus rapidement qu'elle put, et regagna son lit dans le dortoir. Au moment de se coucher, elle aperçut dans la pénombre Frances qui se levait pour venir vers elle. Agitant les bras, elle lui fit signe de retourner se coucher. Quelques instants plus tard, trois ombres se profilèrent dans l'entrée : une silhouette frêle et molle, soutenue de chaque côté par deux femmes, fut traînée dans le dortoir, puis déshabillée et mise au lit.

Maria pensa que Frances et elle seraient peut-être les seules à ne pas être dupes de ce pathétique scénario. Et qu'en était-il de la religieuse qui montait la garde de l'autre côté du rideau ? Si elle ne dormait pas, elle ne pouvait manquer de voir ce qui se passait. Sans doute n'était-ce pas la première fois qu'une telle chose se produisait ?

Maria ne ferma pas l'œil de la nuit, trop bouleversée par ce qui venait de se passer et horrifiée à la pensée de dormir avec un cadavre gisant quelques lits plus loin. Elle essaya tant bien que mal de retenir ses sanglots, anxieuse de voir cette nuit infernale se terminer au plus tôt.

Le lendemain matin, Maria n'osa pas regarder du côté du lit de sœur Saint-François. Elle essayait de toutes ses forces de rester calme et de paraître normale. Pour sa propre sécurité, elle se devait de prendre part à cette effroyable mascarade. Elle mit du temps à se lever et à enfiler son habit. Curieusement, sœur Saint-Louis, qui leur avait servi de chaperon pour la nuit, ne tenta nullement de la bousculer, même si cette vieille chouette avait la fâcheuse habitude de toujours vouloir que le dortoir se vide à la vitesse de l'éclair.

Toutes les religieuses s'affairaient, sauf bien entendu sœur Saint-François. Jetant de furtifs regards à ses consœurs, Maria se demanda qui, d'entre elles, oserait enfin briser le silence et aller vers le corps inerte pour voir ce qui se passait. Quelque chose lui disait que ce serait Jane la folle, puisque c'était la seule qui avait l'habitude de tirer brutalement du lit les retardataires. Mais ce matin-là, celle-ci était plutôt occupée à babiller de façon incohérente, à quatre pattes à côté de son lit, cherchant quelque objet dont elle seule connaissait la nature.

Bientôt des regards intrigués se posèrent sur la silhouette immobile. Même si personne ne parlait, l'agitation matinale ne manquait jamais de réveiller même les plus paresseuses. Au bout d'un moment, sœur Saint-Louis fit un signe de tête à sœur Saint-Émile, lui ordonnant de réveiller sœur Saint-François. À ce moment-là, tous les regards étaient fixés sur le petit lit. Prenant sœur Saint-François par l'épaule, sœur Saint-Émile se mit à la secouer, doucement au début, puis de plus en plus violemment en constatant l'absence de réaction.

Trouvant la scène décidément loufoque, Jane la folle alla aussi y mettre du sien et s'amusa en riant à secouer le cadavre. Mais alors que les rires commençaient à fuser dans le dortoir, Jane se figea soudainement et recula, cédant sa place à une autre religieuse.

Un moment plus tard, le regard de Jane croisa celui de Maria et celle-ci comprit que, si folle fût-elle, Jane Ray avait tout de même réalisé que sœur Saint-François ne se réveillerait jamais plus. Un bruit sourd vint interrompre leur échange tacite et les rires se turent immédiatement dans le dortoir : à trop vouloir sortir sœur Saint-François de son sommeil, on l'avait ballottée si fort que son corps sans vie était tombé en bas du lit. Mais au lieu d'une masse molle affaissée, on vit plutôt un corps figé de *rigor mortis*, des bras et des jambes raides qui semblaient défier les lois de la gravité.

D'un seul mouvement, les religieuses reculèrent d'un pas, sauf Maria et Jane. Sœur Saint-Thomas se mit à crier de façon hystérique, mais sœur Saint-Louis la gifla prestement et la fit taire.

– Restons calmes, dit-elle d'une voix sévère. Vous, indiqua-t-elle à Frances, allez avertir la mère supérieure que nous avons besoin d'un médecin.

Frances tourna les talons et sortit aussi vite qu'elle le put. Jetant un bref coup d'œil à la ronde, Maria constata que seules quelques religieuses, dont Jane Ray et sœur Saint-Louis, demeuraient impassibles. Les autres religieuses étaient sidérées, la plupart pleurant à chaudes larmes, tandis que certaines semblaient emplies d'épouvante.

Maria comprit alors que ce n'était décidément pas la première fois qu'une si affreuse mise en scène se jouait à l'intérieur des murs du couvent. Puis, elle se souvint des mots que le père Dufresne avait prononcés la veille : « Allons la jeter dans le gouffre de la cave avec les autres. » Cette phrase lui rappela celle de sœur Saint-Barnabé dans la cave, au moment où Maria lui avait demandé s'il y avait des cadavres de petits bébés dans le gouffre : « Oui, mais il y a pire encore. »

Et tout devenait clair : les religieuses du couvent de l'Hôtel-Dieu assassinaient non seulement d'innocents nouveau-nés, mais également les jeunes femmes qui refusaient de se soumettre aux demandes abjectes des prêtres et menaçaient de tout révéler.

CHAPITRE VIII

– Je crois que nous serons mieux ici, déclara le Révérend Slocum en fermant la porte.

Sa femme acquiesça en prenant la main de Maria.

– Tout ce que vous nous avez révélé jusqu'à présent nous a complètement bouleversés, déclara Mme Slocum. C'est pourquoi nous avons dû attendre quelques jours avant de vous inviter à poursuivre votre récit. De plus, nous préférons entendre la suite de votre histoire dans notre maison, plutôt que dans le bureau de mon mari à l'hospice. Nous voulions que vous vous sentiez plus à votre aise.

Maria ne répondit pas, se contentant de prendre place dans le fauteuil qu'on lui avait désigné. Encore une fois, William Hoyt et Emily Taylor assistaient à la rencontre, celle-ci à la demande de Maria qui semblait préférer la présence de la jeune fille à celle de ses aînés. Maria paraissait totalement indifférente à ce qui l'entourait, contrairement à Emily qui se retrouvait pour la première fois dans la demeure des Slocum et qui était grandement impressionnée par le décor chaleureux et opulent des lieux.

Même si ses auditeurs, assis devant elle, se montraient prêts à écouter son histoire, Maria ne se pressait pas pour autant. Immobile dans son siège, elle contemplait le feu qui ronronnait dans la grande cheminée, comme si elle n'en avait encore jamais vu. Pourtant, elle n'avait pas semblé prendre note du confort de la maison du couple Slocum en y entrant.

– Lorsque nous nous sommes laissés, dit le Révérend Slocum en brisant enfin le silence, vous veniez d'affirmer que la mère supérieure et le père Dufresne, aidés de quelques complices, avaient assassiné la sœur Saint-François de Sales, ramenant par la suite son corps au dortoir pour laisser croire à une mort naturelle. Est-ce exact?

– Oui, répondit Maria dans un faible souffle, sans cesser d'observer le feu qui dansait dans la cheminée.

– Et ensuite? demanda Slocum en voyant que Maria ne poursuivait pas.

Maria tourna son visage vers lui, le fixant sans avoir l'air de comprendre le sens de sa question.

– Que s'est-il passé ensuite? Le lendemain matin? Vous l'avez trouvée morte...

– Non, dit Maria, visiblement confuse. Je savais déjà qu'elle était morte. Je les ai vus la tuer.

– Oui, s'impatienta Slocum. Vous nous l'avez dit auparavant. Mais que s'est-il passé quand les autres religieuses ont vu qu'elle était morte? Quelqu'un est allé quérir la mère supérieure? Est-elle venue? Qu'a-t-elle fait? Qu'a-t-elle dit? Est-ce qu'un médecin est venu?

– Oui, répondit enfin Maria. Un médecin est venu. Un médecin dont j'ignore le nom. Je ne l'avais jamais vu avant, mais je l'ai revu une ou deux fois par la suite. Jamais à l'hôpital, il ne venait qu'au couvent.

Elle retourna à sa contemplation du feu, tandis qu'elle reprenait son récit.

La venue de ce médecin dans le dortoir lui avait semblé d'aussi mauvais augure que les rencontres avec les prêtres dans la chambre secrète. Il était taillé dans la même souche de bois pourri qu'eux : malgré le fait qu'il soit médecin, il se dégageait de lui une aura de malveillance.

En fait, il empestait l'alcool, en dépit de l'heure matinale, ce qui le rendit immédiatement antipathique à Maria. À ses côtés, la mère supérieure paraissait le pousser plutôt que l'accompagner. Il se pencha sur le corps inerte qu'on avait remis sur le lit, tâta les membres raides et passa sa main dans le cou de la jeune femme, comme pour y détecter un pouls.

– Elle est morte, dit-il d'une voix pâteuse, au bout d'un moment.

– Bien sûr, docteur, dit la mère supérieure d'un ton mielleux. Mais de quoi est-elle morte ?

Le docteur la regarda sans comprendre.

– Est-elle morte de causes naturelles ? suggéra la supérieure.

Le docteur toussota nerveusement.

– Bien entendu, dit-il. Elle est morte de causes naturelles. Elle avait probablement le cœur fragile.

La supérieure lui tendit alors les papiers et la plume qu'elle avait apportés, tenant l'encrier ouvert de l'autre main. L'homme ne prit même pas la peine de s'asseoir pour signer. De toute évidence, tout avait été préparé avant son arrivée et il ne faisait qu'apposer sa signature dans le but de cacher la triste cause réelle de la mort de l'innocente jeune femme.

– Son pauvre cœur, soupira la mère supérieure d'une voix forte et claire. Il est monté vers Notre-Seigneur avec son âme. Telles sont les voies de Dieu, mes filles. Votre sœur avait sans doute accompli sa mission sur terre et Notre-Père l'a rappelée auprès de lui. Qui sommes-nous pour mettre en doute Sa volonté ? Prions pour le repos de son âme, et en retour elle veillera sur nous toutes.

Elle fit une brève pause, puis enjoignit les religieuses présentes à s'agenouiller. Maria fit mine de prier mais, en réalité, elle observa discrètement ses compagnes. La plupart étaient sincèrement atterrées, mais quelques-unes – dont Jane Ray – ne savaient que trop bien ce qui avait dû se passer. Et, au fond d'elle-même, Maria acquit la conviction que la mort était préférable aux immondes gestes que la pauvre sœur Saint-François ne pouvait tolérer, ou encore à l'internement dans les cachots de la cave.

Les funérailles de sœur Saint-François de Sales furent célébrées en présence de sa famille, assez nombreuse du reste. Comme toujours lorsqu'elle se retrouvait devant des étrangers, la mère supérieure affichait son air angélique, réconfortant même ceux qui pleuraient.

– Notre sœur est maintenant avec Dieu, répétait-elle à qui voulait l'entendre. N'est-elle pas désormais la plus heureuse des femmes ? Elle qui, il n'y a pas si longtemps, se réjouissait tellement d'être devenue Sa servante sur terre, la voici donc à Ses côtés pour l'éternité ! Je sais quelle peine vous accable, mais prenez consolation dans la pensée que notre sœur est enfin arrivée là où elle souhaitait être depuis sa plus tendre enfance !

Elle prit ensuite bien soin de remettre le certificat de décès au plus vieux des frères de sœur Saint-François, ne manquant pas de mentionner à deux reprises que le médecin avait déclaré que la mort avait été causée par une défaillance du cœur. Tous les membres de la famille parurent surpris par cette annonce, une cousine mentionnant même que la jeune femme avait toujours eu une santé de fer.

– Bien entendu, rétorqua la mère supérieure d'un ton condescendant. Mais sachez qu'il se passe parfois dans notre communauté des miracles que le commun des mortels ne pourrait jamais comprendre. La mort n'est souvent pas seulement imputable à une cause physique. Nous avons fréquemment connu de nos sœurs dont la foi était si profonde et la dévotion si pure, qu'elles arrivaient à quitter cette vie pour un monde meilleur de façon inexplicable.

Comme les parents de la défunte la regardaient d'un air ébahi et semblaient incapables de répondre à cette stupéfiante révélation, la supérieure en profita pour en rajouter.

– Rappelez-vous, dit-elle, comme si elle s'adressait à des enfants ignorants, comment notre sainte mère la Vierge Marie a pu monter aux cieux le jour de l'Assomption ! Une telle chose ne pouvait arriver qu'à une âme pure, et vous n'êtes pas sans savoir que notre sœur possédait assurément une telle pureté !

L'entendant s'exprimer ainsi, Maria reconnut chez la supérieure la même exaltation qu'elle lui avait trouvée ce jour où, ayant récemment prononcé leurs vœux, Maria et ses compagnes s'étaient fait dire que les nouveau-nés issus de relations entre les prêtres et les sœurs étaient baptisés, puis immédiatement étouffés. De toute évidence, la mère supérieure, à force d'user de mensonges et de se servir de la ferveur religieuse pour excuser tant de crimes, en était venue à croire elle-même à cette faveur faite à ceux qui étaient assassinés : voir leur âme envoyée à Dieu de façon prématurée.

Poursuivant dans la même veine, la mère supérieure baissa ensuite le ton devant son auditoire incrédule, comme pour une confidence, et chuchota les mots qui achevèrent de les convaincre tous :

– Et lorsqu'il se produit de telles choses, c'est souvent un signe que la défunte sera déclarée bienheureuse – et même sainte – dans un avenir plus ou moins rapproché. Vraiment, votre douleur aujourd'hui n'est rien à côté de la joie et de la fierté que vous éprouverez au moment où notre sœur sera reconnue par Sa Sainteté le pape. Pensez-y, votre famille aura donné une sainte à notre Église !

Cette fois, l'effet sur tous les membres de la famille fut immédiat et sans équivoque. Plusieurs sourirent même en pensant à cette éventualité et l'oncle journaliste, tant redouté par les prêtres, bomba le torse, l'air orgueilleux.

Maria était dégoûtée par tant de mensonges, révoltée de voir que la foi pure et indéfectible de sœur Saint-François se voyait ainsi utilisée pour camoufler un abominable assassinat. Elle savait cependant qu'elle ne pouvait rien à ce moment-là et se sentait inexorablement condamnée au silence.

Elle avait d'ailleurs souvent reçu des instructions très strictes en ce qui avait trait au besoin de recourir au mensonge lorsque la situation l'exigeait. À plusieurs reprises, la mère supérieure, sœurs Saint-Paul et Saint-Antoine et même les prêtres s'excusaient d'y avoir recours, mais toujours en justifiant que c'était pour le bien de la communauté. Les paroles du père Bonin, lors d'un sermon qu'il lui avait fait, lui revenaient toujours en mémoire dans ces cas-là :

– Comment ! s'était-il exclamé. Une religieuse de votre âge qui ne sait toujours pas comment faire la différence entre un mensonge pieux et un mensonge véniel ?

Et on lui avait expliqué, encore et encore, qu'un mensonge utilisé dans le but de causer du tort à quelqu'un ou pour se soustraire à ses engagements était un péché passible de sanctions, alors qu'un mensonge nécessaire pour le bien du couvent était en fait méritoire, et son usage, presque une vertu. Et dans le cas de la mère supérieure, le fait de mentir était un art dont elle avait une maîtrise remarquable...

Pendant de longues semaines, Maria continua de ne rien faire qui aurait pu lui valoir une réprimande. Elle demeurait docile et obéissante, ne remettant jamais en cause l'autorité de la supérieure et ne refusant jamais de se soumettre aux demandes des prêtres, si abjectes fussent-elles. Ils semblaient parfois se lasser d'elle et il se passait alors plusieurs jours sans qu'elle fût demandée au bureau de la mère supérieure ou dans la chambre secrète.

Bientôt, elle fut à même d'identifier qui de ses consœurs, contrairement à la pauvre sœur Saint-François, se soumettaient avec délices aux exigences des hommes, et de constater qu'il y en avait plusieurs qui ne demandaient rien de mieux que de s'offrir à eux. Ces religieuses, dans les bonnes grâces de la mère supérieure, étaient celles dont Maria se méfiait le plus, car il existait entre elles une solide rivalité, chacune voulant devenir la préférée de certains prêtres. Elles voyaient parfois Maria comme une rivale potentielle puisqu'elle se soumettait sans rouspéter. Cependant, pour Maria, ce favoritisme était la dernière chose qu'elle désirait.

Il y avait maintenant à sa vie une partie prévisible qui lui plaisait, dans un sens, et qui compensait parfois largement les mauvaises surprises qui semblaient la guetter à tout moment. La vie de tous les jours, les menus travaux, les soins aux malades, les messes et les prières constituaient une routine réconfortante. Par contre, l'inquiétude la gagnait presque tous les soirs alors qu'elle quittait la chapelle pour se rendre au dortoir. C'était souvent l'heure à laquelle elle se voyait convoquée au bureau de la supérieure – puis dans la chambre secrète – et jusqu'à maintenant elle n'avait pu trouver aucune façon de s'y soustraire.

À d'autres moments, on l'envoyait faire son examen de conscience dans une petite salle où les prêtres venaient les « guider » en plein jour. Il se passait alors des choses malpropres, mais brèves.

L'hiver se passa sans incident et avec le printemps vint une autre cérémonie durant laquelle de nouvelles religieuses se joignirent au contingent. Il faut dire que d'autres avaient quitté le couvent entre-temps. Bien que Maria fût certaine que plusieurs religieuses ne pouvaient pas s'être volatilisées du jour au lendemain, personne ne parlait de ces départs, pas même celles qui prenaient le risque d'entretenir des conversations interdites à mots couverts. Maria devait donc se fier essentiellement à son sens de l'observation pour identifier qui manquait à l'appel. Ce faisant, elle avait remarqué que, chose bizarre, la plupart des religieuses qui disparaissaient ainsi semblaient avoir pris un poids considérable tout juste avant leur départ. Bien qu'elle sût maintenant de quoi les prêtres et la mère supérieure étaient capables, quelque chose lui disait que ses consœurs absentes ne pouvaient pas toutes finir leurs jours de façon aussi horrible que sœur Saint-François.

– Que penses-tu qu'il advient de ces sœurs qui sont grosses ? demanda un jour Maria à Jane Ray. Où vont-elles ?

– Elles disparaissent pour quelques semaines, répondit Jane. Mais la plupart reviennent éventuellement. Tu pourrais demander à sœur Saint-Alphonse. Elle est partie pour quelque temps l'année dernière et, quand elle est revenue, elle était décidément moins grosse.

Maria ne répondit pas. Elle ne savait pas si sa compagne était sincère ou non quand elle disait ne pas avoir de réponse à sa question. En observant la singulière religieuse de plus près, elle commençait à croire que Jane la folle n'était en fait peut-être pas aussi folle que ses compagnes auraient pu le penser.

Et malgré son désir de connaître la vérité, Maria ne retint pas la suggestion de Jane d'interroger sœur Saint-Alphonse, qui était de celles qu'on soupçonnait de tout rapporter à la supérieure. Maria ne voulait surtout pas que ses questions fussent répétées à qui que ce soit. Finalement, quelques semaines plus tard, bien malgré elle, le mystère des disparitions s'éclaircit.

Ce soir-là, au moment de se diriger vers le dortoir pour la nuit, elle se fit arrêter par sœur Saint-Antoine.

– Allez attendre près de la porte de derrière, lui ordonna-t-elle. Lorsque le docteur arrivera, emmenez-le à l'infirmerie.

Maria ne posa aucune question et s'empressa d'obéir. Quoi qu'il puisse se passer, elle semblait avoir gagné la confiance de la supérieure et de sa complice, et elle se doutait bien qu'elle finirait par tout savoir assez rapidement.

Lorsque le docteur arriva, elle le reconnut : c'était lui qui avait signé le certificat de décès de sœur Saint-François. Immédiatement, cet atroce épisode lui revint en mémoire. Bien qu'il se fût écoulé plusieurs mois depuis, il lui sembla tout à coup que c'était la veille. Et comme la première fois, le médecin lui parut horriblement antipathique. Il était sobre cette fois-ci, mais cela n'améliora pas l'opinion que Maria avait de lui, et elle détesta particulièrement la façon qu'il avait de ne pas la regarder dans les yeux.

Sœur Saint-Antoine avait dit à Maria de le conduire à l'infirmerie, mais elle n'eut pas à le guider car, de toute évidence, il connaissait bien le chemin et s'y dirigea sans hésitation. Tandis qu'elle le suivait dans le corridor, marchant d'un bon pas, Maria crut percevoir des cris et des gémissements qui s'amplifiaient au fur et à mesure qu'elle se rapprochait de l'infirmerie. Tout d'abord, l'inquiétude la fit hésiter, mais la détermination du médecin marchant devant elle l'encouragea à continuer. En arrivant à l'infirmerie, elle passa devant lui et ouvrit la porte en tremblant. Les gémissements s'étaient tus, mais Maria conservait tout de même une certaine appréhension.

Elle fut surprise de ne voir personne dans l'infirmerie, mais avant même qu'elle se tourne vers le médecin, il était déjà passé devant elle et se dirigeait vers la porte du fond, celle menant à la petite chambre.

Les cris et les gémissements reprirent au même moment, et Maria comprit alors ce qui se passait. Dans la salle du fond, étendue sur la table à roulettes et complètement nue, se trouvait sœur Saint-Jean de Dieu.

Cette femme était de celles dont Maria avait constaté l'absence, quelques semaines plus tôt. Maria fut donc grandement surprise de la retrouver en ces lieux. Mais bien qu'elle n'eût aucune idée de l'endroit où la femme avait pu se trouver tout ce temps, il n'y avait désormais nul doute sur son état : son ventre énorme était secoué de tremblements spasmodiques, ses seins pleins étaient fin prêts à nourrir l'enfant sur le point de naître.

Autour de la table s'affairaient la mère supérieure et sœur Saint-Antoine, ainsi qu'une autre vieille religieuse dont Maria ne connaissait pas le nom. Un peu à l'écart, vêtu de sa toge et de son étole, le père Dufresne attendait patiemment.

Sœur Saint-Jean était en proie à d'atroces souffrances. Son corps était baigné de sueur ; ses lèvres bleuâtres et ses yeux cernés trahissaient sa fatigue.

– Ça fait presque deux jours qu'elle est en travail, déclara la mère supérieure en se tournant vers le docteur, alors qu'il remontait ses manches. Nous avons décidé de vous faire venir, ce ne serait pas chrétien de ne pas lui laisser au moins une dernière chance.

– Ce ne serait pas la première fois qu'une femme meurt en couches dans ce couvent, répliqua le médecin. Vous le savez aussi bien que moi.

– Faites ce que vous pouvez, lui dit sèchement la supérieure. C'est tout ce que nous vous demandons.

Le médecin entreprit aussitôt d'examiner la pauvre sœur Saint-Jean qui se tordait de douleur, sous les yeux des spectateurs qui ne semblaient nullement impressionnés. Personne ne faisait attention à Maria.

Ce n'était pas la première fois qu'elle était témoin d'un accouchement. Elle avait un vague souvenir d'une situation semblable, il y avait fort longtemps, alors qu'elle était toute petite. C'était dans la maison d'une tante où sa mère et elle étaient en visite. Une cousine avait accouché pendant la nuit et la petite Maria, qui aurait dû être au lit, avait néanmoins réussi à se dissimuler derrière des meubles pour assister à l'événement, sans que personne la remarque.

À cette époque, sa mémoire d'enfant n'avait pu retenir que quelques impressions floues, mais Maria savait qu'elle n'oublierait jamais ce qui se passait maintenant sous ses yeux, dans la petite salle de l'infirmerie. Elle croyait fermement que jamais rien ne pourrait chasser de ses souvenirs les affreux cris de la femme en douleur. Celle-ci ne recevait d'ailleurs aucun réconfort. Bien qu'il y eût un oreiller sur une petite table dans le fond de la pièce, personne n'avait songé à le placer sous la tête de la pauvre mère. Nul ne jugeait bon d'essuyer la sueur qui coulait sur le visage tordu de souffrance. Personne ne s'offrait non plus de lui tenir la main pour l'accompagner dans cette épreuve. Il était écrit dans la bible: « Tu enfanteras dans la douleur », et c'est exactement ce qui se passait à ce moment-là.

Se tenant droite le long du mur, Maria s'efforça de ne pas bouger. Si, de toute évidence, sa présence n'inquiétait personne, elle ne voulait tout de même pas se faire remarquer et risquer de se faire chasser. Comme tant de fois auparavant, sa curiosité l'emportait sur la peur. Tout se passa alors comme dans un rêve: le médecin sortit des fers de son sac, s'en servit pour agripper la tête du bébé et, en moins de temps qu'il n'en faut pour le dire, délivra l'enfant.

Le bébé cria dès sa mise au monde, son petit corps se débattant furieusement, ses vagissements faisant une musique incongrue dans un tel endroit. Maria fut émue de voir la vie se manifester d'une telle façon, et elle considéra cet événement comme une réparation de la mort de sœur Saint-François. Dans son esprit, une nouvelle vie qui commençait ne pouvait être qu'un événement heureux, peu importe les circonstances. Le bébé semblait fort et la mère avait survécu. Tout allait pour le mieux.

Faisant fi de sœur Saint-Jean qui tendait les mains dans l'espoir de se voir remettre son enfant, le docteur déposa sans ménagement le nouveau-né dans les mains de la vieille religieuse, puis s'empressa de couper le cordon et d'extraire les suites avant de s'essuyer les mains sommairement et de remballer prestement ses affaires.

– Voilà l'enfant, dit-il froidement en quittant la pièce, ne me remerciez pas.

Hésitante, Maria ne savait pas si elle devait le raccompagner ou rester. Puisqu'on ne lui demanda rien, elle décida de rester. Sœur Saint-Jean, épuisée mais désormais libérée, se cambrait sur la table en cherchant des yeux son enfant.

– Mon bébé, implora-t-elle d'une petite voix, en pleurant doucement et en tendant les mains au hasard. Mon bébé…

Ses pleurs, d'abord forts, diminuèrent rapidement, alors qu'elle se tortillait inlassablement en tentant d'apercevoir cet enfant qu'on venait de lui arracher. Son regard rencontra celui de Maria et elle lui offrit un pâle sourire à travers ses larmes. Dans le fond de la pièce, assisté des trois religieuses, le père Dufresne était en train de baptiser l'enfant qui vagissait de plus belle. Maria croyait bien que, d'une seconde à l'autre, la mère et l'enfant seraient de nouveau réunis.

– Mon bébé, continuait de supplier sœur Saint-Jean en sanglotant. Donnez-moi mon bébé…

Mais tout à coup la triste réalité rattrapa Maria : elle vit la vieille sœur poser le bébé sur une petite table et sœur Saint-Antoine empoigner l'oreiller qui se trouvait à côté.

Le petit être ayant été baptisé, il ne restait plus qu'à le remettre à Dieu…

Maria détourna la tête, atterrée par ce qui adviendrait de ce pauvre enfant, mais encore plus révoltée contre elle-même à l'idée d'avoir pu innocemment croire, ne fût-ce que pour un instant, qu'on allait le remettre à sa mère. Comment avait-elle pu oublier que personne ne sortait vivant de ce couvent? Comment avait-elle pu être si naïve et penser qu'ils auraient pitié du nouveau-né?

Incapable d'en supporter davantage, elle s'enfuit de la pièce. Tout en courant le long du corridor, elle entendit très bien les pleurs du bébé cesser brusquement, pour faire place au long cri de désespoir de sa mère.

De nouveau, John Slocum dut interrompre Maria.

– Ce que vous venez de nous révéler est trop atroce, fit-il d'une voix étranglée, tandis que sa femme essuyait ses larmes. Êtes-vous certaine de ce que vous avez vu ce soir-là?

Maria mit un moment avant de répondre. Regardant autour d'elle, impassible, elle parut même surprise de l'effet que ses révélations avaient produit. Tout comme Mme Slocum, Emily pleurait à chaudes larmes. Le Révérend Slocum était complètement bouleversé. William Hoyt, quant à lui, fixait les yeux sur le plancher, incapable de regarder celle qui leur apprenait tant de choses, toutes aussi affreuses les unes que les autres.

– Je n'ai aucun doute, répondit Maria simplement. Je sais très bien ce que j'ai vu.

– Mais ils vous ont laissée assister à tout? questionna John Slocum. Ne craignaient-ils pas que vous alliez tout raconter?

– Je ne sais pas, répliqua Maria sur le même ton. Peut-être étaient-ils tous trop occupés pour s'apercevoir de ma présence…

– Ou peut-être voulaient-ils que cela vous serve d'avertissement ? suggéra William Hoyt.

Maria sursauta en l'entendant parler. Depuis qu'elle avait commencé à relater son histoire, c'était la première fois qu'il émettait un commentaire.

– Et que s'est-il passé ensuite ? demanda Mme Slocum.

La pauvre femme avait posé la question timidement, se tordant les mains, visiblement mal à l'aise. Son ton de voix laissa Maria confuse, car on sentait que, malgré sa question, la bonne dame ne désirait pas vraiment en savoir plus.

– Absolument rien, répondit Maria. Je suis montée au dortoir, je me suis couchée et, le lendemain matin, tout reprenait comme à l'ordinaire.

Mais dans son âme et dans son cœur, plus rien n'était pareil. Lorsque sœur Saint-Jean revint au réfectoire quelques jours plus tard, elle n'eut pas le courage de la regarder. De toute façon la jeune mère, pâle et faible, ne regardait personne.

L'été parut à Maria plus long et plus difficile que d'habitude. Jour après jour, les travaux d'entretien et les longues heures de prière, qui la forçaient à adopter des positions inconfortables, lui causaient des douleurs physiques qui ne faisaient que s'amplifier. Tous les matins, elle devait prier pendant près d'une heure et demie, à genoux, les pieds repliés et supportant le poids de son corps, le torse incliné vers l'avant et la tête de côté en signe d'humilité. Il était bien entendu interdit de bouger. Par la suite, il y avait les planchers à laver à quatre pattes, le bois et l'eau à transporter, des quantités incroyables de draps à laver.

En plus de la douleur physique, la peur et l'inquiétude dans lesquelles elle vivait quotidiennement la rendaient méfiante et incertaine. Mais, au-delà de tout ça, au fur et à mesure que les jours s'écoulaient, c'était le poids de ce qu'elle savait, de ce qu'elle avait vu et de ce qu'elle avait entendu qui s'accroissait et minait sa résistance. Brusquement, vers la fin de l'été, sa situation lui devint carrément intolérable.

Un matin, au seuil du désespoir, elle se réfugia dans la chapelle et se mit à prier, comme elle ne l'avait pas fait depuis longtemps. Au bout d'un moment, se tirant de sa contemplation pour regarder par la fenêtre ouverte, un faible mouvement capta son attention.

Intriguée, Maria observa un instant la petite branche d'un arbre qui se dressait à proximité de la fenêtre de la chapelle. Cette branche se ballottait de façon inhabituelle, car il n'y avait pas de vent et le feuillage était immobile . En y regardant plus attentivement, Maria remarqua soudainement un petit cocon, bien accroché à la branche. Tout d'abord, elle crut que son imagination lui jouait des tours, mais au bout d'un moment elle vit clairement que c'était le cocon qui bougeait, secoué par à-coups, et qui transmettait son mouvement à toute la branche. Une petite ouverture apparut dans le cocon, ouverture qui ne fit que s'élargir graduellement et bientôt le papillon jusqu'alors retenu prisonnier dans son enveloppe réussit à s'en extirper.

Maria comprit alors qu'elle venait de recevoir le signe qu'elle attendait si désespérément : elle devait elle aussi sortir de sa prison, elle devait quitter le couvent.

La planification de sa fuite fut somme toute assez facile. À quelques reprises on lui avait demandé de garder la porte menant à l'hôpital. Il arrivait souvent que les médecins viennent au couvent pour examiner les religieuses malades et quelqu'un devait s'occuper de les faire entrer puisque cette porte ne s'ouvrait que de l'intérieur. En tant que tourière occasionnelle, Maria avait été à même de constater qu'il y avait, dans le petit corridor menant à l'hôpital, une autre porte, sur le côté, à demi dissimulée.

Se basant sur ce qu'elle avait pu voir de l'extérieur et se fiant à son sens de l'orientation, Maria avait rapidement conclu que la porte devait donner sur le petit jardin attenant à l'hôpital. De ce côté, il n'y avait pas de grille à franchir, comme c'était le cas de l'autre côté du couvent, où se trouvait l'entrée principale. Elle avait supposé que par là elle pourrait facilement gagner la rue, donc la liberté.

Il lui fallut néanmoins attendre le moment propice. Chaque nuit, avant de s'endormir, elle priait le ciel de l'inspirer et de lui donner la réponse. Au bout de quelque temps, elle se résolut à fuir le soir, au moment du coucher ; ce serait le plus facile. C'est alors que commença la longue attente, empreinte de doute et d'appréhension. Elle sentait que ça serait presque trop facile. D'autres avant elle auraient dû penser à ce moyen et même l'essayer. S'étaient-elles fait prendre ? Elle aurait voulu questionner Jane Ray à ce sujet, mais elle n'osait pas. C'était un plan secret qu'elle ne pouvait partager avec personne, pas même avec son amie Frances. Pas question non plus de laisser un message à quiconque pour faire ses au revoir. Elle ne devait penser qu'à elle-même.

Après avoir été aux aguets pendant plus de dix jours, c'est au moment où on fit appeler deux jeunes religieuses, à la demande de la mère supérieure, que Maria saisit sa chance. Il était tard et il faisait presque nuit. Marchant dans ce corridor qu'elle avait appris à détester, elle suivit les deux religieuses de loin, faisant semblant d'être des leurs, de sorte qu'on puisse croire qu'elle se rendait elle aussi au bureau de la supérieure. Elle avançait tête baissée, essayant de dissimuler son visage du mieux qu'elle pouvait. Dans la pénombre, il y avait effectivement peu de risques qu'elle fût reconnue.

À la dernière minute cependant, elle faussa compagnie aux religieuses et descendit rapidement le petit escalier menant au rez-de-chaussée. De là, elle courut vers la porte des médecins, la franchit sans difficulté et se retrouva dehors en moins de temps qu'elle n'aurait pu le prévoir. Cela n'avait été que trop facile et elle s'arrêta au beau milieu du petit jardin. Comment avait-elle pu sortir ainsi sans encombre ? Pourrait-il s'agir d'un piège pour mettre à l'épreuve sa loyauté ?

Pendant un moment, elle hésita et se demanda si elle ne devait pas faire marche arrière. Si elle se faisait prendre, qui sait le châtiment qu'on lui réserverait. Elle irait tout droit aux cachots, sans aucun doute. Mais l'occasion était trop belle pour ne pas en profiter. La liberté n'était qu'à quelques pieds devant elle. Le cœur battant, elle traversa le petit jardin et, tout comme elle l'avait espéré, se retrouva bien vite dans la rue.

La ville paraissait tout de même passablement agitée malgré l'heure tardive. L'air était chaud et sec, conséquence d'une récente canicule, ce qui contrastait drastiquement avec l'atmosphère fraîche et humide du couvent. Les odeurs étaient également différentes et la ramenaient plusieurs mois en arrière : un mélange d'effluves de cuisson, de foin mis à sécher et de déchets abandonnés. Même si le tout lui aurait normalement occasionné des nausées, à ce moment-là il lui sembla que c'était le plus doux des parfums, celui de la délivrance.

Tout d'abord, Maria progressa furtivement, allant d'un portique à un autre, se dissimulant dans une entrée le temps de laisser passer quelques personnes desquelles elle ne voulait pas se faire remarquer. Pendant une fraction de seconde, le doute la saisit de nouveau et elle se demanda s'il ne serait pas mieux pour elle de revenir sur ses pas. Il faisait noir et elle se sentait en danger. Mais comment rentrer ? La porte qu'elle avait franchie ne s'ouvrait que de l'intérieur… L'instant d'après, elle se secoua et décida de continuer. Mieux valait le danger de l'extérieur que ce qu'elle devait endurer au couvent.

Au bout d'un moment, réfugiée sous un porche donnant sur une cour intérieure, elle y remarqua des vêtements qu'on avait laissés à sécher et aperçut une robe qu'elle jugea susceptible de lui seoir. Elle y vit là l'occasion idéale et, pénétrant dans la petite cour, s'empressa de retirer son habit pour revêtir la robe ainsi volée. Le vêtement paraissait presque neuf et Maria fut prise d'un sentiment de culpabilité passager, mais elle réussit rapidement à se convaincre qu'elle n'avait pas le choix : une jeune femme habillée d'une simple robe, même se promenant seule en ville à cette heure-ci, attirerait bien moins l'attention qu'une religieuse dans son costume. De plus, tout avait été si facile jusqu'à ce moment-là que Maria ne pouvait s'empêcher de croire que son ange gardien avait dû tout laisser à sa portée pour lui faciliter la tâche.

En quittant la cour, son pied buta une petite boîte qui glissa devant elle et Maria eut le temps de voir de quoi il s'agissait : des allumettes de bois. Cette trouvaille fut pour elle un autre signe que la chance lui souriait, en plus de lui procurer une excitation presque enfantine. Cette récente invention était quelque chose que seuls les gens aisés pouvaient se procurer. Maria avait appris comment s'en servir alors qu'elle habitait avec la petite Catherine, mais elle n'en avait pas revu depuis, car on jugeait au couvent que c'était un luxe dont on pouvait se passer. Nul doute, la bonne de cette maison devait être bien négligente si non seulement elle laissait des vêtements à l'extérieur toute la nuit, mais qu'en plus elle se permettait de laisser traîner une boîte d'allumettes !

Maria se pencha pour ramasser les allumettes et son habit, puis s'enfuit aussi vite qu'elle le put. Elle courut tant qu'elle en eut la force, en ligne droite, sans savoir où elle allait, mais consciente que chaque pas l'éloignait de plus en plus du couvent. Rendue près du canal Lachine, à bout de souffle, elle laissa tomber par terre le costume de religieuse, craqua une allumette et la jeta sur le tissu. Puis elle en craqua une autre, et encore une autre, jusqu'à ce que la boîte soit vide et que le vêtement flambe comme un feu de joie.

En regardant se consumer la dernière chose la rattachant au couvent de l'Hôtel-Dieu, Maria Monk sut qu'elle était enfin libre.

Chapitre IX

Les derniers jours de l'été offrirent à Maria la liberté de ne pas avoir à chercher refuge pendant près d'une semaine. Sans un sou en poche, elle ne pouvait se procurer de quoi manger, mais ça lui était égal : depuis quelque temps elle était en proie à de violentes nausées et n'aurait pas pu avaler quoi que ce soit de toute façon. Elle se sentait également incroyablement lasse, victime d'une fatigue qu'elle attribuait au fait de ne plus avoir à être constamment sur ses gardes. Comme si toute l'angoisse qu'elle avait accumulée au cours des derniers mois la quittait enfin pour la laisser vidée.

Ses premières journées hors du couvent lui parurent comme un cadeau. Elle passait son temps à arpenter la ville, comme si elle s'y trouvait pour la première fois, s'arrêtant parfois pour faire une sieste dans un parc ou dans un jardin à l'ombre d'un arbre, pour ensuite repartir. Elle ne restait que peu de temps au même endroit, de peur de se faire reconnaître, mais il lui arrivait de se sentir si faible qu'elle n'avait d'autre choix que de se trouver un abri pour dormir. Par chance, elle avait remarqué un endroit bien dissimulé sous un pont, derrière un bosquet. Sa cachette était sale et le sol était jonché de cailloux et de bouts de branches, mais elle ne s'en souciait pas. Au moins ici aucun prêtre ne viendrait la chercher pour la forcer à se soumettre à quelque acte immonde.

Elle erra longtemps. L'euphorie des premiers jours fit bientôt place à l'inquiétude lorsque la canicule tomba et que l'air se rafraîchit brusquement, annonçant l'automne et ses nuits humides. Elle tenta à quelques reprises de se dissimuler dans l'entrée d'une maison pour y être à l'abri des intempéries, mais elle ne réussit qu'à s'en faire chasser. Comme elle se trouvait de plus en plus sale, il lui devenait difficile de circuler sans attirer les regards. Elle était également prise de panique chaque fois qu'il lui arrivait de croiser un prêtre, craignant qu'il ne s'agisse d'un de ceux à qui elle avait eu affaire au couvent. Elle n'osait faire confiance à personne, de peur d'être reconnue et dénoncée. Après tout, elle avait été en contact avec plusieurs patients de l'hôpital et, bien qu'ils ne l'eussent connue que portant son voile, l'un d'eux aurait pu la reconnaître. Sa liberté, qui tout d'abord lui avait semblé sublime, commençait à lui causer des inconvénients.

Un matin, en s'éveillant, elle fut surprise de constater que ses nausées avaient disparu et qu'elle avait faim – très faim. C'est alors qu'elle comprit la précarité de son état : elle était seule, sans personne pour lui venir en aide, sans argent, le ventre vide. Elle se souvint de ce temps où elle s'était trouvée dans une pareille situation. Il lui semblait que des années s'étaient écoulées depuis, mais, tout compte fait, ça ne faisait pas si longtemps. À cette époque, elle avait jugé que retourner au couvent était la meilleure solution, mais elle s'était lourdement trompée. Elle ne pouvait plus y retourner désormais.

Que lui restait-il donc à faire ? Elle avait tellement faim qu'un jour elle se surprit à voler une tarte qu'on avait laissée à refroidir sur le rebord d'une fenêtre. Son odorat était subitement plus développé que jamais et son nez avait su, tel un animal sauvage, la conduire directement vers la nourriture. Ce larcin fut suivi par des vols répétés de fruits au marché public de la place Jacques-Cartier. Mais, après coup, la culpabilité et le remords la tenaillaient. Était-ce donc la vie qui l'attendait désormais ?

Un soir, transie et affamée, elle se retrouva sur le pont qui traversait le canal. Sa vie lui semblait sans but. Plusieurs pieds plus bas, l'eau noire l'appelait... Sans même se rendre compte de ce qu'elle s'apprêtait à faire, elle enjamba le parapet, s'arrêta un moment, ferma les yeux, chassa l'air de ses poumons et se laissa tomber.

Le contact de l'eau la saisit, mais elle ne tenta pas de se débattre. Un froid glacial la secoua et la parcourut de la tête aux pieds, la laissant totalement insensible l'instant d'après.

Tout ce qui lui restait à faire était de respirer à pleine poitrine pour aspirer l'eau, et c'en serait fini d'elle. Déjà elle sentait le fond du canal sous ses pieds, ses vêtements mouillés la faisant couler à pic. Mais, au moment où elle s'apprêtait à laisser l'eau envahir son corps, elle sentit un bras fort et décidé se glisser autour de sa taille. Presque en même temps, un violent coup la fit remonter à la surface.

L'air de la nuit lui parut encore plus froid que l'eau.

– Laissez-moi ! cria-t-elle à l'inconnu qui déjà la ramenait vers le rivage. Laissez-moi !

– Taisez-vous ! lui ordonna l'homme en la giflant. Il est de mon devoir de vous empêcher de faire cette horrible chose.

Maria fut surprise de voir que l'homme s'était adressé à elle en anglais. Depuis qu'elle était au couvent, elle avait la plupart du temps conversé en français, sauf avec son amie Frances et Jane Ray. Elle ne tenta plus de se débattre, mais ne l'aida pas non plus à nager jusqu'à la berge. De toute façon, l'homme était un excellent nageur et il n'éprouvait aucune difficulté à l'entraîner avec lui.

Sur le rivage, trois autres hommes tendirent une perche à Maria et à son compagnon pour les aider à sortir de l'eau. Sentant la terre ferme sous ses pieds, Maria s'y laissa choir et se mit à sangloter, complètement brisée. L'odeur de la terre humide près de son visage lui rappela néanmoins qu'elle était loin du couvent et de ses occupants et que si quelqu'un était venu à son secours, au moment où elle se sentait la plus seule, c'est qu'elle pouvait encore attendre quelque chose de la vie.

– Qui êtes-vous, mademoiselle ? demanda un des hommes. Quel est votre nom ?

Maria hésita un moment. Elle n'osait révéler sa véritable identité, sachant que tôt ou tard on saurait qu'elle s'était échappée du couvent. Elle essaya de trouver un nom, n'importe lequel.

– Robertson, balbutia-t-elle enfin d'une faible voix. Je suis Mlle Robertson.

– Oui ! s'écria l'un des hommes. C'est la fille du Dr Robertson ! Je la reconnais ! Ramenons-la chez elle !

Maria n'eut pas la force de résister. Les quatre hommes, visiblement des ouvriers, l'aidèrent à monter dans une charrette. Elle s'y allongea, trempée et grelottante, et les hommes la tirèrent ensuite le long de plusieurs rues. Au bout de quelques minutes durant lesquelles Maria perdit toute notion du lieu où elle se trouvait, ils s'arrêtèrent devant une porte et sonnèrent.

La servante qui leur ouvrit leur annonça que le docteur et sa famille étaient absents, mais qu'ils seraient de retour le lendemain.

– Nous lui ramenons sa fille, expliqua l'un des hommes. Elle est tombée dans le canal.

– Sa fille ? répéta la servante, incrédule. Vous faites erreur. Mlle Robertson est partie ce matin avec ses parents.

Tout en parlant, la servante s'était approchée de la charrette et avait levé la lampe pour mieux voir le visage de Maria. Celle-ci n'eut pas la force de se cacher, trop lasse pour même lever le bras.

– Ce n'est pas sa fille, corrigea la vieille servante, c'est sa nièce, Priscilla Robertson. Mais que peut-elle bien faire ici ? Amenez-la à l'intérieur. Je vais la coucher et demain, au retour du docteur, nous tirerons tout cela au clair.

Maria se laissa emporter et mettre au lit sans dire un mot. Elle se sentait coupable de ne pas avoir tenté de rectifier la situation et savait que cette méprise pourrait lui coûter cher lorsque quelqu'un s'apercevrait qu'il y avait erreur sur la personne, mais tout cela ne lui paraissait pas si important à ce moment-là. Elle était gelée, fatiguée et sans forces, incapable de décider quoi que ce soit. Son bref séjour dans l'eau glacée l'avait exténuée et tout ce qu'elle voulait à présent était dormir.

Le lendemain matin, à son réveil, ses préoccupations étaient d'un autre ordre : manger. Par bonheur, la servante lui avait apporté pendant son sommeil des vêtements propres et un plateau avec de la nourriture. Elle mangea tout jusqu'à la dernière miette, se jetant sur le plateau sans même prendre le temps de s'habiller, dévorant le fromage, le jambon et le pain qui avaient été laissés pour elle, vidant à grandes gorgées tout le contenu de la théière en argent.

Les vêtements étaient un peu serrés pour elle, mais au moins le tissu était épais. Il y avait également plusieurs jupons et même des culottes de laine. Le tout la tiendrait plus au chaud que la mince robe de coton qu'elle avait volée la nuit de sa fuite et qui, à présent, était si abîmée qu'elle n'était bonne qu'à jeter. Maria s'habilla rapidement et descendit. Bien que la nuit dans un véritable lit l'eût aidée à se reposer, elle se sentait encore extrêmement lasse et se doutait bien que son appétit n'était calmé que temporairement.

Elle entra dans le salon au moment même où la servante finissait d'expliquer au docteur que sa pauvre nièce avait été amenée tard la veille, en piètre état. Le docteur tourna la tête vers la jeune fille, lui adressant d'emblée un sourire rempli de sollicitude. Mais ce sourire disparut soudainement lorsqu'il s'aperçut qu'il avait affaire à une étrangère.

– Qui êtes-vous ? tonna-t-il. Comment osez-vous vous faire passer pour ma nièce ?

– C'est moi qui ai confondu, intervint la servante. Je croyais bien qu'il s'agissait de Mlle Priscilla. Mais elle leur avait dit qu'elle était votre fille…

– Ma fille ! s'écria le docteur, encore plus furieux. De quel droit osez-vous déclarer que vous êtes ma fille !

Maria n'eut pas la force de s'expliquer. Que pouvait-elle dire ? Qu'elle avait donné un nom, le premier qui lui était venu à l'esprit et que les ouvriers l'ayant repêchée étaient ceux à blâmer pour cette méprise ? On lui demanderait alors pourquoi elle n'avait pas cherché à corriger cette erreur. Peu importe les explications qu'elle aurait pu fournir, le docteur avait l'air tellement fâché qu'il ne voudrait probablement jamais la croire. Au pire, il l'accuserait d'avoir utilisé ce subterfuge pour lui voler de la nourriture ainsi que les vêtements qu'elle avait désormais sur le dos.

Sachant que la situation serait difficile à rétablir, n'ayant ni le courage ni la force de se défendre et de s'expliquer, Maria n'avait plus qu'un seul choix : la fuite. Voyant que la porte d'entrée était restée entrouverte, elle s'élança le long du petit corridor, mais une poigne de fer la retint soudain par le bras.

– Allez chercher la police ! hurla le docteur en la tirant dans le salon. Cette femme est un imposteur !

La servante s'élança à son tour à l'extérieur en criant, tandis que Maria se débattait pour tenter de se libérer de l'emprise du docteur. La femme et la fille du médecin, assises sur un canapé du salon, criaient également. Il y eut des meubles renversés, un vase cassé, mais l'arrivée de policiers au bout d'à peine quelques minutes mit fin à cette bagarre incongrue.

Maria fut directement conduite à la prison sur demande du Dr Robertson. Pendant deux jours, elle y fut logée et nourrie et, même si la cellule était froide et humide, Maria trouvait que, somme toute, elle y était mieux que dans sa cachette sous le pont. La nourriture était infecte, mais Maria dévorait tout sans se plaindre et cherchait même à s'approprier la nourriture dont ses compagnes de cellule ne voulaient pas. Car, occasionnellement, on enfermait des femmes arrêtées pour prostitution ou intempérance.

Maria ne fit rien d'autre que manger et dormir. Certaines des femmes qui venaient, puis repartaient, semblaient se connaître, mais aucune n'avait adressé la parole à Maria. De toute façon, elle ne recherchait pas la compagnie de quiconque, trop inquiète de se faire reconnaître et de se voir forcée de retourner au couvent.

Le matin du troisième jour, elle crut que ce moment était arrivé lorsqu'un garde ouvrit la porte et lui fit signe de le suivre. Jusqu'alors, elle avait simplement été laissée à elle-même. On ne lui avait posé aucune question et elle n'avait rien demandé non plus, satisfaite de se voir ignorée pour quelque temps.

Son cœur se mit à battre de façon désordonnée alors qu'elle marchait derrière le garde qui l'emmenait Dieu sait où. Chemin faisant, elle passa devant une cellule où étaient entassés une demi-douzaine d'hommes.

– Hé! ma jolie! cria l'un d'entre eux. Tu viens nous rendre visite? Approche un peu qu'on te voie mieux! Pardi, si on te laissait entrer ici avec nous, tu n'aurais pas à te plaindre!

Les autres hommes se mirent à chahuter et à rire grassement, certains lui envoyant des baisers et les autres lui tirant la langue de façon obscène. Maria hâta le pas.

Au moment d'entrer dans la pièce qu'on lui indiqua, elle ferma les yeux et respira très fort: la peur la tenaillait et plus que jamais elle sentait que sa fuite avait été vaine.

À sa grande surprise, seul dans la petite salle se trouvait le Dr Robertson.

– Asseyez-vous, lui dit-il en désignant une chaise.

Maria regarda autour d'elle avec méfiance.

– Qui êtes-vous? demanda-t-elle sans le regarder, tout en continuant d'examiner les lieux. De quel droit me convoquez-vous ici? Où sont les autres?

– Je suis le Dr Robertson. Je vous ai fait arrêter il y a trois jours lorsque vous avez tenté de vous faire passer pour ma fille. J'ai le droit de vous questionner, car je suis juge de paix. Quant à ces autres dont vous parlez, je n'ai aucune idée de qui ils sont. De qui parlez-vous ?

– Je suis sûre que vous travaillez pour eux, déclara Maria. Ils vous ont chargé de me retrouver…

– Mais qui donc ? Qui veut vous retrouver ?

– Les prêtres du séminaire.

– Le séminaire ? Ma pauvre enfant, je ne connais que peu de prêtres catholiques…

– Vraiment ? N'êtes-vous pas catholique vous-même ?

– Quelle différence cela fait-il ?

– Répondez-moi, ordonna Maria. J'ai le droit de savoir.

– Et moi, mademoiselle, j'ai le droit de savoir qui vous êtes.

– Si je vous dis mon nom, allez-vous me dire si vous êtes catholique ?

– Qu'est-ce que ça peut faire ? L'êtes-vous ?

– Non, déclara soudain Maria. Ma famille appartient à l'Église d'Écosse.

– Vraiment ? Dans ce cas, vous devez connaître le Révérend Esson ?

À ces mots, une vague de joie souleva Maria. Elle comprenait tout à coup d'où viendrait son salut.

Bien sûr, elle connaissait le Révérend Esson. Ce nom évoquait dans son esprit un souvenir lointain, mais plus elle y pensait, et plus l'image devenait claire : lorsqu'elle était toute petite, elle se rendait au culte du dimanche avec sa famille. Le Révérend Esson était leur pasteur.

Le Dr Robertson, ayant vu l'effet que le nom avait produit sur la jeune femme, misa sur cette carte pour la questionner davantage.

– Alors, dit-il, puisque nous avons des connaissances communes, allez-vous me dire qui vous êtes ?

Pendant un bref moment, Maria fut tentée de lui répondre. Mais que savait-elle vraiment de ce Dr Robertson ? Elle ne se souvenait que trop clairement de la façon dont son sourire bienveillant s'était changé en rage lorsqu'il avait vu qu'elle n'était pas la nièce qu'on lui avait annoncée. Il ne lui avait laissé aucune chance de s'expliquer et l'avait immédiatement fait jeter en prison. Pourquoi devrait-elle à son tour lui laisser une chance ? De plus, pouvait-elle courir le risque d'être trahie ? Et s'il connaissait bien les prêtres catholiques, malgré ce qu'il venait d'affirmer ?

– Je ne vous dirai rien, répondit-elle avec détermination. Je ne parlerai qu'au Révérend Esson.

– Comme vous voudrez, déclara le Dr Robertson. Je le ferai demander. Mais en attendant, je n'ai d'autre choix que d'ordonner que vous restiez ici.

L'idée ne déplut pas à Maria. Tout ce qui lui importait était de manger et de dormir, et si on lui offrait l'occasion de le faire pour quelque temps encore, elle n'allait surtout pas refuser.

Il se passa encore deux autres jours avant qu'elle reçoive la visite du Révérend Esson. L'homme avait vieilli, mais ses yeux perçants ne laissaient aucun doute quant à la vivacité de son esprit. Maria se souvenait de lui comme d'un homme juste et bon, mais parfois sévère envers la petite fille qu'elle était alors.

– Maria, est-ce bien vous ?

Le pauvre homme parut étonné de trouver en un tel endroit la jeune fille qu'il n'avait pas vue depuis déjà quelques années, mais de toute évidence il se souvenait d'elle.

– Votre mère sait-elle que vous êtes ici ?

– Non ! répondit Maria avec vivacité. Et je ne voudrais pas qu'elle le sache non plus. Cela lui causerait assurément un chagrin immense.

En réalité, Maria n'avait que faire des sentiments que pouvait ressentir sa mère en apprenant que sa fille se trouvait derrière les barreaux. Ce qu'elle craignait, par contre, était sa réaction puisque la jeune fille se doutait bien que sa mère avait dû apprendre depuis fort longtemps que Maria lui avait volé la pension qui lui revenait pour pouvoir réintégrer le couvent.

– Mais comment êtes-vous arrivée ici ? La dernière fois que je vous ai vue, vous étiez à peine une petite fille, au couvent des sœurs de la Charité. J'ai su par votre mère que vous êtes retournée à Saint-Jean pour un moment, mais que s'est-il donc passé pour vous ramener à Montréal, et à un tel endroit ?

Maria savait qu'il était inutile d'essayer de mentir à cet homme, qu'elle voyait encore à travers ses souvenirs d'enfant. Le fait d'être protestant faisait de lui un allié en qui elle croyait bien pouvoir avoir confiance. Elle lui raconta donc une partie de son histoire, lui expliquant brièvement qu'elle avait été admise au couvent de l'Hôtel-Dieu, mais qu'elle s'était enfuie parce qu'elle avait été traitée de façon indécente par la supérieure et les prêtres.

– Ma pauvre petite. Cette histoire est bien bizarre... Mais comment se fait-il que vous ayez choisi de prendre le voile ? Votre famille est protestante...

– Bien entendu, répondit Maria. Mais vous savez aussi bien que moi que maman témoignait beaucoup de respect aux religieuses catholiques.

– Je me souviens, en effet. Et c'est pourquoi j'ai beaucoup de difficulté à croire ce que vous venez de me dire à l'instant. Jamais les prêtres du séminaire ne pourraient agir de la sorte…

– Mais ils l'ont fait! déclara Maria avec force. Et ils continuent de le faire. Je vous le dis: le couvent de l'Hôtel-Dieu n'est absolument pas ce qu'il paraît être, mais est en fait un endroit de perdition!

– Allons donc! répliqua le Révérend d'un ton courroucé. Vous connaissez aussi bien que moi la façon dont les religieuses de l'Hôtel-Dieu se sont dévouées auprès des malades lors de la grande épidémie de choléra. Certaines y ont même laissé leur vie! Ne venez pas me dire que ces mêmes femmes sont les amantes des prêtres lorsqu'elles sont de retour dans leur couvent. Cette accusation est impossible à recevoir.

– C'est pourtant bien vrai, répondit Maria.

Le Révérend Esson se leva pour signifier que leur entretien était terminé.

– J'ai peine à vous croire, dit-il en enfilant son manteau. Je vais aller trouver votre mère, lui raconter ce que vous venez de me dire et voir ce qu'elle pense de toute cette histoire. Entre-temps, je vais demander à vous ramener avec moi. Peu importe les raisons pour lesquelles vous vous êtes retrouvée en prison; par respect pour votre famille, je ne vous laisserai pas ici.

– Je ne veux pas revoir ma mère, fit Maria d'une petite voix. La dernière fois que je l'ai vue, elle était très fâchée contre moi et elle ne voudra rien entendre de ce que je pourrais lui dire.

– Cette situation est bien regrettable, mais je ne vois pas comment régler votre problème. Puisque aucune accusation n'a été portée contre vous, on me demande de vous faire sortir. Par contre, il vous faut retourner chez votre mère, puisque de toute évidence vous n'avez nulle part d'autre où aller.

– Mais je vous dis que je ne veux pas revoir ma mère! cria Maria en se mettant à pleurer.

Le Révérend resta silencieux un moment, regardant la pauvre fille dont il croyait à peine les propos.

– C'est bien dommage, car j'irai la trouver de toute façon. Il est de mon devoir de lui faire part de cette situation. Voici donc ce que je propose: rentrez avec moi. J'irai discuter avec votre mère et j'essaierai de voir si elle est disposée à vous rencontrer. Je m'assurerai d'abord qu'elle est d'humeur agréable afin de vous éviter toute confrontation. Si je soupçonne la moindre réticence de sa part, nous chercherons une autre solution.

Maria hésita longuement, trouvant trop risqué de sortir au grand jour, sachant que sa mère vouait aux religieuses catholiques un respect tel qu'elle irait probablement leur dire où trouver sa fille. Cependant, elle décida de tenter sa dernière chance.

– J'accepte de rentrer avec vous, dit-elle. Mais d'abord vous devez me promettre d'attendre au moins deux jours avant d'avertir ma mère. En fait, j'aimerais mieux que personne ne sache où je suis pour l'instant. En retour, j'accepterai de la rencontrer, le moment venu.

Maria essaya de paraître aussi convaincante qu'elle le pouvait. Il n'était évidemment pas question de revoir sa mère, malgré ce qu'elle venait de dire au Révérend Esson. Mais, puisque les autorités s'apprêtaient à la remettre en liberté et qu'elle n'avait nulle part où aller, sauf chez le Révérend, il lui fallait gagner quelques jours pour penser à ce qu'elle allait faire.

Pendant ce délai durant lequel le Révérend et sa femme acceptèrent de l'héberger sans en informer quiconque, Maria prépara sommairement sa fuite. Elle se procura un petit sac, y entassa tout ce qu'elle pouvait subtiliser pour assurer sa survie quelques jours, mais ne prit pas vraiment le temps de réfléchir à ce qu'elle pouvait faire. Elle agissait comme un automate, mue uniquement par un sentiment de panique, sachant que trop de gens savaient désormais où elle était et que ce n'était qu'une question de temps avant que quelqu'un du couvent ou du séminaire ne vienne pour elle. Par-dessus tout, elle ne voulait pas revoir sa mère qui, elle en était sûre, n'hésiterait pas à la trahir.

Tout comme au moment de s'enfuir du couvent, elle agit d'instinct, consciente qu'elle devait s'efforcer de ne pas se faire remarquer. Elle quitta la maison de ses hôtes facilement. L'été touchant à sa fin, les journées étaient plus courtes, et les gens, moins nombreux, ce qui facilitait ses déplacements. Le seul problème était cette faim constante qui la tenaillait. Heureusement pour elle, c'était la saison des pommes et Maria savait où s'en procurer sans se faire voir, même si cet endroit était un peu trop près du couvent. Mais elle n'avait guère le choix.

Un soir cependant, alors qu'elle rôdait derrière une taverne en quête de restes de nourriture, elle se fit intercepter par un inconnu.

– Tu as faim, ma belle ? lui demanda-t-il en lui tendant un gros morceau de pain.

Maria ne répondit pas, mais saisit le quignon à deux mains et le dévora sans en laisser une miette.

– Viens avec moi, continua l'homme en brandissant cette fois-ci quelques pièces d'argent. Je peux te donner de la nourriture et de l'argent, si en retour tu es gentille avec moi.

Maria ne savait que trop bien ce que son offre signifiait. Mais elle avait trop faim pour refuser. Il lui fallait survivre, à n'importe quel prix. Se souvenant des conversations entre les prostituées avec qui elle avait partagé sa cellule, elle savait à présent quel quartier de la ville était plus propice aux rencontres illicites.

Bien qu'il lui répugnât d'avoir à vendre son corps de cette façon, elle trouvait que sa situation, même si semblable à ce qu'elle avait enduré au couvent, était pour elle désormais justifiable. Ces hommes ne se cachaient pas derrière de faux prétextes. Ils ne cherchaient pas non plus à projeter quelque noble image d'eux-mêmes : ils étaient seulement des hommes avec des besoins à assouvir, prêts à offrir quelque chose en échange. De son côté, Maria n'était qu'une jeune femme ayant le droit de vivre.

Mais bien vite elle dut se rendre à l'évidence que cette vie ne méritait pas d'être vécue. Traînant toujours son sac partout où elle allait, elle se demandait combien de temps elle pourrait continuer ainsi. Qu'était-elle donc devenue ? Une jeune fille qui, il n'y avait pas si longtemps, aurait pu trouver mari et fonder une famille, mais qui avait été trompée par l'Église et en était réduite à vendre son corps, aussi bien à l'intérieur du couvent qu'à l'extérieur, pour assurer sa survie. Il devait assurément y avoir mieux que cela à espérer de la vie.

C'est exactement ce à quoi elle pensait quand une belle dame, vêtue d'une robe et d'un manteau bien simples mais propres, l'approcha un soir. Maria se traînait alors d'une taverne à l'autre dans l'espoir de trouver un peu de nourriture ou, au moins, un client prêt à lui donner de quoi en acheter.

Maria ne reconnut pas la dame immédiatement, son regard étant plutôt attiré par l'homme qui l'accompagnait. Celui-ci était également vêtu de façon simple, mais de bon goût.

– Voulez-vous revenir dans le droit chemin, ma pauvre enfant ? lui demanda la femme.

C'est en entendant ces mots que Maria sut à qui elle avait affaire. La femme était venue en prison à deux ou trois reprises pour en faire sortir des filles qu'on avait ramassées, alors qu'elles traînaient dans les rues. Cette question était toujours la première qu'elle posait en approchant de la cellule. Ayant capté quelques bribes de conversations, Maria avait appris que la dame dirigeait un endroit appelé l'Asile de la Madeleine, où on recueillait les filles perdues dans l'espoir de les réhabiliter et les ramener à une vie décente.

– Que pouvez-vous faire pour moi ? demanda Maria avec méfiance.

– Nous pouvons vous héberger et vous aider à trouver un honnête travail. Vous êtes encore jeune et vous êtes jolie. Qui sait ? Peut-être voudrez-vous vous marier et fonder une famille ? Quoi qu'il en soit, nous pouvons vous offrir mieux que la vie que vous menez actuellement.

L'homme, quant à lui, ne prononça pas un seul mot, se contentant de hocher la tête en écoutant parler la femme.

– Nous pourrons vous apprendre à lire, à coudre, à cuisiner. Ce sera comme vous voudrez. Vous serez logée et nourrie, et surtout vous n'aurez pas à vendre vos charmes de la sorte.

Il n'en fallut pas beaucoup pour que Maria se dise qu'elle n'avait rien à perdre en les suivant. Aux dires des filles de la prison, elle serait bien traitée même si, selon ce qu'elle avait pu comprendre, l'endroit avait un code de discipline semblable à celui du couvent.

Une fois arrivée sur place, Maria réalisa que, effectivement, il y avait beaucoup de similitudes entre l'Asile de la Madeleine et le couvent de l'Hôtel-Dieu. Les activités journalières y étaient presque une copie conforme de celles au couvent : de la messe matinale aux menus travaux de couture, fabrication de pain et de cierges, en passant par la règle qui exigeait un silence absolu presque continuellement. Jusqu'au dortoir où dormaient les jeunes filles qui était surveillé comme au couvent !

Même si, au début, elle aurait été prête à s'astreindre à la discipline, Maria éprouvait un profond malaise, provoqué par cette sensation de déjà-vu. Une fois remise de sa surprise, les premiers jours furent assez faciles à endurer. Il lui semblait qu'on était moins sévère avec elle, en tant que nouvelle venue, qu'avec les femmes qui séjournaient à cet établissement depuis plus longtemps qu'elle.

Au cinquième jour, cependant, on lui indiqua qu'il lui était obligatoire de se rendre à la messe tous les matins. Jusque-là, Maria avait réussi à s'y soustraire, mais elle n'avait désormais plus le choix. Lorsqu'elle réalisa que le prêtre venant y officier le lendemain n'était nul autre que le père Bonin, un de ceux qui avaient participé au meurtre de sœur Saint-François, elle crut devenir folle. Cédant presque à la panique, elle ne pouvait s'empêcher de se sentir rattrapée par un cauchemar sans fin.

Il lui fallait quitter les lieux au plus vite. Mais pour aller où ? Elle devait trouver un nouvel endroit où se réfugier, un endroit où elle ne serait pas reconnue. Et combien de fois devrait-elle encore fuir ainsi ?

En y pensant rapidement, elle comprit qu'il n'était plus question de rester à Montréal ni même de retourner à Saint-Jean. En fait, elle savait que les prêtres du séminaire se rendaient parfois jusqu'aux Trois-Rivières. Elle devait donc aller plus loin et la seule possibilité était d'aller jusqu'à Québec. Mais que trouverait-elle là-bas ?

Encore une fois, elle décamperait sans trop bien savoir ce qu'elle allait faire. Par contre, pour la première fois, elle avait sur elle un peu d'argent, qu'elle avait réussi à emprunter à ses compagnes de l'Asile, leur faisant accroire qu'elle le leur rendrait. Elle n'avait toutefois pas révélé son véritable motif, ne quémandant que de petites sommes à chacune dans le but de faciliter l'opération.

Elle quitta l'établissement en plein jour, sans même que personne s'en soucie, se dirigea vers le port et s'embarqua sur un bateau en direction de Québec. Quelques instants après qu'on eut quitté le port, Maria sortit prendre l'air. Le fait d'avoir eu assez d'argent pour payer son billet lui apportait une certaine fierté, un sentiment qu'elle n'avait pas ressenti depuis longtemps, même si elle avait usé de mensonge pour amasser la somme requise.

Debout sur le pont avant, regardant au loin le fleuve qui s'ouvrait devant elle, Maria respira à pleins poumons sa nouvelle liberté. Il y avait sur le bateau plusieurs jeunes familles, donc un grand nombre d'enfants qui couraient et se chamaillaient, une chose que Maria n'avait pas eu la joie d'observer depuis longtemps.

Cet attendrissant tableau lui fit presque instantanément reprendre espoir. Bien sûr, elle était confiante de pouvoir trouver un endroit où loger en arrivant à destination, à tout le moins un endroit semblable à l'Asile de la Madeleine. Ensuite, puisque personne ne la connaissait, ce serait sûrement plus facile de dénicher un emploi, comme servante ou bonne d'enfant. Déjà elle commençait à élaborer une jolie petite histoire pour expliquer sa venue : ses parents décédés la laissant sans le sou, elle avait quitté sa campagne natale pour trouver du travail dans la grande ville de Québec, où elle aurait la chance de parfaire son français.

Pendant un moment, elle crut que tout était possible pour elle. Mais, à peine quelques minutes plus tard, son charmant projet s'effondrait brutalement : elle venait de reconnaître une silhouette familière – trop familière – dont la vue la remplit d'effroi.

Un prêtre, accompagné de deux couples avec lesquels il conversait, se trouvait sur le bateau. Un bref regard posé sur l'individu fut suffisant pour dissiper tout doute que Maria aurait pu entretenir et elle détourna la tête pour ne pas se faire remarquer. Cette silhouette grande et maigre sous la soutane et ce crâne dégarni luisant sous le soleil d'octobre ne pouvaient appartenir qu'à un seul homme : le père Michaud.

Maria paniqua. Elle savait bien qu'il la reconnaîtrait, car elle avait souvent été appelée dans la chambre secrète alors qu'il s'y trouvait également. Et s'il se rendait à Québec, il y avait donc de fortes probabilités qu'elle y rencontre d'autres prêtres susceptibles de l'identifier. Tout était perdu et elle devait à nouveau repenser à ce qu'elle devait faire.

Une occasion favorable se présenta au moment où le bateau s'arrêta pour une courte escale à Sorel. Maria n'hésita pas une seconde et débarqua immédiatement. Il n'était pas question de courir des risques ne fût-ce qu'une minute de plus à bord. Lorsqu'elle vit un autre bateau accosté au quai voisin, elle s'en approcha et demanda à un matelot quelle était sa destination.

L'homme lui répondit qu'il ne parlait pas français, ce qui sembla de bon augure à Maria. Elle répéta sa question en anglais et fut heureuse d'apprendre que le bateau partirait bientôt pour New York. Elle constata que le vaisseau était effectivement plus gros que celui qu'elle venait de quitter et pouvait accommoder beaucoup plus de passagers. Bien entendu, elle n'avait pas de billet ni assez d'argent pour en acheter un. Adoptant un air nonchalant, elle monta à bord et tenta de son mieux de se fondre dans la foule qui se tenait sur le pont.

Une fois embarquée, elle se faufila aussi discrètement que possible et descendit dans la cale pour y chercher immédiatement un endroit où se cacher. Désormais, il n'était pas question de se faire voir de quiconque. Bien que les risques de rencontrer quelqu'un qui pourrait l'identifier fussent plus rares sur ce bateau-là, elle voulait rester prudente. Puisqu'elle était devenue une passagère clandestine, elle allait assumer son rôle jusqu'au bout.

Elle trouva un tout petit placard, juste derrière les cuisines, où elle put se réfugier. Pendant un temps qui lui sembla interminable, elle resta immobile dans le noir, essayant tant bien que mal d'ignorer les engourdissements qui la faisaient souffrir. Elle ne sortait qu'occasionnellement, en quête de nourriture ou dans la nécessité de se soulager, et toujours seulement après s'être assurée que la voie était libre. De temps en temps, la porte du placard s'ouvrait et un bras se tendait pour prendre un balai ou un seau. Maria retenait son souffle chaque fois, se collant au mur derrière la porte et priant désespérément pour qu'on ne s'aperçoive pas de sa présence.

Inquiète, craignant à chaque instant de se faire découvrir, elle ne dormait que de courts moments. Elle était inconfortable et se sentait sale, mais tant pis. De plus, elle était en proie à d'horribles cauchemars dont l'intensité et la fréquence ne faisaient qu'augmenter. Ayant perdu toute notion du temps, elle ne pouvait plus distinguer le jour de la nuit. Elle était également incapable de déterminer où le bateau en était rendu dans sa course, mais, avec chaque minute qui passait, elle acquérait la conviction qu'elle s'éloignait de Montréal, du couvent et de tous ceux qui y étaient liés.

Au moment où il devint évident que le bateau était arrivé à destination, Maria se risqua à sortir de sa cachette. Elle sentit les regards curieux posés sur elle. Bien entendu, plusieurs devaient se demander pourquoi ils n'avaient pas remarqué plus tôt la présence de cette mystérieuse jeune fille à bord. Maria reprit le même air nonchalant que lorsqu'elle s'était embarquée et arpenta le pont, cherchant un moyen de débarquer sans avoir à passer devant les agents de l'immigration. En examinant les longues files de passagers, elle en remarqua une où l'officier était en train de haranguer un homme dont les vêtements étaient dans un état aussi piteux que sa robe. Elle en conclut qu'elle n'était probablement pas la seule passagère clandestine. Elle devina aussi que l'état dans lequel elle se trouvait, additionné du fait de n'avoir aucun bagage en sa possession, la rendrait suspecte. Elle décida donc d'éviter cette file à tout prix.

Dans une autre file, un autre officier travaillait de façon beaucoup moins zélée, laissant passer les familles sans même vérifier les papiers des enfants. Maria eut alors l'idée de s'approcher d'un groupe composé de deux parents accompagnés de leurs trois enfants qui étaient à peine un peu plus jeunes qu'elle. Le père poussait un chariot où étaient entassés leurs modestes bagages. L'occasion était trop belle pour la laisser lui échapper. Maria s'approcha et les suivit de près, attendant sagement derrière eux, le cœur battant, tandis que le père discutait avec l'officier. Un instant plus tard, celui-ci leur faisait signe de passer et, avec un énorme soulagement, Maria descendit finalement sur la terre ferme avant de leur fausser compagnie. De toute façon, aucun des membres de la famille ne s'était aperçu qu'elle les avait talonnés de la sorte.

Elle se sentait faible et malade, et le sol sous ses pieds lui semblait totalement étranger. Mais le temps était doux et surtout moins humide qu'à Montréal. Déjà elle remarquait l'architecture différente, mais ce qui la frappa le plus était l'absence de mots échangés en français. Tout cela était réconfortant, même si l'inquiétude de se trouver dans une ville inconnue la tenaillait.

Les derniers sous qu'il lui restait ne lui étaient plus d'aucune utilité et elle les jeta dans une fontaine en faisant un vœu : celui de pouvoir trouver de quoi manger. Car, encore et toujours, plus que le froid et le manque de sommeil, c'était son estomac qui lui causait le plus de soucis.

Au début, elle s'accommodait de dormir sur les bancs de parcs ou sous les portiques de maisons. Elle ne voulait demander d'aide à personne, craignant encore d'être reconnue malgré la distance qui la séparait du couvent. Cette crainte hantait ses nuits et formait l'essentiel de ses cauchemars : elle se voyait poursuivie par des prêtres et des religieuses, des silhouettes en soutane courant derrière elle dans des rues et des couloirs inconnus. Parfois ils réussissaient à la rejoindre et à l'agripper pour la frapper et la traîner de force. Elle se réveillait, à bout de souffle et le cœur battant à tout rompre, heureuse de voir que tout n'était qu'un mauvais rêve, mais tout aussi désolée de constater la précarité de sa situation, qui n'était guère meilleure que ce qu'elle avait connu à maintes reprises à Montréal.

Bientôt le froid et la pluie eurent raison de son désir d'indépendance. Il lui fallait dénicher un refuge, peu importe où. Elle avait besoin de se laver, de manger, de dormir sur autre chose qu'un banc public. Elle erra longtemps au hasard, fouillant les poubelles qu'elle trouvait sur sa route. Finalement, un matin, deux hommes l'accostèrent et lui demandèrent si elle avait de quoi manger. Pleine d'espoir, Maria répondit que non, croyant qu'ils allaient lui en offrir. À son grand chagrin, ils ne lui avaient posé la question que dans le but de s'en procurer pour eux-mêmes.

Découragée, Maria se laissa choir sur le trottoir et se mit à pleurer.

– Allons, ma belle, faut pas pleurer pour si peu, dit l'un deux. Au moins, vous les femmes, vous pouvez aller à l'hospice méthodiste de la 22e Rue…

À ces mots, Maria releva la tête

– L'hospice méthodiste ? Que voulez-vous dire ?

– C'est un de ces endroits où on accueille les pauvres femmes. Vous êtes bien chanceuse, il y a toujours de la place. Nous, les hommes, nous devons nous contenter de la mission de l'Ambulance Saint-Jean, à condition qu'il n'y ait pas trop de monde…

Subitement, Maria trouva la force et le courage de se relever. Peu importe où était cet hospice, elle devait s'y rendre : c'était peut-être sa dernière chance…

– Et voilà donc comment vous êtes arrivée jusqu'ici…, fit John Slocum après que Maria eut terminé son récit.

Pendant de longues minutes, personne ne parla. Maria conservait son air figé, son regard fixe, mais désormais elle n'avait plus rien à ajouter. Ses compagnons, quant à eux, mirent du temps à se sortir de la transe dans laquelle elle les avait maintenus depuis le début de son histoire. Ils se regardèrent mutuellement, mal à l'aise et ne sachant pas vraiment quoi dire.

– C'est une histoire bien effrayante et surtout bien triste, murmura Abigail Slocum au bout d'un moment.

Puis son mari prit la parole à son tour.

– Vous nous avez dit beaucoup de choses, fit-il remarquer d'un ton pensif. En fait, vous nous en avez dit beaucoup plus que je n'aurais pensé. Et il y a une chose qui m'intrigue : vous nous aviez tout d'abord annoncé que vous ne mentionneriez aucun nom, pourtant vous nous avez nommé plusieurs des religieuses et des prêtres auxquels vous avez eu affaire. Pourquoi avez-vous changé d'avis ?

À ces mots, Maria releva la tête et regarda tous ceux présents dans la pièce d'un air surpris.

– J'ai mentionné des noms ?

– Bien sûr, lui répondit le Révérend. Vous nous avez parlé de Jane la folle, de votre amie Frances, de l'abbé Michaud, du père Phélan…

– Non ! cria Maria, soudainement prise de panique et déjà au bord des larmes. Je ne vous ai jamais parlé d'eux !

– Mais bien sûr, ma chère enfant, dit Mme Slocum d'une voix douce. Comment pourrions-nous vous les nommer autrement ?

– C'est vrai, répondit Maria en se mettant à pleurer. Je les ai nommés, je me souviens. Je ne sais pas pourquoi, ce n'était pas mon intention. Je suppose que j'ai eu assez confiance en vous pour le faire sans même m'en rendre compte. Mais il ne faut plus parler de Jane la folle et de mon amie Frances ! Si la mère supérieure apprenait que j'étais amie avec elles, elle les enverrait aux cachots pour les forcer à lui dire où je suis ! Qui sait quelle torture on leur ferait subir, elles qui ne savent rien !

– N'ayez crainte, intervint Mme Slocum pour la calmer. Nous ne mentionnerons rien qui pourrait les mettre en danger.

– Je me pose également beaucoup de questions, ajouta William Hoyt en se levant.

Son geste fit sursauter les autres. Depuis le début du récit de Maria, il avait à peine parlé, bougé ou eu quelque autre réaction.

– Tout ce que vous nous avez raconté était fondé sur les sentiments que vous ressentiez : des impressions, des estimations, poursuivit-il. Après tout ce que vous avez enduré, je suis presque surpris que vous ayez eu la force de parvenir jusqu'ici. Vous avez, de vos propres dires, constamment vacillé entre l'espoir et le désespoir. Vous vous êtes enfuie, mais êtes revenue à différents endroits à tellement de reprises que j'ai parfois du mal à suivre votre histoire. Vous vous êtes vous-même mise dans des situations périlleuses, vous jetant presque dans la gueule du loup. Et maintenant, vous voilà victime de cauchemars quasi constants. Alors dites-moi : qu'est-ce qui vous a décidée à quitter le couvent cette dernière fois, alors que vous y étiez revenue de votre plein gré, et non sans oser voler votre propre mère pour ce faire ? Vous avez fait preuve de beaucoup de courage cette nuit-là. Par la suite, vous étiez prête à en finir avec la vie en vous jetant à l'eau, mais quelques semaines plus tard vous avez eu la présence d'esprit de vous glisser à bord d'un bateau pour fuir définitivement. Dans un cas comme dans l'autre, quelle idée vous est passée par la tête pour vous pousser à agir de la sorte ?

Maria le fixa longuement avant de lui répondre, laissant libre cours à ses larmes pour la première fois depuis qu'elle avait commencé son récit. Elle lui offrit d'abord un petit sourire, puis regarda de nouveau son auditoire captivé.

– Il a bien raison, répondit-elle. Oui, j'ai tour à tour perdu et repris confiance. J'ai à certains moments cru en Dieu de toutes mes forces, pour ensuite complètement nier son existence. Tout ce que j'ai fait depuis mon départ du couvent, bon ou mauvais, je l'ai fait pour une seule et même raison…

Elle s'arrêta et posa la main sur son ventre. À ce geste, tous comprirent alors pourquoi il paraissait si rond, et la taille de la jeune fille, si épaisse. Ce qu'elle leur révéla ensuite ne fit que confirmer ce qu'ils venaient tous de réaliser.

– Je ne voulais pas que mon bébé connaisse le même sort que celui de sœur Saint-Jean de Dieu… Je ne pouvais supporter l'idée d'avoir à assister au meurtre de mon petit enfant.

DEUXIÈME PARTIE

Chapitre X

Emily et Maria ne se quittaient plus. Depuis que celle-ci avait emménagé dans la demeure des Slocum, elle tenait à ce que la jeune Taylor soit sa compagne de tous les instants. Emily avait accepté sans se faire prier, heureuse de pouvoir apporter un certain réconfort à la femme qui, même si elle avait le même âge qu'elle, avait connu tant de misère. D'un autre côté, Emily éprouvait parfois un certain malaise lorsqu'elle se retrouvait seule avec sa compagne. Les révélations qu'elle avait entendues étaient aussi intimes qu'obscènes et elle craignait à tout instant que Maria ne lui en dise encore plus, mais cette fois sans la présence du Révérend Slocum, de sa femme ou de M. Hoyt. Saurait-elle comment y répondre, le cas échéant?

Mais Maria, après avoir livré ses secrets, était retournée à son mutisme presque constant, doublé d'une mélancolie déconcertante. Même si elle ne voulait pas qu'Emily la quitte, de jour comme de nuit, elle semblait avoir peu à lui dire. Quand elle lui adressait la parole, ce n'était que pour lui poser des questions anodines sur la vie à New York, son travail à l'hospice, les gens qu'elle y côtoyait. La teneur de leurs brèves conversations demeurait superficielle. La seule personne capable de la faire sourire était William Hoyt, qui possédait le don de charmer toutes les femmes.

Fait bizarre, Maria commettait souvent des lapsus quand elle s'adressait à Emily, l'appelant d'un autre nom, soit Catherine, Frances ou même Rebecca. Au début, Emily s'empressait de la corriger, mais Maria ne paraissait aucunement se soucier de ces erreurs et ne faisait aucun effort pour y remédier. De même, le tempérament initialement renfrogné et réservé de la jeune femme montrait souvent des changements brusques et paradoxaux. Par exemple, Emily avait à quelques reprises surpris la jeune femme en train de se parler à elle-même, ou alors parler à quelqu'un qui n'existait pas. Aussi déconcertante était la façon dont Maria se mettait parfois à rire presque sans raison, pour ensuite rapidement retrouver la réserve que tous lui connaissaient.

Mais rien de tout cela n'inquiétait vraiment Emily. Au cours des derniers mois passés à côtoyer les femmes qui s'étaient réfugiées à l'hospice, elle avait vite appris à reconnaître celles qui étaient émotionnellement ou intellectuellement instables. En ce qui avait trait à Maria cependant, elle ne savait dire si ces lapsus et ces changements d'humeur étaient bénins ou s'ils témoignaient d'une quelconque affection mentale. Habituellement réfugiée dans un silence qui la détachait complètement de ce qui l'entourait, Maria aurait pu, à la limite, paraître détraquée pour quiconque ignorait ce qu'elle avait vécu. Mais se remémorant sans cesse la terrible histoire relatée dans le bureau, puis au domicile du Révérend Slocum, Emily croyait que Maria ne souffrait que des séquelles, combien terribles, de ce qu'elle avait vécu au couvent de

Montréal. Il lui faudrait sans doute beaucoup de temps pour s'en remettre – en supposant qu'elle y parvienne un jour.

Les nuits étaient particulièrement difficiles. Même s'ils étaient moins fréquents, les cauchemars qui terrassaient Maria étaient tout aussi violents que ceux qu'elle avait faits lors de son arrivée à l'hospice, et ils causaient tout autant d'inconvénients pour Emily. Les cris et les gémissements de la jeune femme la réveillaient au moins une fois par nuit, à toutes les nuits. Chaque fois Emily mettait du temps à se rendormir, et le manque de sommeil commençait à lui peser. De plus, elle avait dû renoncer à donner de ses nuits à l'hospice méthodiste, ce qui lui occasionnait une certaine culpabilité, même si elle savait qu'il était tout aussi important de soutenir Maria.

Au bout de quelques jours, les parents d'Emily avaient demandé à ce que leur fille revienne à la maison, quitte à héberger Maria chez eux pour quelque temps, mais Maria avait refusé de quitter la demeure des Slocum. De leur côté, le Révérend et sa femme s'entendaient sur le fait que la présence quasi constante d'Emily avait décidément un effet bénéfique sur Maria, dont le visage devenait de plus en plus serein au fil des jours.

Ils avaient tous deux intercédé auprès des parents d'Emily, les suppliant de bien vouloir laisser leur fille continuer à vivre chez eux, puisque cela semblait n'avoir que de bons résultats.

– Elle donne de son temps et de son énergie pour aider une âme en peine, avait plaidé le Révérend. Peu importe qu'elle le fasse chez nous, chez vous ou à l'hospice. Ce qui est important, c'est qu'elle ouvre son cœur et fortifie son âme pour une bonne cause.

Sa femme avait acquiescé en souriant, mais sans dire un mot, serrant tour à tour les mains de Mme Taylor, puis de M. Taylor en signe de reconnaissance et de solidarité avec son mari. Cependant, la présence d'Émily sous leur toit était le seul point sur lequel le couple semblait être d'accord depuis l'arrivée de la mystérieuse jeune femme dans leur vie.

Mme Slocum était d'avis que Maria avait besoin de paix, de tranquillité et de vivre presque dans de la ouate les dernières semaines de sa grossesse. C'était pour cette raison qu'elle avait décidé d'accueillir la jeune femme chez elle plutôt que de la laisser loger à l'hospice ou ailleurs. C'était la première fois qu'elle poussait la générosité si loin. Son mari avait tout de suite été d'accord mais, même s'il reconnaissait que Maria avait traversé une affreuse épreuve, il avait également une autre raison pour vouloir garder Maria près de lui.

– Je suis à la fois heureux et horrifié d'avoir reçu de telles confidences, annonça le Révérend à Maria un soir où le groupe était de nouveau réuni dans son salon, quelques jours après que la jeune femme eut terminé son récit. Je suis profondément choqué par tout ce que vous nous avez raconté, mais je dois avouer que je ne suis pas étonné. C'est un fait que l'Église catholique, malgré les grands airs qu'elle se donne et les pieux discours qu'elle entretient, est une grande pécheresse, un nid de vipères accueillant en son sein une racaille dont peu soupçonnent l'abjecte pourriture. Bien entendu, cela n'est pas surprenant. Cette idée de servir Dieu dans le cadre d'une vie de renoncement, de chasteté et avec si peu de contact avec le monde extérieur ne peut que réveiller les plus bas instincts de l'être humain. De la même façon, tous les gens qui ont déjà en eux cette dépravation seront sans contredit intéressés à se rejoindre dans un endroit où ils pourront se laisser aller à la luxure, aux châtiments corporels et à toutes ces autres dégoûtantes tendances, en toute impunité. Que voilà une bien triste réalité ! Ce qui me rend heureux par contre, c'est que le destin nous ait choisis en tant que confidents de votre histoire. Vous voyez, M. Hoyt et moi faisons partie d'un regroupement, un mouvement nativiste, dont le but est justement de révéler au monde les agissements criminels des prêtres catholiques et de leurs complices, les religieuses terrées dans leurs couvents. Car, croyez-moi, si horrible que soit votre histoire, elle n'est malheureusement pas unique en ce monde.

Il fit une pause, se leva et alla vers la cheminée. Saisissant un tisonnier, il se mit à remuer de façon presque brutale les braises qui couvaient, comme s'il voulait par ce geste banal exorciser la colère qui couvait également en lui.

– Non, reprit-il en regagnant son fauteuil, ce n'est pas la première fois que nous entendons des histoires de cette sorte. Il y a même eu plusieurs ouvrages écrits à ce sujet, principalement en Europe. Mais jamais auparavant nous n'avions disposé de tant de détails nous permettant d'étayer les accusations que nous essayons de porter, en vain, depuis si longtemps. Ce que vous venez de nous dire pourrait…

– NON ! protesta tout à coup sa femme. Je ne vous laisserai pas importuner cette pauvre petite avec vos manigances ! Ne voyez-vous pas qu'elle a vécu quelque chose d'effroyable ? Qu'elle n'a même pas encore commencé à s'en remettre ? Et, comme si ce n'était pas suffisant, qu'elle attend la naissance de son enfant d'une journée à l'autre ?

Tout en parlant, Mme Slocum s'était approchée de Maria et avait passé son bras autour des épaules de la jeune femme dans un geste protecteur. Emily resta surprise : jamais Mme Slocum n'avait eu de réaction si marquée envers une pensionnaire, ni n'avait laissé voir son désaccord avec son mari.

– Je ne vous laisserai pas vous servir d'elle ainsi, continua la femme d'un ton ferme. Pas dans son état. Trouvez un autre moyen pour mener, selon vos termes, votre croisade…

Maria se leva, regarda Mme Slocum d'un air triste mais affable, puis se tourna vers les deux hommes avant de revenir à sa protectrice.

– Ils ont raison, dit-elle doucement à la femme qui était au bord des larmes. Il faut que mon histoire soit connue de tous : emmenez-moi devant un juge et un jury, je suis prête à tout révéler. Je n'ai plus peur maintenant que je suis avec des amis prêts à me défendre. Je dois également en appeler au gouvernement britannique, protecteur de la province, pour traîner en cour les coupables.

– Vous aurez bien assez de temps pour tout cela plus tard, concéda Mme Slocum. Après la naissance de votre enfant, si vous y tenez vraiment.

Maria porta la main à son ventre désormais bien rond, le caressant tout en souriant, mais ne répondit pas.

– Eh bien soit, trancha le Révérend Slocum en se levant pour signifier que l'entretien était terminé. Nous vous laisserons le temps de mettre au monde votre enfant, puis nous verrons si vous êtes toujours disposée à nous aider.

Pendant quelques semaines, rien de remarquable ne se passa. Dans le cadre des festivités entourant les fêtes de Noël et du Nouvel An, Maria accompagna le Révérend, sa femme, Mme Lowell et Emily pour faire la tournée des familles pauvres et autres personnes dans le besoin que les bonnes œuvres de l'hospice soutenaient. Elle refusa par contre d'assister à toute célébration de type religieux, comme elle refusait d'assister aux sermons du dimanche que le Révérend professait.

Emily était très heureuse de voir que Maria se montrait intéressée à reprendre une vie normale. Par ailleurs, elle se sentait de plus en plus inutile lorsqu'elle se retrouvait à ne rien faire dans la grande maison des Slocum, peinée de ne pouvoir qu'attendre que l'on ait besoin d'elle. Elle détestait rester oisive, préférant s'adonner à la couture, au tricot ou à la broderie. Le travail ne manquait pas de ce côté : non seulement il y avait toujours des choses à faire pour l'hospice, mais de plus il fallait aider Maria à compléter sa layette. Celle-ci se montrait raisonnablement adroite pour ce genre de travail, mais manquait de patience et était surtout incapable de poursuivre une même tâche bien longtemps.

Emily tenta également à quelques reprises d'offrir son aide à la bonne des Slocum, pensant qu'elle pourrait ainsi se tenir occupée physiquement, mais le Révérend préférait nettement qu'elle reste auprès de Maria, même si ce n'était que pour lui servir de compagne silencieuse.

– Notre bonne est payée pour son travail, avait-il dit. Je crois que vous serez plus utile en restant disponible pour Maria à tout instant.

Et c'est ainsi qu'Emily fit vœu de patience et de sagesse, promettant solennellement en prière de ne jamais quitter Maria, sauf si celle-ci le lui demandait. Mais, curieusement, plus Emily tentait de se rapprocher de la jeune femme, moins Maria semblait requérir sa présence constante, comme elle l'avait fait à son arrivée. Elle se retirait souvent dans sa chambre pour se reposer, ne demandant l'aide d'Emily que lorsque son dos, arqué sous le poids de l'enfant qui reposait dans ses entrailles, la faisait souffrir ou rendait ses déplacements difficiles.

Une nuit, Emily fut réveillée brusquement, non pas par les cris habituels qui accompagnaient les cauchemars de Maria, mais plutôt par une singulière impression de vide et d'absence. Tout était silencieux dans la petite chambre où d'ordinaire la lourde respiration de Maria créait une ambiance distincte. Inspectant le lit voisin du sien, Emily fut surprise de le trouver inoccupé, consciente du fait que Maria ne se levait jamais la nuit. Elle pensa tout d'abord que l'heure de la naissance avait sonné, mais elle était certaine que sa compagne l'en aurait avertie.

Pieds nus, elle sortit de la chambre, puis, du palier de l'étage, scruta la pénombre qui régnait au rez-de-chaussée. À peine une faible lueur parvenant des braises qui finissaient de se consumer dans la cheminée était perceptible. Tout était calme. Elle entendit clairement résonner trois coups à l'horloge du salon, ce qui accrut immédiatement sa perplexité devant la disparition de Maria.

C'est alors qu'elle crut percevoir un bruit provenant de l'extérieur. S'approchant de la fenêtre, elle entrevit une silhouette qui s'éloignait dans l'allée bordée de neige. Se servant du poignet de sa chemise de nuit, elle essuya rapidement la buée qui perlait sur la vitre et eut tout juste le temps de reconnaître un homme de taille moyenne, dont les boucles cuivrées et le long manteau beige ne laissaient aucun doute sur son identité. Mais que pouvait donc bien faire William Hoyt dans le parterre des Slocum à cette heure de la nuit?

Tout de suite après, elle entendit la porte d'entrée se refermer. D'instinct, elle comprit qu'il ne pouvait s'agir que de Maria. Elle retourna donc prestement dans son lit et feignit le sommeil lorsque sa compagne rentra se coucher, amenant avec elle le froid de l'extérieur dont était imprégné le châle qu'elle jeta nonchalamment au pied du lit d'Emily.

Celle-ci eut la certitude que Maria prenait bien soin d'être aussi silencieuse que possible, se mettant au lit très lentement, de façon à ne pas trop faire grincer les ressorts. De toute évidence, elle ne voulait pas qu'Emily se rende compte qu'elle s'était levée. Emily, pour sa part, ne put s'empêcher de frissonner en se demandant pourquoi la jeune femme, malgré sa grossesse avancée, était sortie pour rencontrer quelqu'un par ce grand froid, avec pour seuls vêtements un châle sur sa robe de nuit. Comment osait-elle se montrer ainsi vêtue devant M. Hoyt?

Par une curieuse coïncidence, Maria ne fit pas de cauchemar cette nuit-là.

Plus la grossesse de Maria approchait de son terme, plus la tension montait dans la demeure des Slocum. Tout d'abord la future mère, déjà silencieuse et réservée, cherchait maintenant à s'isoler aussi souvent que possible. Intriguée par ce comportement bizarre et craignant d'avoir dit ou fait quelque chose qui aurait pu contrarier la jeune femme, Emily fit part de ses inquiétudes à Mme Slocum. Celle-ci la rassura avec un sourire plein de sollicitude.

– Sachez, ma chère petite, que les femmes ont souvent des comportements inusités à l'approche de la naissance de leur bébé. L'instinct maternel choisit de se manifester de bien des façons, qu'il ne faut pas chercher à expliquer.

Mais si Mme Slocum se montrait bonne et compréhensive envers Maria et Emily, il en était tout autrement avec son mari. Le couple se querellait souvent, presque quotidiennement. Emily les entendait se parler fort, même si la plupart du temps elle s'éloignait de la pièce où se déroulait la scène, sa pudeur naturelle étant plus forte que son désir d'en savoir plus long. Un matin cependant, la querelle ayant éclaté dans la salle à manger, Emily ne put s'empêcher d'écouter ce qui se disait puisqu'elle se trouvait dans la cuisine et qu'il n'y avait aucune autre issue que celle menant à l'extérieur.

– Nul n'aurait pu prévoir ce qui allait se passer à Charlestown, affirma le Révérend. Les déclarations de Rebecca Reed n'avaient pour but que de dévoiler la vérité, non d'inciter la population à la violence.

– Vous sous-estimez toujours le pouvoir de la colère, répondit Mme Slocum d'un ton sarcastique. Comment vouliez-vous que les gens réagissent lorsque cette femme avait déclaré que les ursulines du couvent de Charlestown se livraient à la sorcellerie ? Pensiez-vous vraiment que tout le monde allait rester bien tranquillement chez soi et laisser les autorités mener une paisible enquête ? Bien sûr qu'elle n'a pas incité personne à commettre de tels actes, mais le résultat a été le même : le couvent a été rasé à peine deux jours plus tard !

Emily se souvenait bien de ce malheureux incident de l'année précédente : une jeune femme du nom de Rebecca

Reed avait déclaré être une religieuse en fuite du couvent des ursulines de Charlestown, en banlieue de Boston. Tout comme Maria, elle avait fait des déclarations épouvantables sur les mauvais traitements infligés par les occupantes du couvent, les accusant même d'actes démoniaques et de sorcellerie. La réaction de la population avait été immédiate et sans équivoque : une foule déchaînée, peu désireuse de tirer les choses au clair, avait pris d'assaut le couvent et y avait mis le feu. Les religieuses et les pensionnaires dont elles avaient la charge avaient tout juste eu le temps de s'enfuir pour échapper à une mort certaine.

– Bien entendu, c'était cruel et excessif, admit le Révérend. Mais n'ayez crainte, je ne crois pas que la population de New York se rendra à Montréal avec l'intention de causer une émeute semblable.

– Ne présumez de rien, mon cher, répliqua Mme Slocum sur un ton menaçant. Vous n'avez aucun moyen de savoir comment les gens accueilleront les accusations de Maria si vous les rendez publiques. Et cela pourrait également se retourner contre votre cause d'une autre façon : souvenez-vous que certains de vos sympathisants se sont éloignés de vous après les événements de Charlestown. Vous ne pouvez courir le risque d'en perdre davantage.

– C'est exactement pourquoi nous changerons de tactique cette fois-ci…

– Eh bien ! vous les envisagerez seul, ces tactiques ! Je vous mets en garde une dernière fois : je ne saurai être complice de vos manigances et je ferai tout en mon pouvoir pour en protéger Maria !

La discussion se termina avec un claquement de porte et Emily devina que Mme Slocum avait quitté la pièce. Après cette scène, tout sembla avoir été dit. Même si les relations restaient tendues au sein du couple, les préparatifs pour l'arrivée du bébé de Maria commençaient à les tenir autrement occupés. Mais Emily savait que les points de vue opposés que défendaient M. et Mme Slocum seraient de nouveau source de querelle après la naissance de l'enfant.

Elle n'eut pas à attendre longtemps. Le surlendemain, en début de soirée, Maria fut prise de douleurs qui annoncèrent que la naissance était imminente. Le Révérend Slocum, William Hoyt et Emily passèrent la nuit dans le salon, en silence et sans échanger un seul regard, pendant qu'à l'étage Mme Slocum et la sage-femme allaient et venaient, quittant puis regagnant la chambre aménagée pour l'occasion, sans jamais leur dire un mot.

Dans les premières heures, la porte s'ouvrit fréquemment et, chaque fois, les trois spectateurs impatients levaient la tête en bloc vers le palier, comme s'ils s'attendaient à ce que la naissance se fasse rapidement. Mais la nuit fut longue. De temps en temps, le silence de la maison était percé d'un gémissement ou d'un cri sourd, mais jamais on n'entendit les vagissements francs que les bébés émettent lorsqu'ils commencent à respirer.

Emily passa la nuit à tricoter et à somnoler. Elle se réveillait lorsque l'horloge marquait l'heure, passait quelques mailles, puis retombait endormie dans son fauteuil. À quelques reprises, le Révérend l'avait invitée à aller se coucher, l'assurant qu'il la préviendrait lorsque tout serait terminé, mais Emily ne voulut pas quitter la pièce. William Hoyt, quant à lui, se levait fréquemment et faisait les cent pas, semblant s'agiter davantage lui aussi lorsque le carillon de l'horloge sonnait.

L'aube pointait lorsque, finalement, les cris du nouveau-né se firent faiblement entendre dans le petit matin. Ils se regardèrent tous les trois en souriant, soulagés mais inquiets, et Emily sut alors que les deux hommes se posaient la même question qu'elle : pourquoi les cris du bébé étaient-ils si étouffés ? Et pourquoi s'étaient-ils déjà tus ?

Nul n'osa rien dire. Au bout d'un moment, Mme Slocum sortit de la chambre et descendit prestement l'escalier. Emily eut du mal à reconnaître la femme dont les cheveux défaits et le corsage imprégné de sang et de sueur trahissaient la fatigue.

– Mon ami, dit-elle d'une voix calme mais tremblante à son mari, allez je vous prie faire demander le Dr Jensen. Je crains que l'enfant ne soit trop chétif pour survivre.

Elle fit ensuite quelques pas vers l'escalier, mais Hoyt la retint en lui attrapant le bras.

– Et Maria ? demanda-t-il avec appréhension.

– Elle va bien, répondit Mme Slocum en se tournant vers lui. La nuit a été dure, mais elle est jeune et apparemment plus forte que je ne l'aurais cru.

Elle gravit quelques marches, s'arrêta un moment et se retourna de nouveau.

– C'est une petite fille, dit-elle simplement. Une très petite fille. Peut-être même trop petite.

Puis elle grimpa le reste de l'escalier à la hâte et rentra dans la chambre en fermant la porte derrière elle.

– Oui, l'enfant est plus petit que la plupart des bébés que j'ai l'habitude de voir, concéda le Dr Jensen, mais elle a quand même de bonnes chances de survivre.

– Quand pourrons-nous la transporter à l'hôpital ? demanda Hoyt. Le plus tôt sera le mieux, non ?

– Je suis d'accord avec vous, répondit le médecin, mais il faudrait d'abord en convaincre la mère. Elle refuse de remettre l'enfant à quiconque. J'ai même eu beaucoup de difficulté à l'examiner, car elle m'a à peine permis de toucher la petite.

– Alors est-ce vraiment nécessaire ? s'enquit Mme Slocum. La sage-femme est d'avis que les très petits bébés sont souvent mieux dans les bras de leur mère…

– C'est un avis que partagent effectivement plusieurs de mes confrères. Elle y est au chaud et la mère pourra nous avertir mieux que quiconque si elle voit que l'enfant se met à respirer difficilement.

Tout en parlant, il avait remballé ses effets et pris le manteau que lui tendait la bonne.

– Je vous laisse le soin de me tenir informé de tout changement, dit-il en guise de conclusion, tandis qu'il prenait congé. Je crois bien que quatre adultes dans une même maison sauront s'occuper d'un seul petit bébé.

Emily comprit immédiatement ce que le médecin avait tenté de leur expliquer lorsqu'il avait décrit la façon dont Maria refusait de se séparer de son enfant. De toute évidence, la jeune mère était épuisée, mais ses yeux étaient vifs – curieusement différents du regard morne qu'Emily lui connaissait. Ses mains se cramponnaient à son enfant plutôt qu'elles ne le tenaient et ses jointures blanchissaient dès que quelqu'un s'approchait du lit.

La petite dormait paisiblement, son minuscule visage à peine visible dans les replis de la couverture qui la recouvrait. Emily avait encore en mémoire la conversation dont elle avait été témoin tout juste avant de monter voir le bébé.

– Il faut absolument que cette enfant survive, avait annoncé Hoyt peu après le départ du médecin.

– Bien sûr, avait répondu Mme Slocum. Ce serait bien triste si Dieu devait déjà la rappeler à lui…

– Vous ne comprenez pas ! s'était emporté Hoyt en marchant en rond dans le salon. Cette enfant est la preuve dont nous avons besoin…

– Preuve ? Preuve de quoi ? avait demandé la femme.

– Preuve des œuvres du père Patrick Phélan !

Il y avait eu un silence. Emily avait été intriguée de voir M. Hoyt, d'habitude d'humeur égale et joyeuse en dépit de tout, éclater de façon si brutale. Le couple Slocum, autant qu'elle, avait mis un certain temps à absorber ce que Hoyt venait d'insinuer.

– Et comment savez-vous que Phélan est le père ? avait demandé le Révérend.

William Hoyt s'était arrêté net, puis les avait regardés tour à tour : le Révérend, sa femme, puis Emily.

– Mais c'est Maria elle-même qui nous l'a dit.

– Vraiment ? Je n'ai aucun souvenir de cela, avait dit le Révérend en regardant les deux femmes qui avaient secoué la tête en signe d'accord.

– Mais bien sûr, avait balbutié Hoyt en hésitant. Elle nous l'a dit. Je ne l'ai pas inventé. Nous étions tous présents lorsqu'elle nous a livré son récit. Je ne sais rien de plus que vous.

À présent, son emportement s'était évanoui pour faire place à une déconfiture qu'Emily ne lui avait également jamais vue.

– Vous avez peut-être fait des liens qui n'existent pas, avait suggéré Mme Slocum. Je sais pertinemment que Maria n'a fait de révélations que lorsque nous étions tous réunis. Si elle avait dit quoi que ce soit sur la paternité de cette enfant, nous nous en souviendrions... Emily, Maria vous aurait-elle confié quelque chose qu'elle aurait omis de nous dire, à nous ?

– Non, avait répondu la jeune femme. Elle n'a jamais dit qui était le père de son bébé. Elle n'a livré de confessions qu'à deux reprises : d'abord à l'hospice dans le bureau du Révérend, puis ici dans ce salon. Et je ne me rappelle pas qu'il ait été question de l'identité du père de l'enfant. Par la suite, j'ai été avec elle presque jour et nuit et elle ne m'a rien révélé d'autre...

Personne n'avait commenté ses dires, mais, alors qu'elle avait fini de parler, Emily s'était souvenue d'au moins une occasion où Maria s'était trouvée seule avec quelqu'un d'autre : la nuit où elle était sortie pour rencontrer M. Hoyt à l'extérieur. Peut-être était-ce durant ce tête-à-tête qu'elle lui avait avoué qui était le père de l'enfant qu'elle portait ? Et y avait-il eu d'autres rendez-vous du même type qui avaient échappé à l'attention d'Émily ? Elle décida de ne rien dire, estimant qu'il serait inapproprié de révéler, à cet instant, qu'elle avait eu connaissance de cette rencontre secrète.

Maintenant qu'elle regardait pour la première fois le bébé, Emily cherchait une ressemblance entre la mère et sa fille, à défaut d'avoir été informée de l'identité du père.

– Laissez-moi la voir un peu mieux, suggéra-t-elle à Maria. De quelle couleur sont ses cheveux ?

D'un geste délicat, Maria dégagea légèrement la couverture pour laisser apparaître quelques mèches de cheveux humides et collés au crâne de l'enfant. Au même moment, le Révérend, sa femme et William Hoyt entrèrent doucement dans la pièce.

– Voyons un peu, annonça le Révérend d'un ton jovial, de quoi peut bien avoir l'air ce nouveau bébé?

– Elle a l'air…

Emily ne put achever sa phrase, ne sachant pas vraiment quoi dire.

– Elle a l'air irlandaise, déclara Maria sèchement.

– Vous voulez dire écossaise? suggéra Mme Slocum. Ne nous avez-vous pas dit que votre famille était écossaise?

– Oui, mais le père de ce bébé est irlandais, lui.

Le Révérend toussota légèrement et fit un signe de la tête à sa femme, qui s'approcha et s'assit au pied du lit de Maria.

– Je sais que le moment est sans doute mal choisi pour aborder cette question, dit-elle posément, et je sais que nous étions d'accord pour ne rien vous demander. Cependant, il devient important désormais de savoir qui est le père de cette petite…

Maria eut l'air surprise par cette question et regarda tour à tour chacune des personnes présentes avant de répondre:

– Qui voulez-vous que ce soit? Il ne peut s'agir que d'un seul homme: le père Patrick Phélan.

Tout en parlant, elle retira complètement la couverture et exposa aux yeux de tous la petite tête couverte de cheveux couleur carotte.

Chapitre XI

Bercée par le roulement du train, Emily avait du mal à garder les yeux ouverts. En face d'elle, blottie dans le fauteuil, Maria s'était assoupie, mais tenait toujours le bébé fermement contre elle.

Installé dans un coin du compartiment, William Hoyt lisait et, de temps à autre, consignait des notes dans un petit cahier. Emily n'osait pas lui demander sur quoi il travaillait. En fait, elle évitait même de lui adresser la parole, ne sachant plus quoi penser de lui. Elle le côtoyait depuis longtemps déjà puisqu'il venait souvent visiter l'hospice – non seulement pour y rencontrer le Révérend Slocum, mais aussi pour s'entretenir avec les femmes qui y logeaient et celles qui, tout comme Emily, s'y dévouaient. Elle l'avait toujours trouvé gentil ; sa bonne humeur constante et ses talents de blagueur en avaient charmé plus d'une. Mais depuis qu'elle l'avait vu venir au domicile des Slocum en pleine nuit pour y rencontrer Maria, elle le voyait d'un autre œil.

Tous les quatre étaient en route pour Montréal. Quelques semaines après la naissance de l'enfant, tel qu'il l'avait annoncé, le Révérend Slocum avait à nouveau évoqué l'idée de confronter les autorités religieuses avec les déclarations de Maria. Les rencontres entre le Révérend, sa femme, M. Hoyt et Maria s'étaient tenues presque tous les soirs depuis la naissance du bébé. Emily était également présente, même si on ne lui prêtait jamais attention. Après quelques semaines, à la demande de Mme Slocum, une autre personne s'était jointe à la discussion.

Emily n'avait jamais rencontré cet homme petit et replet, visiblement beaucoup plus âgé que le Révérend et M. Hoyt, du nom de George Bourne. Cependant, elle avait souvent entendu parler de lui en tant que l'un des dirigeants du mouvement nativiste au sein duquel les deux autres hommes étaient impliqués. M. Bourne était du genre qui parlait peu, mais qui choisissait toujours ses mots avec beaucoup de soin. Il était l'incarnation même du principe qui voulait que l'on réfléchisse avant de parler, et il le faisait presque toujours sans dévoiler ses émotions.

C'est lui qui avait d'emblée suggéré de se rendre d'abord à Montréal pour voir s'il serait facile de convaincre les autorités d'ouvrir une enquête. Cette idée avait été chaudement accueillie par Mme Slocum qui ne cessait d'exhorter son mari à la prudence et à la patience.

– Laissez Bourne et Hoyt se rendre là-bas avant de faire quoi que ce soit d'autre, avait-elle imploré. Vous vous devez d'agir d'abord avec discernement et en utilisant les voies légales. De plus, vous savez que, si les membres les plus excitables de votre groupe demeurent ici, les risques que la situation vire à la catastrophe sont beaucoup plus faibles. Ne risquez pas de provoquer une réaction comme celle de Charlestown.

Le Révérend, perplexe, avait longuement soupesé cette possibilité. Il lui avait fallu quelques jours pour admettre que c'était en effet une idée à considérer. De plus, à la suggestion de George Bourne, il s'était également joint au groupe un quatrième homme, Theodore Dwight. C'était un homme encore plus âgé que M. Bourne, à la stature frêle et voûtée, mais qui souriait constamment. Emily le connaissait comme étant un journaliste de renom, mais elle n'avait jamais encore eu la chance de le rencontrer. De toute évidence, son âge et son expérience lui conféraient une autorité indéniable.

Lui aussi était d'avis qu'il valait mieux commencer par se rendre à Montréal pour tâter le terrain, ce qui avait eu pour effet de définitivement rallier le Révérend Slocum à cette idée.

Mme Slocum en avait été ravie.

– Je suis heureuse de voir que la lourde responsabilité de cette cause sera enfin assumée par plusieurs hommes, avait-elle confié à Emily. Toute cette histoire commence à peser sur mon mari. Ses intentions sont bonnes, mais son empressement risque de lui jouer des tours. Avec les bons conseils de MM. Bourne et Dwight, son fardeau s'en trouvera allégé.

Mais l'enthousiasme de Mme Slocum s'était refroidi quelques jours plus tard lorsqu'il fut question que Maria entreprenne le voyage avec ces messieurs.

– C'est de la folie ! avait-elle rugi. En plein hiver ! Avec un tout jeune bébé !

– Allons donc, avait répondu son mari. L'enfant aura bientôt deux mois et le printemps se fait déjà sentir. Nous avons assez perdu de temps. Nous aurions dû agir bien avant. Il s'est écoulé presque un an depuis que Maria a quitté Montréal. Qui sait combien d'autres jeunes femmes innocentes ont pu être victimes des agissements dépravés auxquels s'adonnent les religieuses de l'Hôtel-Dieu et ces ignobles prêtres !

Les querelles entre le Révérend et sa femme avaient repris de plus belle, au point où même William Hoyt, qui passait désormais le plus clair de son temps chez les Slocum, et Maria s'en étaient aperçus. Celle-ci avait donc décidé d'y mettre un terme en se retournant contre la femme qui commençait de plus en plus à l'étouffer à force de vouloir la protéger.

– Je suis prête à me rendre à Montréal, avait-elle soudainement annoncé à Mme Slocum au terme d'une autre de ces interminables discussions. Je ne suis pas la pauvre jeune femme fragile que vous croyez connaître. Vous ne pourrez nous retenir ici, ma fille et moi, si j'en décide autrement.

Sur le coup, Mme Slocum était restée bouche bée et avait regardé Maria comme si elle la voyait pour la première fois. Elle avait déjà confié à Emily que la sollicitude que témoignait Hoyt envers Maria et son bébé commençait à la faire sourciller. C'est pourquoi elle avait demandé à Emily de ne pas les laisser seuls.

– Je crains qu'elle ne développe pour lui des sentiments inappropriés, lui avait-elle déclaré sur un ton qui trahissait une certaine gêne. Les jeunes femmes qui ont connu des moments difficiles peuvent facilement s'amouracher des hommes qu'elles voient comme leur sauveur. En ce moment, cela ne pourrait être que catastrophique.

Emily n'avait toujours pas osé lui parler de l'incident de janvier, de cette visite nocturne effectuée par Hoyt, alors que Maria était sortie dans le froid, mais elle s'était promis à ce moment-là de tout lui rapporter si ça devait se produire de nouveau.

Mme Slocum commençait aussi à en avoir assez de recevoir ces messieurs et de les voir conspirer avec son mari dans son salon, soir après soir. Nul ne pouvait la blâmer de vouloir retrouver la tranquillité dont elle jouissait avant l'arrivée de la jeune Montréalaise qui, en plus de chambouler toutes ses habitudes, s'incrustait dans sa maison et dans sa vie. Sa générosité s'était retournée contre elle.

– De quel droit décidez-vous de ce que je peux ou ne peux pas faire ? avait continué Maria en réponse aux objections de Mme Slocum. En plus, je suis mieux placée que quiconque pour prendre soin de mon bébé, que ce soit ici ou à Montréal.

D'un seul coup, cette déclaration avait été suffisante pour que, en moins de quelques minutes, Mme Slocum cesse totalement de se préoccuper de Maria.

– Eh bien ! soit, avait-elle tranché en laissant libre cours à sa colère. Partez avec eux. Allez à Montréal si cela vous chante, mais ne revenez plus dans cette maison ! J'en ai assez de toutes ces histoires !

Sans dire un mot, Maria était immédiatement montée à l'étage et s'était mise à faire ses bagages. Emily avait fait pareil, ne sachant même pas si on souhaitait qu'elle soit du voyage. Elle ne savait pas non plus si elle tenait vraiment à se rendre à Montréal avec eux. Elle n'avait jamais encore entrepris un si long voyage et ne savait pas à quoi s'attendre. De plus, il était clair que Mme Slocum ne les accompagnerait pas.

À voir agir Maria alors qu'elle entassait ses quelques vêtements dans un sac de toile, on aurait pu croire que le départ était imminent. Par contre, Emily ne voyait pas comment le groupe pouvait partir pour Montréal de façon si précipitée. Ce qui était évident, c'était que Maria s'apprêtait à quitter la maison des Slocum, et Emily soupçonnait que la jeune mère lui demanderait de venir avec elle. Quoi qu'il en fût, elle voulait se tenir prête à partir, même si elle n'avait aucune idée de l'endroit où elles auraient bien pu aller.

Elles étaient redescendues toutes les deux moins d'une demi-heure plus tard. Maria avait déjà mis son manteau et avait habillé sa fille, comme si l'heure du départ avait sonné. Emily, qui en était moins sûre, avait suivi en portant leurs sacs de voyage.

En entrant dans le salon, elle avait été surprise d'y revoir Bourne, qui venait juste d'arriver avec Theodore Dwight. Quant à Mme Slocum, elle semblait avoir disparu.

– Il y a un petit changement dans nos plans, avait annoncé le Révérend en s'adressant à Maria. M. Hoyt insiste pour partir demain matin. Mais ni M. Bourne ni moi-même ne pouvons nous libérer pour entreprendre le voyage vers Montréal en ce moment. M. Dwight, en raison de son âge et de sa santé, n'est pas en état de vous accompagner. Par conséquent, je suis très réticent…

– Je peux très bien y aller seule avec M. Hoyt, avait répondu Maria en l'interrompant.

– Non, vous ne serez pas seule, bien entendu, avait annoncé le Révérend en fronçant les sourcils. Mlle Taylor vous accompagnera.

– Je peux très bien me passer d'elle, avait répliqué Maria.

À ces mots, Emily et le Révérend avaient échangé un regard étonné.

– Comment ? avait demandé celui-ci. Emily a été votre compagne de tous les instants depuis votre arrivée ici.

Elle s'est dévouée sans compter, à votre demande ; elle a mis de côté sa vie personnelle pour vous faire plaisir, sans jamais rien refuser. Et à présent vous dites ne plus souhaiter sa présence ?

Maria et Hoyt s'étaient regardés un moment. Ce simple et bref coup d'œil n'avait cependant point échappé à Emily, qui avait tout de suite compris qu'ils avaient parlé d'elle en son absence. Dans son esprit, l'idée que Hoyt et Maria avaient eu plus d'un rendez-vous secret avait commencé à prendre forme.

– Oui, bien sûr, avait répondu Hoyt en hésitant. Il serait bon que Mlle Taylor soit du voyage.

Sa réponse avait laissé planer un certain malaise, que seul M. Bourne n'avait pas semblé remarquer. Depuis lors, Emily n'était plus tout à fait certaine que sa place fût auprès de Maria.

Dans le train en route vers le Canada, Emily ne pouvait s'empêcher de les observer, les yeux mi-clos et feignant le sommeil, dans l'espoir de capter de nouveau un regard furtif mais lourd de signification. Elle se souvenait très bien de ce qu'Abigail Slocum lui avait dit la veille.

Au moment où Emily s'apprêtait à quitter la demeure des Slocum, la femme du Révérend était apparue de nulle part, le doigt posé sur les lèvres, et l'avait entraînée à l'écart sans que personne le remarque.

– Faites bien attention à ces deux-là, ma fille, l'avait-elle avertie. J'ai tout à coup l'impression que nous ne savons pas tout de cette histoire. Cette décision de partir si vite, de préférence sans chaperon, ne me dit rien qui vaille.

Emily n'avait pas répondu. Son instinct lui avait dicté qu'elle devait plutôt continuer à jouer le rôle de la confidente silencieuse dont personne ne se méfiait. Quittant la demeure des Slocum, ils s'étaient tous les trois rendus avec le bébé à un hôtel à proximité de la gare, où Hoyt les avaient laissées seules pendant qu'il allait régler les détails du voyage.

Cette nuit-là, Emily n'avait presque pas dormi, non seulement parce que la petite Georgina l'en avait empêchée, mais aussi parce qu'elle se doutait qu'un autre rendez-vous clandestin pouvait être prévu. Mais elle avait presque été déçue de constater que Maria n'avait pas quitté de toute la nuit la chambre qu'elles partageaient.

Peu à peu, elle en vint à se dire que sa méfiance était probablement injustifiée. Après tout, il n'était pas exceptionnel que Maria veuille affronter les religieuses qui l'avaient si durement traitée. Tel que l'avait déclaré le Révérend Slocum, il était temps de mettre fin à ces agissements criminels avant que d'autres victimes innocentes tombent entre les mains du clergé montréalais. William Hoyt était un homme dévoué à la cause. Il avait un esprit vif et, malgré le badinage dont il aimait faire preuve, ses idées et ses opinions étaient respectées. De plus, il avait un grand nombre de précieuses relations, aussi bien à New York qu'à Montréal. Si vraiment il y avait eu des rencontres clandestines entre lui et Maria, c'était sûrement pour une bonne raison.

Comme de fait, il ne se passa rien tout le long du voyage. Dans le train filant vers le nord, les deux femmes partagèrent un compartiment avec couchettes, pendant que M. Hoyt allait dormir ailleurs. Une fois la frontière franchie, ils s'embarquèrent dans une calèche qui les mena au bord d'une rivière, en face de Montréal. Finalement, le long trajet se termina à bord d'un traversier, duquel Emily put contempler la ville et ses toits de métal qui luisaient dans le soleil du matin. Malgré la fatigue qui l'assommait, elle n'avait pas cessé d'observer Maria et M. Hoyt. Elle n'avait rien remarqué d'incorrect et en conclut finalement que ses soupçons, ainsi que les alarmes de Mme Slocum, étaient probablement sans fondement.

Mais alors même qu'Emily finissait de se convaincre qu'il n'y avait rien de répréhensible entre Maria et William Hoyt, elle fut de nouveau désarçonnée : en arrivant à Montréal, le couple se dirigea directement vers une auberge, la taverne Goodenough, dont ils semblaient tous deux connaître l'adresse sans même s'être apparemment consultés. Emily suivit sans dire un mot, portant son sac ainsi que celui du bébé. Arrivés sur place, on indiqua à Emily qu'elle partagerait la chambre de la bonne de l'endroit, alors que Hoyt et Maria s'inscrivirent au registre comme mari et femme. Malgré sa surprise, Emily ne protesta pas. À partir de ce moment-là cependant, elle sut que son instinct ne l'avait pas trompée et elle ne douta plus que Mme Slocum avait eu raison de la mettre en garde contre le couple.

Malheureusement, il était désormais trop tard : elle ne pouvait pas retourner seule à New York et ne connaissait personne dans cette ville. La perspective de rentrer lui apparaissait comme un défi insurmontable, pour elle qui n'avait encore jamais voyagé non accompagnée. De plus, M. Hoyt s'était occupé de tout payer depuis qu'ils étaient partis de New York et elle n'avait presque pas d'argent sur elle. Il lui était impossible de faire marche arrière, mais elle se résolut à tenter de faire parvenir aux siens une missive pour leur expliquer la situation et leur demander de venir la chercher, si jamais cela s'avérait nécessaire.

*

Pendant près de trois jours, il ne se passa strictement rien. Emily et Maria se partageaient les soins du bébé, tandis que William Hoyt passait des journées entières à l'extérieur, les ayant informées qu'il devrait aller renouer avec ses connaissances pour s'assurer du soutien de tous avant d'alerter les autorités.

Malheureusement, lorsqu'il rentrait le soir, sa déconfiture n'était que trop évidente et il n'avait pas besoin de parler pour qu'Emily et Maria comprennent qu'il n'obtenait vraiment pas les résultats que le groupe de New York avait espérés. C'était tout ce qu'Emily pouvait en déduire, puisqu'il ne la tenait aucunement au courant de ses faits et gestes ni des progrès de ses recherches. Elle ne posait pas de questions non plus.

Le matin du quatrième jour, Maria confia soudainement à Emily qu'elle commençait à en avoir assez d'être ainsi enfermée dans cette petite auberge.

– Pourquoi n'irais-je pas me promener un peu ? annonça-t-elle subitement. Il fait si beau…

Cette annonce fut pour Emily aussi inattendue que troublante. Depuis leur arrivée, Hoyt avait demandé à quelques reprises à Maria de l'accompagner dans ses démarches. Mais, chaque fois, elle l'avait informé qu'elle avait peur de se faire reconnaître si elle s'aventurait à l'extérieur. De plus, avait-elle maintenu, elle ne voulait à aucun prix laisser sa fille, même si Emily l'avait assurée qu'elle en prendrait bien soin.

– Qui sait ce qui pourrait m'arriver si je la laissais ici ? N'oubliez pas que, si on me reconnaît, je peux me retrouver bien vite en prison.

Hoyt n'avait pas insisté, lui assurant qu'il ne lui demanderait de révéler sa présence à Montréal qu'au moment où il aurait trouvé des gens de confiance et pouvant se porter garants de leur sécurité. La soudaine désinvolture de Maria fut donc pour Emily une source d'inquiétude et de perplexité.

– Mais que faites-vous de M. Hoyt ? demanda-t-elle à la jeune mère. Ne devriez-vous pas attendre qu'il revienne et lui demander son avis avant de vous aventurer à l'extérieur ?

– Je connais cette ville comme le fond de ma poche, déclara Maria d'un ton condescendant en posant sa main sur l'épaule d'Emily. Vous allez m'aider, et tout ira bien.

– Qu'aimeriez-vous que je fasse ? s'enquit Emily avec une légère méfiance.

– Vous allez demeurer ici avec mon bébé pendant que j'irai faire une petite promenade. Mais d'abord, j'aurais besoin que vous me procuriez de quoi me déguiser. Allez voir la bonne et demandez-lui si elle peut me prêter un châle et un bonnet.

Emily hésita un moment. Dans un sens, elle aurait bien aimé venir avec elle, non seulement pour s'assurer qu'il ne lui arriverait rien de fâcheux, mais aussi pour enfin mettre le nez dehors et découvrir cette ville, Montréal, qu'elle n'avait fait que contempler brièvement durant la traversée du fleuve en bateau. Même si elle savait que c'était malsain, elle brûlait aussi d'envie d'aller voir ce couvent dont elle avait tant entendu parler, ne fût-ce que de loin… De plus, elle était d'avis qu'à deux il serait plus facile de s'apercevoir si on les suivait ou les épiait.

Elle réfléchit un moment avant de décider si elle allait acquiescer à la demande de Maria. Elle n'osait pas contrarier la jeune femme et celle-ci faisait preuve de tant d'assurance qu'il était difficile de lui refuser. Emily alla donc trouver la bonne, une jeune femme d'à peu près son âge, du nom de Catharine Connors. Au début, Maria s'était un peu méfiée d'elle, comme elle semblait se méfier de tous les gens que M. Hoyt désirait rencontrer qui portaient un nom irlandais. Depuis trois jours que la bonne et Emily partageaient une chambre, un lien amical s'était noué entre elles et Catharine accepta, non sans réticence, de prêter à Maria un bonnet et un châle.

Restée seule avec le bébé, Emily ne pouvait s'empêcher de s'inquiéter : cette volte-face si inopinée de Maria la tracassait. En fait, depuis leur arrivée à Montréal, elle se comportait de plus en plus bizarrement et elle était encore souvent en proie à ces changements d'humeur brefs et soudains qu'elle avait manifestés avant la naissance du bébé. Son attitude contrastait fortement avec celle plutôt calme et renfrognée qui la caractérisait à l'époque où elle s'était réfugiée à l'hospice de la 22e Rue.

Ce qui demeurait le plus déplaisant pour Emily était le fait que Maria et M. Hoyt partagaient la même chambre. À leur arrivée, elle avait été carrément choquée et peinée par cette situation. Quelle était la raison de ce choix ? Il y avait des chambres libres à l'auberge ; un tel arrangement n'était pas nécessaire. L'avertissement de Mme Slocum lui revenait constamment à l'esprit : il se passait quelque chose entre ces deux-là, mais quoi ? Par contre, Emily avait été vite soulagée de voir que la chambre en question possédait deux lits. Bientôt, elle voulut de nouveau espérer qu'il ne se passait rien d'incorrect entre Maria et M. Hoyt. La pièce était vaste et il y avait même un petit bureau permettant à M. Hoyt de travailler. Finalement, c'était un endroit plutôt agréable où passer la journée – beaucoup plus douillet que la grande salle du rez-de-chaussée où les clients allaient et venaient du matin au soir. Emily se dit que partager la chambre avec Maria, c'était peut-être aussi une façon pour M. Hoyt d'assurer la sécurité de la jeune femme.

Dans son berceau près de la fenêtre, la petite Georgina semblait agitée dans son sommeil. Emily n'avait eu que peu de fois l'occasion de veiller seule sur le bébé, que sa mère hésitait à confier à qui que ce soit. Cette soudaine décision de Maria de se séparer de son enfant pour la seule fantaisie d'aller faire un tour était donc extrêmement déroutante pour Emily. De surcroît, n'ayant que très rarement pris soin d'un si jeune enfant, elle craignait de ne pas savoir quoi faire s'il se mettait à pleurer.

Heureusement, Maria revint au bout de quelques minutes, les joues rosées d'excitation et arborant un large sourire.

– J'ai retrouvé ma ville! déclara-t-elle d'un ton enjoué. J'ai revu les rues dans lesquelles j'ai si souvent marché, mais je n'ai croisé personne que je connaissais.

Emily fut soulagée de la voir de retour, mais troublée de constater qu'elle se montrait déjà prête à repartir. Comme de fait, Maria prit bientôt l'habitude de sortir fréquemment, de plus en plus longtemps ; chaque fois elle n'hésitait pas à laisser sa fille avec Emily. Au début, celle-ci avait offert à plusieurs reprises de l'accompagner, mais Maria lui avait répété que ça n'était pas nécessaire, et Emily avait rapidement laissé tomber.

Après trois jours de sorties nombreuses, Emily commença à se demander si elle devait en avertir M. Hoyt. Elle avait peur de sa réaction et possiblement de sa colère s'il apprenait que Maria avait entrepris de sortir sans sa permission. Par contre, elle était d'avis qu'il valait mieux qu'il soit au courant. Finalement elle n'eut pas besoin de le lui dire puisque c'est lui qui, rentrant plus tôt que prévu, demanda où était la jeune femme.

– Elle est sortie, répondit Emily d'un ton hésitant. Elle a commencé à faire de courtes promenades il y a quelques jours et, depuis, elle sort fréquemment…

M. Hoyt ne sembla pas préoccupé par cette révélation, au grand soulagement d'Emily. Cette dernière sortie, cependant, dura beaucoup plus longtemps que la précédente. La petite Georgina se mit à réclamer sa mère, partie depuis déjà près de trois heures, et Emily ne parvenait pas à la calmer.

– Combien de temps reste-t-elle à l'extérieur habituellement ? demanda Hoyt qui commençait à être excédé par les pleurs du bébé.

– Lors de ses autres sorties, elle revenait au bout de vingt ou trente minutes à peine, admit Emily. Ce retard, aujourd'hui, est inhabituel…

– Attendons encore, dit-il. Mais tâchez de faire taire cette petite avant que les clients se plaignent.

Mais bien qu'Emily eût réussi à endormir le bébé, Hoyt devint de plus en plus agité, consultant fréquemment sa montre. Le soir venu, il demanda à Emily de prendre l'enfant avec elle dans sa chambre.

– Je dois tenter de la retrouver. Quelque chose a dû lui arriver.

Malgré son inquiétude, Emily parvint à s'endormir, et ce n'est qu'au matin qu'elle vit que Hoyt n'avait pas réussi à retrouver Maria. Il se présenta à sa chambre sitôt le jour levé, portant les mêmes vêtements que la veille, ne s'étant même pas rasé, mais surtout dans un état qu'Emily ne lui avait encore jamais connu.

– Je dois m'absenter un moment, dit-il nerveusement en prenant le bébé. Je serai de retour bientôt. Si Maria revient, demandez-lui de rester ici et de m'attendre sans bouger.

Avant même qu'Emily puisse protester, il avait saisi la petite, l'avait emmitouflée dans une couverture et était parti avec elle. D'abord figée par la surprise, Emily fut ensuite prise de panique. Où allait-il avec le bébé ? Maria aurait-elle approuvé qu'il l'emporte ainsi ? Et où était-elle donc ? Peut-être Hoyt l'avait-il retrouvée pendant la nuit et, en supposant que Maria n'eût pas voulu revenir à l'auberge, apportait-il l'enfant à sa mère ?

La journée s'écoula très lentement. Emily demeurait rongée par le doute et l'inquiétude. Si au moins Hoyt l'avait informée de ce qui se passait ! Chaque pas dans le couloir la faisait sursauter et elle devait se retenir pour ne pas s'élancer vers la porte et aller voir de qui il s'agissait. Lorsque la nuit tomba et que M. Hoyt n'était pas encore rentré, Emily se trouva complètement dépourvue. Elle se remémorait sans cesse les avertissements de Mme Slocum et ne savait plus quoi penser.

Le lendemain matin, après une nuit passée sans dormir, un officier de police vint cogner à sa porte. Emily se mit à craindre le pire. Derrière lui, l'air irrité, suivait Catharine Connors.

– Mlle Connors a porté plainte pour vol, expliqua le policier. Savez-vous où se trouve la jeune femme qui a pris son châle et son bonnet ?

Emily fut soulagée de voir qu'il ne venait pas lui annoncer une mauvaise nouvelle, mais elle fut en même temps contrariée de voir que Catharine était allée porter plainte. Bien sûr, la bonne avait plusieurs fois réclamé ses vêtements depuis la disparition de Maria. Au début, Emily avait eu peu de difficulté à la convaincre que la jeune mère reviendrait éventuellement, mais, depuis que Hoyt avait pris l'enfant et qu'elle ne savait même pas où ils étaient tous partis, la situation devenait de plus en plus précaire.

Devant le policier cependant, elle comprit qu'elle ne pouvait plus se contenter d'attendre.

– Ce n'est qu'un malentendu, répondit-elle en se forçant à sourire. Laissez-moi quelques heures, jusqu'à la fin de la journée, et je vous assure que tout rentrera dans l'ordre.

Catharine parut de nouveau sceptique, mais accepta l'offre d'Emily. Le policier, visiblement content de ne pas avoir à perdre son temps avec une histoire si anodine, suggéra à Mlle Connors de revenir au poste de police si elle ne se voyait pas rendre son bien d'ici au lendemain.

Au bord de la panique, Emily sortit précipitamment dans la rue aussitôt qu'il fut parti. Elle ne savait pas quoi faire ni où aller, mais elle savait que si la police devait se mêler de cette histoire et retrouver Maria en l'absence de Hoyt, les conséquences pouvaient être désastreuses.

Dès qu'elle mit le pied dehors, l'endroit lui parut totalement étranger. La fenêtre de sa chambre et celle de Maria donnaient sur une cour intérieure ; de la grande salle à manger, elle ne voyait pas vraiment la rue non plus. C'était un endroit très achalandé, où les gens marchaient presque tous dans la même direction. Emily avait entendu dire que la population de Montréal s'élevait à environ 32 000 habitants ; à ce moment-là, on aurait dit qu'ils s'étaient tous donné rendez-vous au même endroit en ce petit matin.

Montréal lui parut très différent de New York. Même si l'architecture des édifices était à peu près la même, il y avait moins de chevaux et plus de piétons. Plusieurs de ceux-ci parlaient en français, ce qui ne faisait que dérouter Emily davantage.

Suivant la foule, elle partit vers l'ouest et se retrouva rapidement sur une grande place, plus précisément un marché au centre duquel trônait une haute colonne. Elle se souvint des descriptions de Maria et sut qu'elle se trouvait sur la place Jacques-Cartier. Ce marché neuf était facilement reconnaissable à ses étals de bois que Maria lui avait jadis décrits. Emily pouvait presque deviner qui de ces marchands Maria avait dû voler pour se nourrir, lorsqu'elle s'était enfuie du couvent.

Emily savait aussi qu'en continuant vers l'ouest, par la rue Saint-Paul, elle gagnerait éventuellement le couvent de l'Hôtel-Dieu. Elle se doutait bien que c'était la dernière place où elle pourrait trouver Maria, mais sa curiosité était plus forte que tout et elle s'engagea dans cette direction. Arrivée devant le portail de l'établissement, elle eut peine à se convaincre qu'elle était au bon endroit. Une grille étroite laissait voir l'entrée de la chapelle. Se remémorant le récit que Maria avait fait de la cérémonie durant laquelle elle avait prononcé ses vœux, Emily frissonna brièvement.

À l'exception des murailles hautes et imposantes derrière lesquelles il se dressait, le couvent ne semblait pas bien différent des autres édifices de la rue Saint-Paul. Le nez d'Emily ne détectait pas les horribles odeurs dont Maria avait parlé quand elle avait décrit la cave. Sur le côté, le long de la rue Saint-Jean-Baptiste, l'entrée de l'hôpital n'avait rien de remarquable non plus. Emily en fut presque déçue. Le récit de Maria avait fait naître dans son esprit des images affreuses et elle avait imaginé ces deux bâtiments comme des endroits repoussants.

Elle se souvenait d'une nuit où, après un autre de ses horribles cauchemars, Maria s'était laissée aller à quelques confidences avant de se rendormir. Monologuant dans le noir, elle avait raconté comment elle ne pouvait passer une seule nuit sans que les images de ce qu'elle avait vécu au couvent lui reviennent à l'esprit. Ses rêves étaient hantés par les gémissements des prisonnières de la cave, par les bruits des coups de fouet assenés à celles qui refusaient d'obéir, par la vision de la pauvre sœur Saint-François étouffée sous les matelas et par le rire démoniaque de la mère supérieure qui la pourchassait, suivie des prêtres aux intentions lubriques.

Mais debout sur le trottoir devant l'édifice où toute cette horreur se déroulait sûrement encore, Emily ne pouvait s'empêcher de penser comment il était facile de se cacher derrière de fausses images. Les pierres dont étaient faites les murailles étaient probablement de la même sorte que celles de la cave, sauf que ces pierres sur lesquelles Emily posa les mains avec hésitation étaient sèches et chaudes, sans aucune trace de moisissure, comme tous les autres bâtiments aux alentours.

Elle fit rapidement le tour du vaste quadrilatère, courant presque alors qu'elle montait la rue Saint-Jean-Baptiste pour se retrouver rue Notre-Dame, puis redescendant bien vite le long de la rue Saint-Joseph, à l'ombre de l'imposante église Notre-Dame. Elle devina à un moment qu'elle avait dû passer au-dessus de l'affreux tunnel reliant le séminaire au couvent, mais bien entendu rien de tout cela ne paraissait de l'extérieur.

Tentant à quelques occasions de voir à travers les fenêtres du deuxième étage, elle se sentit vaguement coupable de penser qu'elle aurait bien aimé que Maria fût avec elle : elle aurait voulu que celle-ci lui dise ce qui se trouvait de l'autre côté. Était-ce le dortoir ? Un étage réservé aux malades ? L'horrible chambre où Maria avait assisté à l'accouchement de sœur Saint-Jean de Dieu ? Impossible de le dire. Les fenêtres étaient tout aussi banales que celles de n'importe quel autre édifice, et rien ne trahissait la triste réalité de ce qui se passait dans les entrailles du couvent.

Emily aurait voulu arrêter les passants, leur révéler tout ce qu'elle savait, les supplier d'écouter M. Hoyt et de convaincre les autorités de fermer à tout prix cet endroit damné. Malheureusement, elle était seule et savait qu'elle ne pouvait rien faire pour le moment. Elle fit en secret une prière, implorant le ciel de donner à M. Hoyt la chance de trouver une oreille attentive et, à elle, la bonne fortune de retrouver Maria avant qu'il soit trop tard.

Retournant sur ses pas, Emily reprit ses recherches et marcha dans la ville toute la journée. Au début, elle naviguait du mieux qu'elle pouvait à travers la cohue, s'apercevant à plusieurs reprises qu'elle tournait en rond et qu'elle revenait presque toujours à son point de départ sans trop savoir comment. Mais loin d'observer les édifices et de noter les noms des rues, elle scrutait plutôt les visages des femmes qu'elle croisait, dans l'espoir de retrouver Maria. Quelles étaient ses chances ? Nul n'aurait pu le dire, mais elle savait qu'il valait mieux, à tout le moins, faire l'effort de la retrouver au lieu de rester, impuissante, à l'attendre à l'auberge.

À la tombée de la nuit, la foule s'était dispersée. Emily se retrouva pour la troisième fois place Jacques-Cartier. Elle s'apprêtait à laisser tomber pour rentrer à l'auberge lorsque son regard se porta sur une silhouette qui déambulait nonchalamment. Il était difficile de voir le visage de la femme, mais le châle et le bonnet qu'elle portait parurent immédiatement familiers à Emily : il s'agissait de ceux que la bonne de l'auberge avait prêtés à Maria.

Sans perdre une seconde, Emily rattrapa la femme et fut heureuse de constater qu'elle ne s'était pas trompée :

– Maria ! s'écria-t-elle, sans faire attention aux passants qui la regardaient avec étonnement. Où étiez-vous ? Nous vous cherchons partout depuis bientôt trois jours ! J'étais si inquiète !

– Vraiment ? s'étonna Maria. Et pourquoi donc ?

Sa réponse dérouta complètement Emily. La surprise de Maria ne semblait aucunement feinte. Comment aurait-elle pu ne pas se douter de l'effet que sa disparition aurait sur eux ? Pendant quelques secondes, Emily ne sut quoi répondre.

– Mais… la petite… ne vouliez-vous pas venir la retrouver… ? balbutia-t-elle au bout d'un moment.

Encore une fois Maria la regarda comme si elle n'avait pas la moindre idée de ce dont Emily parlait. Puis, son regard s'éclaira soudainement et elle parut reprendre ses sens.

– Ma petite ! Comment est-elle ? Où est-elle ?

Là encore, Emily ne sut quoi répondre, craignant la réaction de Maria lorsqu'elle apprendrait que la « gardienne » ignorait complètement où était l'enfant.

– Elle est avec M. Hoyt, mentit-elle. Retournons à l'auberge, je crois que cela vaudrait mieux pour nous deux.

Maria se laissa entraîner sans rouspéter et était curieusement de bonne humeur. Elle ne donna aucune indication sur ses allées et venues depuis l'avant-veille.

Dès son entrée à l'auberge, Emily s'empressa de retourner à la bonne son bonnet et son châle. Par bonheur, en remontant à la chambre, elle vit Hoyt qui arrivait et l'informa tout de suite qu'elle avait retrouvé Maria.

– Où est-elle ? demanda-t-il avec empressement. Où était-elle passée ? Comment est-elle ?

– Elle va bien, répondit Emily. Je ne sais pas où…

Elle n'eut pas le temps de terminer sa phrase. Déjà Hoyt montait l'escalier, grimpant les marches deux à deux, et se dirigeait vers la chambre qu'il partageait avec Maria. Emily voulut lui demander où était le bébé, mais déjà il avait refermé la porte.

Il fallut plusieurs heures avant qu'Emily en apprenne un peu plus sur la disparition de Maria. Elle fut réveillée par un coup discret à la porte de sa chambre, et mit quelque temps à reprendre ses esprits avant d'aller ouvrir. C'était William Hoyt.

– Tenez-vous prête, lui annonça-t-il. Nous repartons pour New York demain matin à la première heure. Maria croit que quelqu'un l'a reconnue avant-hier. Elle a paniqué et a voulu s'enfuir. Si c'est vrai, ce serait donc préférable que nous rentrions.

– Mais… et la petite ? demanda Emily.

– Je l'ai laissée en bonnes mains, l'informa Hoyt. Nous irons la reprendre demain matin tout juste avant de partir.

Avant même qu'Emily puisse lui demander quoi que ce soit d'autre, Hoyt avait tourné les talons et était reparti. Emily demeura sceptique. Malgré son affirmation que Maria avait disparu en cédant à la panique, Emily n'en avait vu aucune trace dans le comportement de la jeune mère. Confuse par tant de mystères, mais heureuse de rentrer enfin à New York, Emily en vint à la conclusion qu'il valait probablement mieux ne pas poser de questions.

Une fois de retour à New York, elle en apprit un peu plus long sur ce qui s'était passé à Montréal. Comme d'habitude, il ne lui fut rien révélé directement, mais elle apprit l'histoire par bribes en écoutant les conversations des messieurs.

– Diriez-vous que ce voyage a été inutile ? demanda le Révérend Slocum, alors que le petit groupe était de nouveau réuni dans le salon de sa demeure.

– Pas nécessairement, répondit Hoyt. Il m'a permis de savoir qui était de notre côté et qui ne l'était pas.

– Et alors ? demanda George Bourne. Qui sont nos alliés ?

– Je crains que nous n'en ayons que peu à Montréal, avoua Hoyt. J'ai frappé à plusieurs portes, renoué avec presque toutes mes connaissances. Mais tous ceux à qui j'ai parlé étaient unanimes pour dire que très peu de gens voudraient croire ce que Maria nous a raconté.

– Comment ! s'emporta Slocum. Ils seraient plus enclins à croire ces amantes des prêtres, ces ignobles papistes, plutôt qu'une innocente jeune femme ?

– Sachez, mon cher, l'informa Hoyt, que les religieuses de l'Hôtel-Dieu jouissent d'une solide réputation depuis quelque temps, aussi bien parmi les protestants que les catholiques. Il y a environ deux ans, Montréal a été frappé par une épidémie de choléra. Les religieuses se sont dévouées jour et nuit, certaines y laissant même leur vie, pour soigner la population souffrante, n'accordant pas d'importance à l'appartenance religieuse de leurs patients, les soignant tous sans différence aucune.

Le Révérend Slocum se leva et se mit à faire les cent pas, visiblement contrarié, réfléchissant à ce qu'ils devaient faire en ce moment. Assise dans un coin de la pièce, Emily brodait silencieusement. Le salon des Slocum était disposé en forme de L, la partie principale étant aménagée autour d'un grand foyer, alors qu'un coin en retrait, près des larges fenêtres, était particulièrement invitant pour les dames qui souhaitaient se retirer pour s'adonner aux travaux d'aiguille. Et c'est exactement là qu'Emily et Maria avaient pris l'habitude de s'installer – si bien que les hommes qui conversaient autour du feu oubliaient souvent leur présence. Ainsi donc, personne ne faisait attention à Emily ce soir-là et elle avait réussi à en apprendre plus en quelques minutes que durant tout le voyage dont elle avait elle-même fait partie ! Elle tendait l'oreille, désireuse de connaître l'endroit où Hoyt avait emmené la petite lors de leur dernière nuit à Montréal.

Ce mystère restait entier. Le matin, alors qu'ils avaient repris le traversier pour rentrer chez eux, Emily avait constaté avec joie que le bébé était de retour dans les bras de sa mère, mais elle n'avait jamais su à qui Hoyt l'avait confiée.

À New York, la situation l'intéressait désormais pour une tout autre raison : elle devait observer et se souvenir de tout ce qui allait se dire pour ensuite le rapporter à Mme Slocum. Celle-ci passait désormais de plus en plus de temps à l'hospice qu'elle dirigeait avec Hannah Lowell. Pour les gens connaissant le couple, le comportement d'Abigail Slocum pouvait passer pour un dévouement accru, en soutien à son mari visiblement occupé à cette noble cause du mouvement nativiste. Toutefois, Emily savait qu'en réalité travailler à l'hospice était une raison pour passer le moins de temps possible à la maison. Bien qu'elle eût averti Maria de ne jamais y revenir, celle-ci avait de nouveau établi domicile avec sa fille dans la chambre d'amis et semblait déterminée à y rester. Cette situation avait nettement froissé Mme Slocum et désormais toutes les raisons étaient bonnes pour se tenir occupée ailleurs. Ce qui ne voulait cependant pas dire qu'elle n'était pas intéressée à savoir ce qui se passait sous son toit.

– Voici ce que nous allons faire, déclara John Slocum au bout d'un moment.

Curieusement, il apparut alors complètement calme et détendu et, l'observant à la dérobée, Emily crut même voir un léger sourire naître au coin de ses lèvres.

– Nous allons mettre par écrit les confidences de Maria, continua-t-il d'une voix posée, comme s'il venait de trouver la solution à tous les problèmes de la terre.

– Intégralement ? demanda Hoyt.

– Sans omettre aucun détail, souligna Slocum.

Il se tourna vers Theodore Dwight et lui fit une brève révérence.

– En raison de votre vaste expérience journalistique, je me permets de vous demander de nous apporter votre aide dans cette tâche…

– Croyez-vous que c'est possible ? coupa Hoyt avant même que Dwight ait pu répondre. Personne ne voudra les publier…

– Vous oubliez nos amis du *American Protestant Vindicator*…, indiqua Slocum.

– Sous forme d'article ? Ça me paraît bien mince…

– Plutôt une série d'articles, l'interrompit le Révérend. Nous verrons par la suite à compiler le tout sous forme de bouquin.

– Et qui le publiera, ce bouquin ? demanda à son tour George Bourne.

– Je crois bien que la maison Harper sera intéressée…

– Harper ? répéta Hoyt d'un ton sceptique. Ils n'accepteraient jamais de courir un tel risque, le contenu que nous proposons pourrait leur amener une publicité négative auprès des lecteurs facilement choquables…

– Ce ne serait pas la première fois…

– Que voulez-vous dire ? demanda Hoyt avec étonnement.

– Ils peuvent très bien créer une maison d'édition parallèle, répondit Theodore Dwight à la place du Révérend. Cela se fait parfois lorsque l'on juge que le contenu d'un ouvrage est potentiellement explosif, mais qu'on veut tout de même le publier. C'est une voie facile pour éviter d'entacher la réputation de la maison.

Bourne et Dwight se regardaient désormais d'un air entendu, ayant parfaitement compris le plan que le Révérend était en train d'échafauder. William Hoyt, quant à lui, semblait toujours sceptique, mais néanmoins disposé à aller de l'avant avec ses trois complices.

– Faites chercher Maria, demanda finalement Slocum. Nous avons beaucoup de travail à faire.

Chapitre XII

Le titre, des plus accrocheurs, eut un effet retentissant: *The Awful Disclosures of Maria Monk, as Exhibited in a Narrative of Her Sufferings During a Residence of Five Years as a Novice and Two Years as a Black Nun, in the Hôtel-Dieu Nunnery in Montreal* – « Les terribles révélations de Maria Monk telles que décrites dans un compte rendu de ses souffrances durant cinq années de noviciat et deux années comme religieuse au couvent de l'Hôtel-Dieu de Montréal ».

Tout comme Slocum l'avait évoqué, le *American Protestant Vindicator* avait accepté de publier le tout sous la forme d'une série d'articles. Le journal n'avait jamais caché les liens entretenus avec le mouvement nativiste et était officieusement vu comme un instrument de propagande anticatholique. Dès la parution, très tôt le matin, les gens s'étaient précipités pour l'acheter. Ces premiers exemplaires s'étaient d'ailleurs vendus comme jamais dans l'histoire du journal et on avait dû bien vite entreprendre l'impression d'un tirage supplémentaire.

Le coup avait été soigneusement préparé: plus d'un mois avant la parution de la première partie des révélations de Maria, les éditeurs avaient habilement annoncé la publication imminente de son abominable histoire. Leur tactique avait été de faire usage d'une bonne dose de sensationnalisme tout en rappelant à la population le cas de Rebecca Reed. Personne n'avait encore oublié ce que cette femme avait déclaré au sujet du couvent des ursulines à Charlestown quelques années plus tôt, lorsqu'elle avait accusé les religieuses de se livrer à la sorcellerie. Il n'en avait pas fallu plus pour que, partout à travers la ville, les lecteurs commencent à faire toutes sortes de suppositions sur ce que cette jeune Canadienne, désormais installée à New York, pouvait bien avoir à dire à son tour.

Et ils n'avaient pas été déçus. D'une semaine à l'autre, on avait laissé entendre aux lecteurs qu'ils pouvaient s'attendre au plus scandaleux des récits, détaillant sans équivoque l'immoralité et la dépravation de l'Église catholique. Revenant sans cesse sur les révélations de Rebecca Reed, le journal s'était mis à annoncer que des faits encore plus effroyables allaient être dévoilés sous peu. Le public ayant été appâté, il ne restait plus qu'à attendre et constater de quelle ampleur serait sa réaction.

Plus que jamais les parents d'Emily avaient insisté pour que leur fille revienne à la maison. Les mois avaient passé et Emily commençait à s'attacher à la petite Georgina au fur et à mesure que celle-ci grandissait. Dans la maison des Slocum, la jeune enfant était livrée à elle-même comme sa mère l'avait été, même si le contexte s'avérait fort différent. Emily s'était donc offerte pour faire office de nounou. Par-dessus tout, elle était anxieuse de voir où cette croisade allait mener.

Il leur avait fallu plusieurs semaines pour mettre par écrit le récit de Maria. De nouveau, elle avait tout raconté en détail, mais cette fois-ci ses auditeurs, John Slocum,

William Hoyt, George Bourne et Theodore Dwight, avaient pris des pages et des pages de notes, en plus de l'interrompre fréquemment pour lui demander de préciser certains points, de donner plus de détails sur certaines situations. Le grand salon avait été pour l'occasion transformé en salle de travail, sous le regard désapprobateur d'Abigail Slocum.

Et tout comme la première fois, Emily avait été gravement troublée par tout ce qu'elle avait entendu. Les éléments de l'histoire étaient exactement les mêmes : Maria ne s'écarta jamais de ce qu'elle avait révélé initialement. Par contre, durant cette reprise, elle avait semblé plus détachée, parfois même insouciante, alors qu'elle racontait pour la seconde fois sa sordide histoire. Emily s'était surprise à se demander pourquoi la jeune femme montrait si peu d'émotions en relatant des événements qui n'en étaient pas devenus moins horribles avec le temps. Mais en y réfléchissant, elle avait dû reconnaître qu'il s'était passé beaucoup de temps depuis que Maria avait quitté le couvent et que les séquelles devaient certainement commencer à s'estomper.

MM. Bourne et Dwight avaient ensuite passé de longues soirées enfermés dans le petit bureau que partageaient désormais le Révérend Slocum et William Hoyt, à fignoler le pamphlet. Celui-ci contenait près de deux cents pages et ne passait sous silence aucune des révélations de Maria : des affreux cachots de la cave jusqu'aux pitreries de Jane la folle, en passant bien entendu par de longues descriptions des mauvais traitements et même des meurtres dont Maria avait été témoin, rien ne fut omis.

Le document livré, il ne restait plus qu'à attendre les résultats. Mais alors que le petit groupe semblait purement intéressé par le désir de révéler au monde les agissements des religieuses et des prêtres de Montréal, les éditeurs du journal, pour leur part, étaient essentiellement motivés par l'idée de vendre de nombreux exemplaires de leur publication.

L'effet fut immédiat et se fit sentir des deux côtés de la frontière. Dès la publication du premier numéro du *American Protestant Vindicator*, les exemplaires s'envolèrent et l'histoire de Maria alimenta bien des conversations. Certains étaient d'accord pour dire qu'il était bien de faire ces révélations à la population, alors que d'autres trouvaient que plusieurs détails étaient nettement trop salaces.

Cependant, au grand désespoir de Slocum et de sa cohorte, le tollé auquel ils s'attendaient se fit sentir surtout aux États-Unis. De nombreux journaux reprirent les révélations de Maria, certains éditoriaux clamant bien fort qu'il fallait à tout prix faire fermer ce repaire infâme, alors que d'autres, d'allégeance catholique, soutenaient dignement et sans broncher que l'ensemble n'était qu'un tissu de mensonges. Des tracts anonymes furent même distribués à travers la ville, mettant les gens en garde contre ces odieuses calomnies inventées par les protestants. Néanmoins, à la grande joie des instigateurs du projet, les révélations de Maria allaient être publiées intégralement sous forme de livret au début de 1836. Ceci allait, selon les prédictions du Révérend, leur amener plus de crédibilité et, surtout, faciliter la diffusion.

Au Canada, la réaction fut faible, pour ne pas dire nulle. Avec un délai de quatre ou cinq jours, l'histoire fit son chemin jusqu'à Montréal où quelques journaux la mentionnèrent. Bien qu'il fût brièvement question de la série d'articles, l'histoire fut immédiatement considérée comme une fable extravagante, de la pure fabrication. Les seuls commentaires émis furent pour mettre en garde les lecteurs contre cette affreuse imposture, que l'on qualifiait « d'instrument sensationnel de la propagande anticatholique ». Puis, l'histoire fut rapidement écartée au profit de nouvelles plus importantes et, surtout, plus crédibles de la scène politique du Bas-Canada.

– De toute évidence, déclara Hannah Lowell, votre mari a fait de cette histoire une cause personnelle.

De nouveau, tout comme le soir où Maria s'était immiscée dans leur vie, Mmes Slocum et Lowell se retrouvaient avec Emily dans la grande salle vide de l'hospice méthodiste, après que toutes les occupantes furent montées pour la nuit.

– C'est bien ce qui m'inquiète, admit Mme Slocum après un moment. Je ne sais pas où tout cela peut nous mener, et ça me fait bien peur. Il n'y a désormais aucun moyen de faire marche arrière. Le pire reste à venir, je le crains…

– Que voulez-vous dire ? Que craignez-vous, au juste ?

– Je crains que la population ne s'emballe comme elle l'a fait à Charlestown. Je crains également que d'autres histoires aussi sordides ne soient révélées, ou même fabriquées, et que cela ne déclenche une réaction en chaîne dont nous ne verrons jamais la fin. Je crains que mon mari n'en reste déçu ou même brisé, ou pire encore…

La gorge serrée par un sanglot, elle ne finit pas sa phrase. Emily et Mme Lowell échangèrent un regard, mais ne répondirent pas.

– Et Maria dans tout cela, reprit Mme Lowell, que craignez-vous pour elle ?

– Je ne sais plus, répondit Mme Slocum en haussant les épaules. J'éprouvais beaucoup de sympathie pour elle au début, mais depuis la naissance de son enfant elle est complètement changée. Je croyais que je commençais à la connaître et j'étais animée par le désir de lui donner une vie meilleure. Mais, jour après jour, elle ne redevient qu'une étrangère pour moi. Elle se détache de plus en plus de cette histoire. Elle fait preuve de beaucoup d'indolence et vit dans ma maison comme à l'hôtel. De plus, elle semble constamment perdue dans ses pensées et prête à peine attention à sa fille désormais. Parfois elle sort pour de longues promenades sans nous dire où elle va. Il est même arrivé qu'elle se perde et elle a dû faire appel à un policier pour l'aider à retrouver son chemin.

– Mais au-delà de tout ceci, n'est-elle pas anxieuse de voir comment les gens vont réagir à ses révélations ? Après tout, c'est à elle que toute cette histoire est arrivée…

– Bien entendu, mais elle semble insensible et même insoucieuse des conséquences qui pourraient découler de ses divulgations. Elle ne manifeste aucune ambition, aucun désir d'améliorer sa situation et celle de sa fille. Elle est en tout temps réfugiée dans un monde qui lui est propre. Elle attend qu'on lui dise quoi faire et quoi dire – elle semble surtout touchée par l'intérêt que lui témoigne William Hoyt…

Pour la première fois depuis longtemps, Emily dut presque se mordre la langue pour ne pas répliquer. Tout comme Mme Slocum, elle avait aussi remarqué qu'il se passait définitivement quelque chose entre Maria et son protecteur aux cheveux cuivrés. Bien qu'elle eût promis à Mme Slocum de tout lui rapporter, elle avait eu trop de pudeur pour lui avouer que Maria et Hoyt avaient partagé une chambre à Montréal lorsqu'ils en étaient tous revenus. Par la suite, le temps avait passé rapidement et elle se demandait si tout cela avait quelque importance désormais.

Ce que Mme Slocum ignorait cependant, c'est que, depuis la publication de ces révélations dans les journaux, William Hoyt s'était sensiblement détaché de la jeune femme. Maria, loin d'en paraître peinée, avait subitement jeté son dévolu sur nul autre que le Révérend Slocum lui-même, profitant du fait que son épouse passait de plus en plus de temps à l'hospice. Lorsqu'elle traversait l'une de ces périodes durant lesquelles son tempérament changeait brutalement, Maria devenait tout à coup enjouée, charmante, coquette et parfois même carrément enjôleuse. Emily l'avait vue faire les yeux doux au Révérend et jouer sur les sentiments paternels qu'il éprouvait pour elle. On voyait alors ressurgir chez Maria les relents de la vie qu'elle avait menée, alors qu'elle avait dû se vendre pour survivre. Et jour après jour, ces épisodes devenaient de plus en plus fréquents…

Cette situation rendait Emily grandement mal à l'aise. Elle espérait que cette nouvelle fixation de Maria ne serait que passagère et elle ne savait pas vraiment si elle devait en parler, encore moins à qui. Elle savait par contre qu'elle ne pouvait pas demander conseil à ses parents, de peur qu'ils ne lui ordonnent de revenir à la maison. C'est pourquoi Emily cherchait désormais, à sa façon, à se détacher de toute cette affaire, du moins émotionnellement. Elle passait toujours ses journées à la maison des Slocum, principalement pour s'occuper de la petite Georgina. Puisque Maria ne réclamait évidemment plus sa présence, elle avait récemment recommencé à se dévouer à l'hospice comme elle le faisait auparavant, s'y rendant quelques soirs par semaine dès que la petite était couchée.

– Et qu'en est-il de la réaction du côté canadien ? poursuivit Mme Lowell.

– Il semblerait que le scandale tant espéré par mon mari et ses associés tarde à éclater, avoua Mme Slocum avec une pointe de sarcasme. À ce qu'il paraît, même si les révélations de Maria ont fait leur chemin jusqu'à Montréal, personne ne réagit. Le clergé n'a toujours pas daigné répondre aux accusations. Même le curé Phélan, que Maria désigne sans équivoque comme étant le père de son enfant, ne semble aucunement inquiété par la population. On a vite fait de mettre de côté cette histoire, ce qui démontre le pouvoir et l'influence que détient l'Église catholique dans cette ville.

Sans dire un mot, Emily continua à rapiécer les divers vêtements dont on avait fait don à l'hospice. Elle se souvenait très bien d'une conversation semblable, tout juste la veille, alors qu'elle se tenait coite, comme à son habitude, dans le coin en retrait du salon des Slocum.

Le Révérend avait convoqué d'urgence Theodore Dwight et William Hoyt. George Bourne, ayant été averti qu'un journal de Montréal avait finalement accordé un long article aux révélations de Maria, en avait fait venir un exemplaire. Quatre jours plus tard, on ne connaissait toujours pas la teneur de l'article en question, mais ce n'était qu'une question de temps puisque la livraison était attendue le soir même.

– Enfin nous avons éveillé l'opinion publique, avait confié le Révérend à Emily en attendant ses trois invités. Du moment qu'un journal en parle, nous pouvons compter qu'en quelques jours à peine l'histoire fera son chemin à travers la ville, si ce n'est déjà fait. Il ne suffirait que de quelques questions soulevées, de quelques débats bien menés, pour que quelqu'un d'important en vienne à demander que l'on ouvre une enquête.

Il avait jubilé en répétant ces mots à Theodore Dwight et William Hoyt, qui avaient été les premiers à arriver.

– Ne nous emballons pas trop vite, avait répondu Hoyt. Attendons Bourne et voyons ce qu'il détient comme information. D'après ce que j'ai appris par mes relations à Montréal, personne n'a encore porté beaucoup de crédibilité aux écrits de Maria…

Comme de fait, l'arrivée de Bourne et surtout la mine basse qu'il affichait avaient été suffisantes pour détruire toute l'ardeur dont le Révérend avait été animé en l'attendant.

– Voyez d'abord, mon cher Hoyt, avait dit le Révérend en refusant le journal que lui avait tendu Bourne à son arrivée. Vous me direz ensuite s'il vaut la peine que je le lise également.

Hoyt avait pris le journal, l'avait déplié et s'était mis à lire silencieusement. Son visage, qui au début montrait des signes évidents d'agacement, avait commencé à se détendre au fur et à mesure qu'il avait progressé dans sa lecture. À la fin, il s'était mis à rire franchement, à la grande stupéfaction du Révérend.

– Mais qu'y a-t-il de si drôle ? avait demandé celui-ci. Comment peut-on parler à la blague des effroyables choses que Maria nous a révélées ?

– Ils tournent le tout en dérision, avait répondu Hoyt. Bien entendu, c'est le meilleur moyen de faire taire les rumeurs… Ils font semblant d'accorder à Maria une crédibilité à toute épreuve, ce qui à première vue aurait pu jouer en notre faveur, mais ils ajoutent des détails absolument farfelus et finalement font de cette histoire une énorme farce. Ils décrivent une course endiablée entre le couvent et l'hôpital, durant laquelle les religieuses se relaient à un train d'enfer pour, d'un côté, soigner les malades et, de l'autre, servir les prêtres, n'ayant jamais assez de temps pour tout faire. Écoutez donc comment ils finissent leur article: «… et c'est ainsi que le petit George P., six ans, a déclaré que la vieille religieuse s'était dévêtue devant lui, avant de le poursuivre dans les allées de la chapelle en criant: "Je veux que tu sois le père de mon enfant…"»

– Tout cela est bien décourageant, avait soupiré le Révérend Slocum. Voici un des seuls articles montréalais à avoir fait écho à l'affaire, mais de façon contraire à ce que nous aurions pu espérer. Comment pouvons-nous mener à bien notre mission si certains refusent de nous entendre et que les autres refusent de nous croire?

– Je crains bien que peu de gens ne veuillent nous écouter, avait répondu Hoyt en continuant de feuilleter le journal. La région de Montréal vit sous la menace d'une rébellion depuis quelque temps déjà et la politique semble revêtir une plus grande importance que la religion…

– Si c'est le cas, avait renchéri George Bourne, nous sommes donc victimes du simple fait d'avoir choisi le mauvais moment. Nous pourrions dire que ce fut un coup d'épée dans l'eau.

– Peut-être pas, avait déclaré Hoyt avec un vague sourire au coin des lèvres. Je crois savoir comment nous assurer que cette histoire ne tombera pas dans l'oubli…

Sans en ajouter davantage, il se leva et alla jeter le journal dans le feu qui crépitait.

Chapitre XIII

– Mais qui est donc ce William Leete Stone ? demanda Abigail Slocum.

– Il est journaliste en chef du *New York Commercial Advertiser*, répondit son mari. Il est aussi membre actif de l'Église presbytérienne. Il a été vaguement lié à notre mouvement à un certain moment, mais il a pris ses distances ces dernières années, étant d'avis que notre cause prenait des tangentes trop émotives et que nous devrions faire preuve de plus de discernement.

– Il n'a pas tort, répliqua-t-elle d'un ton sec. La plupart de vos alliés ont tendance à laisser leurs émotions dicter leur conduite. Il serait bon de prendre plus de distance par rapport à cette histoire…

– Ma chère amie, l'interrompit le Révérend, nous sommes rendus trop loin dans nos démarches pour arrêter en ce moment. Nous nous devons de continuer, en usant de tous les moyens à notre disposition, pour nous assurer que nous amènerons un jour la population du Canada autant que celle des États-Unis à reconnaître que l'Église catholique n'est pas aussi sainte qu'elle essaie de le faire croire.

– Mais que peut faire Stone pour nous ? demanda George Bourne. Désire-t-il se joindre à notre cause une nouvelle fois et s'impliquer sérieusement ? Il est vrai qu'il entretient un peu partout de précieuses et influentes relations…

– D'après ce que j'ai appris, répondit le Révérend, il a demandé la permission de pénétrer dans l'enceinte du couvent pour confirmer que tout ce que nous a dit Maria est bien vrai. Il croit possible de trouver sur les lieux suffisamment de preuves pour demander à faire ouvrir une enquête.

– À la bonne heure ! s'exclama Bourne. Il est presque sûr d'essuyer un refus, ce qui ne pourra que renforcer l'opinion que le clergé montréalais a quelque chose à cacher. En attaquant l'histoire d'un autre angle, il pourra trouver de nouveaux arguments qui apporteront plus de poids à notre cause.

– Je suis bien d'accord avec vous, souligna le Révérend. Il est impensable qu'il obtienne cette permission. Jusqu'à maintenant le mutisme du clergé a été pour le moins mystérieux. Il y a fort à parier que les autorités refuseront catégoriquement de laisser qui que ce soit visiter cet effroyable endroit.

– Pas nécessairement, déclara Hoyt, prenant la parole pour la première fois depuis son arrivée.

– Que voulez-vous dire ? demanda Bourne. Vous croyez que le clergé s'empressera de le laisser fouiner dans le couvent ? Ils ont tout à cacher et n'ont vraiment pas intérêt à laisser un étranger, américain et protestant de surcroît, trouver les preuves qui attesteront la véracité des déclarations de Maria. Vous-même n'avez pu, lors de votre visite à Montréal, obtenir que l'on ouvre les portes du couvent. C'est pourquoi nous devons par tous les moyens tourner ce refus potentiel à notre avantage.

– Vous oubliez qu'il s'est passé beaucoup de temps depuis que Maria a quitté cet endroit, poursuivit Hoyt. Même notre visite à Montréal remonte à plusieurs mois. Ce n'est pas bien long ni bien compliqué de sceller une porte secrète et de combler un gouffre dans une cave…

– À condition qu'ils le laissent se rendre dans la cave…, ajouta le Révérend.

– Oui, bien sûr, soupira Hoyt. Je doute aussi qu'on accorde à Stone la permission de pénétrer dans le couvent. Et même si on le laissait faire, ses moindres gestes seraient probablement scrutés, ses déplacements, étroitement contrôlés. Ma visite à Montréal avec Maria leur a probablement été rapportée, ils ont certainement dû faire quelque chose pour tenter de camoufler les faits. Leur silence est des plus éloquents.

– Attendons la réponse à la requête de Stone, conclut le Révérend. Si effectivement nous devons essuyer un refus, nous pourrons le considérer comme une preuve de culpabilité et nous adresser ensuite à la police.

Contre toute attente, le diocèse de Québec, duquel Montréal dépendait, accorda à William Leete Stone la permission de pénétrer dans le couvent, toutefois sous escorte serrée et en lui refusant l'accès à certaines pièces. À New York, Slocum, Hoyt, Bourne et les autres membres associés au mouvement nativiste jubilaient. Le clergé montréalais était-il si sûr que Stone ne trouverait rien ? Ou était-il si confiant en son pouvoir et en sa capacité de tout camoufler que cette visite n'effrayait personne ?

Une chose était cependant certaine : William Stone disposait de bonnes relations avec des gens plus influents que ceux que Hoyt avait consultés. Mais loin d'en être vexé, le petit groupe était d'avis que Stone ne pouvait revenir de Montréal qu'avec des nouvelles – et surtout des détails – qui soutiendraient leur cause et leur permettraient de se faire entendre plus fort et plus loin. L'homme était reconnu comme étant futé ; il ne se laisserait pas facilement berner.

Forts du succès que connaissait le récit de Maria, ils avaient déjà entrepris, avec l'aide de celle-ci, de rédiger un second tome révélant encore plus de détails sur sa vie au couvent. Ils avaient d'instinct prévu de laisser des blancs que William Stone pourrait combler à la suite de sa visite. Pour eux, la cause ne pouvait qu'être gagnante.

C'est donc avec stupéfaction qu'ils apprirent deux semaines plus tard que non seulement Stone était revenu à New York sans chercher à prendre contact avec eux, mais qu'il avait indiqué n'être aucunement intéressé à partager avec les représentants du mouvement les découvertes qu'il avait faites durant sa visite au couvent. John Slocum était furieux.

– Qu'espère-t-il donc faire maintenant ? s'exclama-t-il en apprenant que Stone avait déjà rédigé un rapport complet qu'il comptait faire publier dans deux journaux, soit un de Montréal et un de New York. Comment ose-t-il faire bande à part ? Croit-il vraiment qu'il peut s'emparer de cette histoire et la faire sienne ?

– Qu'essayez-vous d'insinuer ? s'enquit Bourne.

– Je suis d'avis qu'il a certainement dû découvrir certains éléments dont Maria ne nous a pas parlé. Possiblement quelque chose d'encore plus gros que les révélations qu'elle nous a faites. Ce ne serait guère surprenant quand on considère à quel point le clergé catholique peut être dépravé. Et je crois que Stone va probablement publier le tout en s'assurant d'en retirer tout le crédit et surtout toutes les royautés provenant des ventes.

Le Révérend venait de toucher un point sensible. Les recettes des ventes du livret de Maria, qui avait connu un succès commercial considérable, avaient engendré entre les membres du groupe des tensions prononcées. Le Révérend considérait que Maria était la seule méritant de toucher les royautés. Après tout, c'était à elle que cette horrible histoire était arrivée, et elle se retrouvait désormais seule avec un jeune enfant à élever.

De leur côté, Hoyt et Bourne étaient d'avis qu'ils avaient fait la plus grosse partie du travail en rédigeant les textes et qu'en associant leurs noms à cette histoire ils avaient mis leur réputation en jeu. Theodore Dwight, quant à lui, désirait rester neutre et avait déclaré n'avoir aucune opinion sur le sujet. À la suite de ces querelles, le Révérend s'était rapproché de Maria, en alliance contre les deux autres, au grand plaisir de la jeune femme, dont la relation particulière avec William Hoyt semblait s'être irrémédiablement effritée.

Malgré ce que le Révérend avait prédit, le rapport que William Stone publia fut tout aussi surprenant qu'accablant, mais aucunement de la façon que l'on aurait pu penser : non seulement Stone n'avait rien vu qui permettait d'étayer les accusations que le groupe de New York portait, mais il était ressorti du couvent de l'Hôtel-Dieu avec la certitude absolue que Maria Monk n'y avait jamais mis les pieds…

– Il est sûrement à la solde de prêtres, décréta John Slocum après avoir relu le long article que Stone avait publié. Je ne vois pas d'autre explication. Il est demeuré à

Montréal plus d'une semaine ; il a visité le couvent. Ces vipères ont certainement eu l'occasion de lui faire des propositions en échange de son silence. Il est maintenant facile de comprendre comment il a réussi à obtenir la permission d'y entrer ! Ils lui avaient tendu un piège !

– Vous voyez bien qu'ils sont plus forts que vous, alors, lui lança Mme Slocum. Cette histoire ne vous mènera à rien. Vous perdez votre temps. Vous feriez mieux de laisser tomber.

Son mari la fustigea du regard, mais ne répondit pas. Depuis que les réfutations de William Stone avaient paru, la dissidence s'était installée au sein du mouvement.

Stone avait commencé son article en déclarant d'emblée qu'il s'était rendu au couvent bien disposé à croire tout ce que Maria avait dit. Tenant à la main le livret qui venait d'être publié, il avait rapidement fait le tour des principales pièces et avait presque tout de suite constaté que la description que Maria en avait faite ne correspondait nullement à ce qu'il pouvait voir à ce moment-là. Il lui avait fallu moins de dix minutes pour arriver à la certitude que Maria Monk n'avait jamais mis les pieds au couvent de l'Hôtel-Dieu. Il avait même obtenu des déclarations signées de plusieurs personnes, dont la propre mère de Maria, disant que celle-ci n'avait jamais été religieuse ni même novice dans quelque couvent que ce soit. Certains avaient également indiqué que Maria, malgré son jeune âge, était en fait une prostituée notoire, dont l'instabilité mentale était depuis longtemps source de récits aussi effroyables qu'abracadabrants.

Il avait par la même occasion fait une tournée de l'hôpital, qu'il avait trouvé d'une propreté et d'un ordre exemplaires, à la hauteur de tout grand hôpital digne de ce nom. Et partout à l'intérieur des murs, aussi bien du côté du couvent que de celui de l'hôpital, le nom de Maria Monk était inconnu. Stone était même allé jusqu'à questionner le Dr Nelson, que Maria mentionnait clairement dans son livret. Il avait affirmé n'avoir jamais vu Maria Monk au couvent de l'Hôtel-Dieu. Il y avait bien eu, au fil des ans, des religieuses ayant porté le nom de sœur Saint-Eustache, mais elles n'étaient plus de ce monde depuis bien longtemps. Stone en avait donc conclu que l'histoire racontée par Maria Monk n'était rien de moins que l'œuvre vicieuse d'un esprit dérangé et il n'avait pas cherché à en découvrir plus.

Ces constatations avaient rassuré ceux qui déjà doutaient de la véracité de l'histoire de la jeune femme. Quant aux autres cependant, ils n'en étaient que plus déterminés à faire savoir à tous que le clergé montréalais s'était servi du journaliste new-yorkais pour couvrir les traces de ses crimes. À Montréal, la population locale était satisfaite que cette Maria Monk ne soit qu'une menteuse et elle fut rapidement oubliée, tandis qu'à New York les esprits commençaient à s'échauffer.

De nouveau une réunion des principaux intéressés fut convoquée.

– Il nous faut faire publier le deuxième tome des révélations de Maria dans les plus brefs délais, tonna le Révérend Slocum dès le début de la soirée. Nous ne pouvons plus perdre de temps. Nous pensions bien que le silence du clergé aurait joué en notre faveur, mais de toute évidence ils se servent de moyens détournés pour nous déstabiliser et nous discréditer.

– Et si Stone avait raison ? insinua Mme Slocum.

– Ne dites pas de bêtises, Abigail ! Si vous avez quelque chose de positif à apporter à notre effort, votre présence est bienvenue. Sinon, taisez-vous ou sortez !

Tous demeurèrent sidérés, et visiblement mal à l'aise. Bien qu'il devînt notoire que les relations entre le Révérend et son épouse étaient tendues, c'était la première fois que le couple se querellait devant tant de témoins.

En guise de réponse, Mme Slocum se leva dignement et quitta la pièce, mais non sans jeter un coup d'œil complice à Emily pour lui signifier de rester dans le salon, comme à son habitude, pour bien prendre note de tout ce qui allait se dire. Maria, quant à elle, ne parut nullement intéressée par ce qui se passait autour d'elle.

Bien entendu, Emily était de plus en plus curieuse de connaître la suite des événements. Mis à part la question des royautés provenant des ventes du livret de Maria, Bourne et Dwight gardaient leur enthousiasme et une loyauté indéfectible envers Slocum et ses efforts. William Hoyt demeurait fidèle à lui-même, affichant une attitude plutôt insouciante, même si Emily savait bien qu'il était aussi dévoué que les autres à la cause. Maria, par contre, ne semblait plus du tout interpellée par les événements, comme si elle avait déjà évacué de son esprit toute cette histoire. Elle s'était assise non loin du fauteuil où Emily avait pris place, mais ne l'avait même pas regardée. Comme les hommes discutaient, elle ne faisait aucun effort pour se joindre à la conversation et cousait en chantonnant, totalement détachée de toutes ces discussions.

– Il faut tout de suite finaliser le texte que nous avions préparé, dit Slocum aux trois autres. Si nous pouvons le faire publier sans tarder, nous aurons alors la chance de faire durer le débat. Il ne faut pas que les gens aient le temps d'accepter ce que Stone a écrit ; il faut tout de suite leur en donner plus pour les ramener de notre côté.

Il allait continuer sur sa lancée lorsque son épouse revint inopinément dans le salon, suivie par une jeune femme qui avait l'air plutôt gênée et hésitante.

– Excusez-moi, messieurs, mais cette demoiselle insiste pour parler à Maria.

Son ton de voix était légèrement moqueur, comme si elle était en fait heureuse d'interrompre les discussions en cours. Elle s'écarta pour livrer passage à la visiteuse qui pénétra timidement dans le salon. En silence, l'inconnue considéra tour à tour les hommes dans la pièce. Pour un moment, Emily se crut revenue en arrière de plusieurs mois, à cette soirée où Maria avait fait irruption à l'hospice de la 22e Rue. Déjà elle pressentait que cette inconnue, à sa façon, n'apporterait rien de bien bon.

Contrairement aux femmes qui avaient tout de suite chaleureusement accueilli Maria le soir où elle était apparue, les hommes ne semblaient pas trop savoir quoi faire de cette visiteuse inattendue. Le Révérend toussota légèrement et regarda ses compagnons, visiblement incapable de trouver quoi que ce soit à dire. Finalement, ayant achevé de les dévisager tous, la jeune femme porta enfin ses yeux sur Maria qui était toujours occupée à coudre et n'avait pas encore relevé la tête.

– Maria, demanda l'inconnue, est-ce bien toi ?

À ces mots, Maria sursauta et son visage s'illumina d'une façon qu'Emily n'avait encore jamais vue.

– Frances ! Frances Partridge !

Elle se leva d'un bond et traversa le salon en quelques enjambées pour se jeter dans les bras de son amie. Interloqués, Bourne, Dwight et Slocum s'interrogèrent du regard sans dire un mot. Dans un coin, William Hoyt observait la scène avec un sourire narquois à peine perceptible au coin des lèvres.

Chapitre XIV

– Alors, où tiendrons-nous ce débat ? lança Slocum. Ici ou à Montréal ?

– À Montréal, répondit Hoyt.

– Ici, coupa Maria.

Emily retenait son souffle. Pour rien au monde elle n'aurait manqué ce débat public durant lequel Maria aurait enfin la chance de raconter à la population ce qu'elle avait vécu durant son séjour au couvent de l'Hôtel-Dieu. Par contre, l'idée de retourner à Montréal en ce début d'automne ne l'emballait guère.

– Il vaudrait mieux que ce soit à Montréal, renchérit Hoyt. De cette façon, il nous sera plus facile de faire témoigner les prêtres du séminaire et les religieuses du couvent.

– Nous savons déjà qu'il sera impossible d'obtenir leur collaboration dans cette affaire, indiqua Slocum. De plus, notre but principal en ce moment est de démontrer que Stone avait tort en mettant en doute les déclarations de Maria. Il est primordial de remettre de l'ordre dans nos propres effectifs, pour ensuite concentrer notre attaque sur Montréal. Et puis, le juge Wilson m'a bien fait comprendre que ce sera facile d'obtenir de la justice américaine qu'elle nous accorde la permission de tenir ce débat, mais que lui, même en faisant usage de ses relations, il ne pourra pas nécessairement convaincre ses collègues de Montréal de nous accommoder…

– À votre guise, concéda Hoyt. De toute façon, Stone se croit bien fort, nanti de toutes ces déclarations assermentées, et ce sera probablement plus avantageux pour nous de l'affronter ici, loin de l'influence du clergé montréalais.

– Et vous, Maria, demanda Slocum d'un ton bienveillant, êtes-vous toujours bien sûre de vouloir continuer ? Toute l'attention se portera sur vous désormais.

– J'attends ce moment depuis trop longtemps pour reculer maintenant, répondit-elle d'une voix presque totalement dénuée d'émotion. Faites ce que vous avez à faire, je suis prête à vous suivre.

– À la bonne heure ! Maintenant, mesdemoiselles, si vous voulez bien nous laisser, M. Hoyt et moi avons des choses à nous dire qui certainement ne vous intéresseront pas…

Emily vit cette invitation à quitter les lieux plutôt comme un ordre. Depuis le tout début de cette histoire, c'était bien la première fois que non seulement les deux hommes voulaient se parler sans témoins, mais qu'ils ne cachaient nullement cette intention. Tandis qu'elle ramassait son panier à ouvrage et celui de Maria, qui était prestement partie, elle crut les entendre chuchoter : « Il faudra absolument la préparer, lui dire quoi répondre aux questions que Stone voudra lui poser. Nous ne pouvons prendre aucun risque… »

William Leete Stone était un homme extrêmement cordial et affable, surtout avec les dames, et qui semblait également plutôt imbu de lui-même. La quarantaine avancée, il était grand et mince et paraissait tout à fait incapable de se coiffer convenablement. Ses boucles de couleur poivre et sel étaient constamment en bataille, ce qui convenait très bien à son tempérament impétueux et sa nature joviale et passionnée.

Selon ce qu'Emily apprit, il s'était montré immédiatement intéressé à l'idée d'interroger Maria lui-même. Et la jeune femme, ayant été avertie qu'elle pourrait enfin faire connaître à tous les terribles épreuves qu'elle avait traversées, semblait regagner de l'intérêt pour la cause.

Le Révérend Slocum avait obtenu des autorités de l'État de New York la permission d'organiser un débat public, qui ressemblerait presque en tout point à un procès. On allait y débattre, devant un groupe d'observateurs et sous la direction d'un juge, des révélations de Maria et des réfutations de Stone, de façon à déterminer qui disait la vérité.

Le choix du juge McPherson, un Irlandais catholique, avait en lui-même généré beaucoup de tensions, mais le Révérend Slocum avait obtenu de son ami le juge Wilson l'assurance que McPherson saurait faire abstraction de ses appartenances et être impartial. Quoi qu'il en fût, pour rééquilibrer les forces, il avait été convenu que presque tous les observateurs seraient des protestants. Après avoir mis la main sur la liste des noms, Slocum et Hoyt l'avaient tout de suite épluchée pour savoir qui de ces messieurs serait d'emblée de leur côté et qui aurait à se faire convaincre.

– Il est important de connaître nos ennemis, avait déclaré Slocum quelques jours avant le début des procédures. Nous savons déjà que le juge est catholique, nous devons donc porter plus notre attention sur ces gens que nous connaissons moins.

– Je reconnais à peine quelques-uns de ces noms, avait concédé Hoyt. Henry Pratt, par exemple, s'était prononcé en faveur de la fermeture du couvent de Charlestown, si je ne me trompe pas. Timothy Mayfield, par contre, m'a été décrit comme étant déjà fermement du côté de Stone.

Dès l'ouverture du débat, Maria apparut digne et respectable. Vêtue d'une robe de velours d'un violet très foncé qui faisait ressortir le gris de ses yeux, elle avait pris soin d'ajouter un fichu de tulle de même ton pour couvrir la légère échancrure de son corsage. Son chapeau et ses gants de couleur ivoire complétaient le tableau et la faisaient paraître sage et distinguée. Elle avait été avertie que Stone essaierait de mettre en évidence le fait qu'on lui avait dit à Montréal qu'elle n'était rien de plus qu'une simple prostituée, et il fallait à tout prix éviter que cette évocation se trouve justifiée. Évidemment, ce fut la première tactique que Stone employa.

– Alors, comment dois-je m'adresser à vous ? demanda-t-il d'un ton léger. Sœur Saint-Eustache ? Mademoiselle Monk ? Ma jolie ?

– Mademoiselle Monk fera.

– Vraiment ? Ça me semble un peu trop respectueux pour le genre de femme de mœurs dissolues que vous semblez être…

– Je n'ai rien à me reprocher, lui répondit Maria. Vous pouvez demander à tous ceux qui me connaissent et ils vous diront que ma conduite a été irréprochable depuis mon arrivée à New York.

– Depuis votre arrivée à New York, j'en conviens, mais avant ? J'ai ici une déclaration de la police de Montréal qui date du 18 mai 1829 – date à laquelle vous n'aviez que quatorze ans, si je ne me trompe – indiquant que vous aviez été dans une maison de réputation douteuse…

– Cela ne fait pas de moi une femme de réputation douteuse, l'interrompit Maria. Je sais exactement de quelle maison vous parlez et je sais également que je ne m'y trouvais pas de mon plein gré.

– Peut-être pas, je vous l'accorde, mais j'ai aussi en ma possession un autre rapport semblable, celui-ci daté de septembre 1834, donc beaucoup plus récent, où vous avez de nouveau été vue sur la place Jacques-Cartier, en train d'interpeller les passants dans le but de vendre vos charmes…

– J'avais faim, je n'avais pas d'argent, j'étais enceinte. C'était une question de survie.

Stone mit quelque temps à consulter ses notes. Personne ne soufflait mot dans la salle d'audience. Assise sur les genoux d'Emily, la petite Georgina jouait sagement avec une poupée de chiffon. Sa présence avait surpris la plupart des gens qui s'étaient déplacés pour assister au débat, mais John Slocum et les autres avaient insisté pour que la fillette fût présente en tout temps.

La petite avait hérité de sa mère ses grands yeux gris, son regard enjôleur. Les poils de couleur carotte qui avaient tant frappé Emily dans les premiers jours suivant sa naissance étaient graduellement tombés au cours des mois qui avaient suivi : l'enfant arborait maintenant de longs cheveux aux boucles auburn qui tombaient en cascade de part et d'autre de sa tête et qu'Emily prenait plaisir à coiffer en torsades et à orner de jolis rubans.

Bien que d'humeur agréable, l'enfant montrait déjà un tempérament taciturne, semblable à celui de sa mère.

Sage et docile, sa torpeur paraissait suspecte aux yeux de Mme Slocum, qui considérait qu'une petite fille de son âge devrait normalement être plus active et surtout plus enjouée. Dans la salle d'audience, Georgina se blottissait contre Emily en écoutant sagement sa mère qui se faisait toujours questionner par William Stone.

– Vous dites dans vos écrits que votre éducation a été plutôt restreinte, se limitant à la lecture des prières les plus courantes et à quelques notions de base en arithmétique.

– Oui, les religieuses ne nous enseignaient guère plus que ce que nous devions savoir.

– Alors comment avez-vous pu écrire ce livre, qui ne contient pas moins de cent quatre-vingts pages ?

La question sembla dérouter Maria, qui jeta un regard impuissant vers Hoyt, Bourne et Slocum. Ils n'avaient visiblement pas anticipé une telle question et même Maria fut prise au dépourvu pendant un moment.

– Je n'ai pas dit que je ne savais pas lire ni écrire du tout, déclara-t-elle tout à coup, alors qu'une lueur jaillit dans son regard. Je voulais simplement dire que je n'avais pas beaucoup lu sur tous ces sujets dont le monde est informé...

– Est-ce vrai ? demanda Stone d'un ton de défi. C'est ici, noir sur blanc, dans votre livret : « Je n'ai reçu de formation académique que jusqu'à l'âge de dix ans environ. Par la suite, j'avais appris de mémoire les questions et les réponses du petit catéchisme. »

– Ce n'est pas ce que je voulais dire, coupa Maria.

– Mais c'est ce que vous avez écrit, pourtant. À moins que ce livre ne soit l'œuvre de quelqu'un d'autre ?

Maria sembla de nouveau prise de court et toute l'audience la regarda se mordre les lèvres en baissant la tête.

Un moment plus tard, elle se redressait, comme si une autre idée venait de jaillir dans sa tête.

– Je faisais souvent la lecture à mes compagnes au couvent, lança-t-elle. Je faisais la lecture en anglais aux novices qui comprenaient moins bien le français. Jane Ray m'avait même surnommée : « Devout English Reader ».

– Jane Ray ? Cette même Jane la folle dont vous parlez dans votre récit ? Et où est-elle maintenant, votre amie Jane ?

– Elle est demeurée au couvent, bien entendu.

– Croyez-vous ? Pourtant, aucune des religieuses à qui j'ai parlé lors de ma visite du couvent ne semblait connaître cette femme…

Maria parut stupéfaite et se mit à bégayer, cherchant désespérément ses mots. Finalement, elle dit :

– Ils… Ils… Ils l'ont tuée, alors.

– Comme ils ont tué sœur Saint-François, j'imagine ? demanda Stone en arborant un sourire des plus narquois.

– C'est la seule explication, déclara Maria en le dévisageant, le ton provocant.

– Dommage que la seule personne pouvant témoigner de vos capacités soit morte, donc, continua-t-il sur le même ton.

– Mais j'ai aussi été employée comme institutrice pour une petite fille, pendant ces mois où j'ai quitté le noviciat, lança Maria qui semblait très fière de cette trouvaille de dernière minute.

– Oui, je me souviens de ce passage, répondit Stone en feuilletant ses notes. La petite Catherine… Catherine comment, au juste ? Vous ne mentionnez pas son nom de famille ?

– Je ne m'en souviens pas, admit Maria. Elle est morte depuis longtemps.

– Dommage! répéta Stone avec insolence. Comme je le disais, les seules personnes pouvant témoigner de vos capacités sont mortes. Mais supposons pour un moment que vous ayez effectivement écrit ce livre. Pouvez-vous alors me dire pourquoi vous ne semblez pas avoir touché les royautés provenant des ventes? Il s'en est déjà vendu plus de cent mille exemplaires, vous savez.

– Je ne savais pas, avoua Maria piteusement. Je ne me suis pas occupée de cet aspect.

– Alors vous ne saviez pas que des sommes importantes ont été versées à William Hoyt et George Bourne? Si j'étais vous, j'irais voir ces messieurs pour réclamer mon dû. Il n'est pas convenable qu'un auteur jouissant de tant de succès ne puisse en profiter monétairement…

Assise avec les spectateurs, Emily se demandait pourquoi Maria ne parlait pas de Frances Partridge. L'arrivée de cette jeune femme, quelques jours plus tôt, avait paru providentielle pour la cause du petit groupe, ce qui avait fait dire au Révérend Slocum qu'ils détenaient maintenant tous les atouts. Mais cette Frances, qui était nulle autre que la compagne de couvent de Maria, avait volontairement été laissée à l'écart, presque séquestrée dans la demeure des Slocum, au grand désespoir de Mme Slocum qui était d'avis qu'elle était désormais devenue une étrangère dans sa propre maison.

Contre toute attente, Maria n'avait pas tenu à ce que Frances prenne la place d'Emily et loge avec elle dans la chambre qu'elles partageaient avec la petite. Emily avait bien offert de revoir cet arrangement au profit de Frances, mais Maria avait refusé. De plus, selon ce qu'Emily avait pu voir, les deux femmes semblaient avoir bien peu à se dire maintenant qu'elles s'étaient retrouvées. On aurait dit que les règles du couvent, qui leur interdisaient, entre autres, de communiquer entre elles, les affectaient toujours. De plus, la présence de Frances à New York avait à peine été évoquée depuis l'ouverture du débat.

La seule conclusion à laquelle Emily était parvenue était que la stratégie envisagée par le groupe consistait à ne faire appel au témoignage de Frances qu'en dernier recours, comme un as que l'on tire de son jeu à la dernière minute. Mais pourquoi ? Elle-même n'avait pu parler à Mlle Partridge qui s'était immédiatement vu offrir gîte et couvert chez les Slocum en échange de sa promesse de ne rien révéler de son séjour au couvent, ni aux dames de la maison ni aux étrangers. Seuls le Révérend Slocum, William Hoyt et George Bourne pouvaient la questionner. Impossible de savoir donc si elle pouvait non seulement corroborer les révélations de Maria, mais aussi ajouter plus de détails, puisqu'il était permis de penser qu'elle avait passé encore plus de temps au couvent. Impossible également d'apprendre comment elle avait réussi à se rendre à New York et à y retrouver Maria.

Emily avait surpris une conversation entre le Révérend et George Bourne à cet effet. Les hommes semblaient croire que la visite de William Leete Stone au couvent de l'Hôtel-Dieu expliquait la fuite de sœur Saint-Patrice et son arrivée à New York, ce qui leur laissait présumer, plus que jamais, que leur cause était gagnante.

– Nous pouvons aisément supposer que le passage de Hoyt à Montréal a été rapporté aux religieuses du couvent, avait conclu Slocum. Frances Partridge aurait compris que la fuite était possible et elle se serait peut-être même adressée à la taverne Goodenough pour obtenir de l'information sur Maria et William. Il lui aurait ensuite été facile de nous retracer. Si cette supposition est exacte, nous pouvons donc penser que le clergé Montréalais était prêt à recevoir Stone et à lui jeter de la poudre aux yeux. Il nous reste encore à le prouver, cependant...

Dans la salle d'audience, Stone continuait de questionner Maria sans relâche, ne se gênant aucunement pour ajouter quelque remarque sarcastique à chacune des réponses de la jeune femme, surtout lorsqu'elle répondait d'une façon qui le contrariait.

– Alors, poursuivit-il en sautant délibérément d'un sujet à un autre, combien de prêtres avez-vous ainsi « connus » durant votre séjour au couvent ?

– Environ cinquante, dit Maria sans hésitation.

– Et ils se sont tous rendus coupables de ces agissements criminels que vous leur reprochez ?

– Tous, certains plus souvent que les autres, quelques-uns à peine une fois, mais au total je peux vous affirmer qu'il y en a eu près de cinquante.

– Alors, pouvez-vous me les nommer, ces hommes sans scrupules ?

– Non, répondit Maria en baissant la tête, il y en a plusieurs dont je n'ai jamais su le nom. Et il y en a d'autres dont j'ai cru apprendre le nom par accident, mais je n'en suis pas sûre.

À ces mots, les gens de l'auditoire se mirent à murmurer entre eux, visiblement choqués par cette révélation. Cherchant rapidement à reprendre le dessus, Stone revint vers Maria, haussant le ton de sa voix comme dans une tentative d'intimidation.

– Vous dites que le père de votre enfant est le père Patrick Phélan, est-ce bien vrai ?

– Oui, il n'y a aucun doute dans mon esprit.

– Mais comment pouvez-vous en être si sûre, après avoir entretenu de telles relations avec autant d'hommes en si peu de temps ?

La réaction dans l'auditoire fut vive et joyeuse cette fois-ci, les gens éclatant franchement de rire. À tel point que le juge dut les rappeler à l'ordre. Atterrée par un tel manque de considération, Emily sentit les larmes lui monter aux yeux, alors que Maria rougit violemment et se mit à trembler.

– Il était le plus vil de tous, fit celle-ci d'une petite voix.

– Cela ne prouve rien, déclara Stone d'un ton léger, comme s'il se moquait éperdument de ce que pouvait ressentir Maria. Ou alors aimeriez-vous l'accuser de cette infamie dans l'unique but de salir sa réputation ?

– Il est le père de mon enfant ! cria Maria en se redressant soudainement. Vous ne pourrez jamais prouver le contraire !

– Bien, bien, concéda Stone rapidement. Si vous insistez… Parlons maintenant de vos consœurs. Étaient-elles toutes appelées à rencontrer les prêtres lors de ces visites nocturnes ?

– Toutes, je le crois bien.

– Et à part cette sœur Saint-François au meurtre de qui vous prétendez avoir été témoin, aucune ne se rebellait ? Je crois bien que certaines ont dû se montrer quelque peu rébarbatives… ?

– Je ne sais pas. Je sais que certaines ne devaient pas aimer être choisies, mais…

– Mais quoi ?

– Mais je sais que quelques-unes…

– Quelques-unes… quoi ?

– Quelques-unes aimaient bien participer à ces visites, confia Maria à voix basse.

– Ah oui ? Et celles-ci étaient donc assurément aussi coupables que les prêtres ?

– Oui, j'en suis sûre.

– À peine quelques-unes de vos compagnes ? Mais pourquoi ne vous êtes-vous pas mises à plusieurs pour protester ? L'idée d'une mutinerie ne vous a-t-elle jamais effleuré l'esprit ?

– Non, avoua Maria. Nous avions toutes fait vœu d'obéissance. On nous avait dit que le doute et le questionnement étaient des péchés mortels. La plupart de mes sœurs acceptaient leur destin puisque l'on nous disait que c'était le chemin de la rédemption. Nous savions aussi que toute tentative de rébellion se solderait par la torture. La terreur nous empêchait de faire quoi que ce soit. C'était sans espoir.

– Allons donc ! Selon ce que vous me dites, vous étiez un nombre considérable… Aviez-vous donc toutes si peur de cette supérieure ?

– Certaines au point d'en mourir ! s'exclama violemment Maria en guise de réponse. Il y en a même qui ont…

– Qui ont… quoi ? demanda Stone en souriant. Finissez donc votre phrase, plutôt que de nous laisser deviner.

– Il y en a même qui se sont enlevé la vie, répondit Maria dans un sanglot. C'était avant mon arrivée, à ce qu'on m'a dit. Deux sœurs de sang qui avaient pris le voile en même temps, ainsi que leur cousine… Elles ne pouvaient plus supporter…

À ces mots, un murmure de sympathie parcourut la salle. William Stone perdit son sourire, visiblement secoué par cette déclaration inattendue.

– Quel bel endroit vous me dépeignez ainsi…, continua-t-il au bout d'un moment, durant lequel Maria avait séché ses yeux. Curieusement, cela ne ressemble en rien à ce que j'ai pu voir lors de ma visite, il y a quelques semaines…

– Bien entendu, lança Maria en retrouvant sa verve, ils ne vous ont rien laissé voir qui pourrait confirmer ce que je vous ai dit !

Sur le moment, Stone parut décontenancé par cette contre-attaque soudaine de Maria.

– Croyiez-vous vraiment qu'ils vous auraient tout montré de bonne grâce ? ajouta-t-elle en voyant qu'il ne trouvait rien à redire. Bien sûr, ils vous ont laissé pénétrer dans le couvent, mais ils ne vous ont laissé voir que ce qu'ils étaient prêts à vous laisser voir !

Au fur et à mesure qu'elle parlait, Maria commençait à s'emporter. Elle se leva debout pour affronter Stone et son corps tout entier s'anima d'une énergie qu'Emily ne lui avait encore jamais vue.

– Avez-vous vraiment cru qu'ils vous laisseraient visiter la cave ? Les cachots ? Qu'ils allaient d'emblée vous avouer que tout ce que j'ai dit était vrai ? Ils vous ont roulé, mon pauvre ami. Ils vous ont roulé, comme ils continuent de rouler la population tout entière !

Maria termina sa phrase dans un rire tonitruant, presque démentiel, qui sidéra l'auditoire et plus particulièrement Emily. Un instant plus tard, elle s'écroula sur son siège, en proie à une crise de larmes se rapprochant de l'hystérie.

Chapitre XV

– J'aimerais maintenant aborder la question de ces meurtres de nouveau-nés, si cela n'est pas trop pénible pour vous, demanda William Stone à Maria.

Son attitude était décidément plus posée que la veille, quand on avait dû arrêter le débat parce que Maria s'était effondrée à la suite de son interrogatoire. Mais même s'il démontrait une certaine sollicitude, William Stone n'avait pas pour autant mis au rancart son ton empreint de scepticisme et parfois même de sarcasme.

– Je suis prête à vous en parler, répondit Maria d'une voix calme. Je sais que mon enfant est en sécurité désormais, je n'ai plus rien à craindre.

– Dites-moi alors, combien de petits bébés ont été, comme vous le prétendez, assassinés durant votre séjour au couvent de l'Hôtel-Dieu ?

– Pas moins d'une vingtaine, répondit Maria.

– Une vingtaine en combien de temps, diriez-vous ?

– Environ deux ans…

– Donc cela reviendrait à dire qu'il y en avait à peu près un par mois… ?

Maria parut hésiter avant de répondre, comme si, évalué de cette façon, le chiffre lui paraissait démesuré.

Au bout d'un moment, elle reprit de l'assurance et donna sa réponse sans vaciller.

– Oui, au moins une vingtaine.

– En êtes-vous bien sûre?

– Sans l'ombre d'un doute. Jane la folle et moi avions un jour trouvé dans le bureau de la mère supérieure un livre où avaient été notés la date de naissance et le sexe de chaque enfant et...

– Encore cette Jane que vous seule semblez connaître, l'interrompit Stone.

– Ce livre, coupa Maria comme si elle ne l'avait pas entendu, d'une centaine de pages, était long d'environ un pied et demi. Il y était inscrit, dans une première section, les dates d'admission de toutes les novices et, un peu plus loin, les dates de naissance des enfants. Nous en avons compté près de deux douzaines seulement dans la période durant laquelle j'étais au couvent...

– Je me permets ici de déclarer que ceci est presque impossible, annonça William Stone avec assurance en s'adressant à la cour. Il y a ces jours-ci au couvent de l'Hôtel-Dieu pas plus d'une quarantaine de religieuses, dont un nombre important n'est plus en âge d'avoir des enfants. Ceci est un fait indubitablement démontrable.

Maria parut surprise par cette affirmation et ne poursuivit pas. Emily se souvint alors que Maria avait maintes fois déclaré qu'il y avait au couvent, à un certain moment, près de cent quatre-vingts religieuses et qu'elles étaient, pour la plupart, pas beaucoup plus vieilles qu'elle. Désarçonnée, Maria chercha quoi répondre, lançant vers John Slocum et William Hoyt un regard interrogateur, comme si elle s'attendait à quelque commentaire de leur part. Mais les deux hommes semblaient aussi étonnés qu'elle.

– Qu'est-ce qui vous fait croire que les religieuses n'ont accouché qu'une seule fois ? lança-t-elle à Stone en désespoir de cause. Il est possible pour une femme de se retrouver grosse peu de temps après avoir eu un bébé…

– Eh bien ! pour ma part, je n'ai pas trouvé particulièrement grosse aucune des religieuses que j'ai rencontrées lors de ma visite.

– Vous oubliez que les religieuses sont parfaitement capables de faire disparaître les leurs, si cela est leur volonté.

Stone ne répondit pas tout de suite. Se dirigeant vers l'endroit où Maria était assise, il se planta juste devant elle, plaça ses deux mains sur la barre qui les séparait et lui lança un regard dur et froid.

– Ça, ma jolie, c'est vous qui le dites…

– Elles sont coupables de meurtres ! éclata de nouveau Maria. Je les ai vues de mes propres yeux ! Elles jettent les religieuses aux cachots ou les étouffent sauvagement !

– Et elles auraient ainsi disposé de plus de cent quarante personnes ? demanda Stone d'un ton sarcastique. Elles ne chôment pas…

– Elles le font depuis des années, protesta Maria en commençant à perdre le contrôle, tout comme la veille. Jane la folle disait toujours…

Elle s'arrêta net, ayant soudainement remarqué que Hoyt et Slocum la regardaient d'un air qui lui enjoignait de se calmer.

– Que disait cette Jane la folle ? insinua doucement Stone, comme s'il était heureux de voir Maria s'emporter ainsi.

– Elle… elle disait… lorsque quelqu'un entre au couvent, une autre disparaît…

– Cela commence à devenir risqué, déclara le Révérend à Maria ce soir-là. Je crains que vous ne soyez trop perturbée par cet exercice pour continuer sur cette voie. William Stone, malgré ses airs bon enfant, cherche à vous piéger constamment et il n'hésitera pas à vous déstabiliser aussi sévèrement qu'il le pourra pour arriver à ses fins.

– Je suis parfaitement capable de lui faire face, déclara Maria avec aplomb. De toute façon, l'audience ne reprendra que mardi prochain, j'ai donc quelques jours pour me remettre de mes émotions et retrouver mes forces.

Malgré ce que Maria venait de déclarer, les hommes ne semblaient pas rassurés. Emily non plus. Depuis que le débat avait commencé, Maria paraissait de plus en plus fragile, et son caractère, instable. Encore une fois, son comportement s'était transformé du tout au tout, en quelques jours seulement. En fait, plus Emily y pensait, plus elle prenait conscience que ces changements de personnalité avaient débuté à l'époque où la petite Georgina était née.

– Faisons témoigner Frances, déclara tout à coup le Révérend d'un ton déterminé.

William Hoyt et George Bourne se regardèrent un moment, stupéfaits.

– Vous n'êtes pas sérieux ? demanda Bourne. Vous croyez qu'elle est prête ?

– Absolument. En tous les cas, elle est plus forte en ce moment que Maria. Je la sens plus capable de tenir tête à Stone. Nous avons trois jours avant la reprise des procédures. Nous pouvons la guider étroitement et, maintenant que nous connaissons la plupart des tactiques de Stone, nous serons plus habiles dans notre stratégie.

Emily pouvait à peine se contenir. Enfin elle saurait ce que sœur Saint-Patrice avait à dire sur ce qu'elle avait vécu au couvent ! Dans un sens, elle craignait un peu de réentendre le même genre de détails scabreux dont Maria avait parsemé son récit. Par contre, elle voulait bien apprendre comment les religieuses avaient réagi à la suite du départ de Maria et comment Frances s'était elle-même enfuie. Elle baissa la tête vers son tricot, s'efforçant de ne pas montrer son excitation, et ferma les yeux pour mieux se concentrer sur ce qui allait se dire.

À sa grande déception cependant, les trois hommes quittèrent la pièce et rejoignirent Frances dans sa chambre, sans plus se préoccuper de Maria ni d'Emily. Mais si Emily s'en sentit des plus frustrées, Maria ne parut pas le moins du monde vexée de cette décision de la part de ceux qui semblaient désormais contrôler sa vie.

Bien qu'elle lui fût sympathique, Emily ne pouvait s'empêcher de trouver que Frances Partridge était un peu gourde. Chaque fois qu'Emily essayait de lui parler, Frances la regardait comme si elle ne comprenait pas ce qu'elle disait, et elle prenait beaucoup de temps à répondre aux questions qu'on lui posait, quelles qu'elles fussent. Mais lorsqu'on la laissait parler, elle devenait beaucoup plus volubile que Maria. Elle était également d'humeur nettement plus agréable et affichait une attitude plutôt niaise. Contrairement à Maria, elle ne se montrait aucunement perturbée par ce qu'elle avait pu vivre lors de son séjour au couvent de l'Hôtel-Dieu, ce qui faisait penser à Emily qu'elle n'avait peut-être pas été témoin de tous ces faits atroces que Maria avait relatés. Ou peut-être la négation de ce qu'elle avait vécu était-elle simplement une façon de ne pas sombrer dans la folie ?

Il y avait déjà quelques semaines que Frances avait fait irruption à New York, mais seuls les hommes du groupe semblaient connaître son histoire, au grand dam de Mme Slocum.

– Imaginez, expliqua-t-elle à Mme Lowell et à Emily venue la rejoindre à l'hospice après avoir mis Georgina au lit, Mlle Partridge vit sous mon toit depuis plusieurs jours déjà et je ne sais rien d'autre que son nom !

– Il en est peut-être mieux ainsi, répondit Mme Lowell d'une voix douce. Souvenez-vous comment les révélations de Maria vous ont peinée... Souhaitez-vous vraiment recevoir à nouveau de telles confessions ?

Mme Slocum ne répondit pas. Elle ne passait presque plus de temps dans sa propre maison. À la suite d'une dernière et violente querelle avec son mari, elle avait ni plus ni moins emménagé à l'hospice, sous prétexte de prendre la place d'Emily qui ne pouvait plus s'y dévouer autant que par le passé. Elle ne rentrait chez elle qu'à l'aurore pour changer de vêtements, profitant du fait que son mari n'était pas matinal pour éviter de le rencontrer.

Emily était profondément bouleversée par cette triste situation. Elle avait pu se rendre compte que non seulement le Révérend Slocum était consumé par l'idée d'exposer les religieuses du couvent de l'Hôtel-Dieu, mais qu'en l'absence de sa femme il commençait à montrer des signes évidents d'attachement à Maria, sentiment qui débordait le cadre du paternalisme protecteur.

– Serez-vous demain au débat ? demanda Mme Lowell pour changer de sujet.

– Je ne le manquerai pas pour rien au monde, répliqua Mme Slocum. Je suis trop anxieuse de voir cette triste histoire se terminer au plus vite et si, grâce au témoignage de Frances Partridge, je peux trouver quelque argument pour ramener mon mari à la réalité et l'obliger à reprendre notre vie telle qu'elle l'était avant l'arrivée de Maria Monk, je me dois de le faire.

Dès son entrée dans la salle d'audience, il parut évident à Emily que le témoignage de Frances avait été minutieusement planifié. William Hoyt était arrivé très tôt afin de réserver à Maria un siège lui permettant de demeurer dans le champ de vision de Frances à tout moment. En effet, Theodore Dwight avait remarqué que William Stone s'adossait d'habitude à la balustrade qui séparait la cour des spectateurs, à droite de la personne prenant place dans le siège des témoins. De ce fait, la première rangée de l'auditoire, à gauche de l'allée centrale, demeurait non obstruée. Maria arriva également tôt, portant elle-même sa fille dans ses bras, et prit la place que William Hoyt lui céda, alors qu'il s'asseyait à sa gauche. Sitôt assise cependant, Maria s'empressa de remettre la petite Georgina aux bons soins d'Emily.

La salle se remplit assez rapidement. Dans les journaux relatant le débat, il avait été maintes fois mentionné que le tout était franchement divertissant, surtout en raison du style théâtral et des moqueries à peine voilées de William Stone.

Emily se retourna plusieurs fois, anxieuse de voir Mme Slocum pénétrer dans la salle avant qu'elle soit bondée et que l'on doive fermer les portes. Elle fut donc soulagée de l'apercevoir tout à coup, qui prenait l'une des dernières places disponibles, mais en même temps fut peinée de constater qu'elle avait choisi un des sièges les plus éloignés de son mari, alors qu'il lui aurait été possible de venir s'asseoir tout près de lui.

Frances parut nettement nerveuse à la barre des témoins. Elle fixait presque constamment Maria et était visiblement mal à l'aise dans ce rôle qui lui échouait. La veille au soir, elle avait inlassablement répondu aux questions rapidement lancées par MM. Bourne et Dwight, qui avaient essayé d'anticiper de leur mieux ce que Stone allait probablement demander. Celui-ci ne perdit pas de temps pour la cuisiner de la manière suave qui lui était devenue habituelle.

– Alors, vous étiez également religieuse au couvent de l'Hôtel-Dieu ? demanda-t-il en guise d'ouverture.

– Oui, répondit Frances, avec un sourire qui laissait voir son soulagement devant cette première question si facile.

– Dites-moi, qui a fondé ce couvent ?

– C'est… c'est la sœur Bourgeoise, je crois.

– Vous croyez ? Vous n'en êtes pas sûre ?

– On ne me l'a jamais appris formellement.

– Vous avez passé près de trois ans dans ce couvent et vous ne saviez même pas qui l'avait fondé ?

– Est-ce important ? demanda Frances avec une pointe d'inquiétude.

– Non, pas vraiment, je vous le concède.

Frances adressa un grand sourire à l'auditoire et parut contente de pouvoir se soustraire à la question.

– Et comment avez-vous quitté les lieux, dites-moi ? poursuivit Stone.

– En sautant le mur.

– Quel mur ?

– Le mur qui donne sur la rue Jean-Baptiste, à l'est du couvent.

– Vous l'avez sauté ? fit Stone en écarquillant les yeux. Mais il doit bien faire douze pieds de hauteur…

– Je… j'ai… Je me suis aidée en m'agrippant au lierre.

– Du lierre ? C'est bizarre, je ne me souviens pas d'avoir vu du lierre sur ce mur…

– Il y en a qui grimpe contre la pierre, réaffirma Frances avec un sourire plein d'assurance.

Tandis qu'elle répondait aux questions de Stone, Frances fixait néanmoins Maria. Emily remarqua que celle-ci, même si elle se tenait droite et apparemment immobile, avait fait des gestes à peine perceptibles avec ses mains, mimant un mouvement d'escalade. Emily sut à ce moment-là que Maria serait celle qui dicterait silencieusement à Frances quoi dire.

Stone avait établi une astucieuse tactique pour piéger Frances : il posait une question visiblement anodine, mais renchérissait avec des détails qui, même s'ils n'étaient pas importants, mettaient Frances dans l'embarras. De toute évidence, on avait préparé la jeune femme à un interrogatoire serré, tournant autour des détails scabreux du scandale qu'on voulait faire éclater. Mais Stone avait pris le chemin opposé, cherchant à la prendre en défaut par des questions sur des choses banales, auxquelles elle ânonnait de vagues réponses. On était loin de l'assurance démontrée par Maria qui finissait toujours par contrecarrer les réfutations de Stone.

Ayant habilement mis en doute les connaissances de Frances, Stone prit une voie plus directe.

– Quel âge a la mère supérieure de ce couvent? demanda-t-il en se tournant brusquement vers Frances.

– Elle... Elle est plutôt vieille, répondit-elle, incertaine.

– Plutôt vieille? Vieille comment?

– Je dirais trente-cinq... quarante ans...

À ces mots, les gens de l'auditoire éclatèrent de rire. Bien entendu, pour une femme dans la jeune vingtaine, le concept de vieillesse était largement subjectif.

– Quarante ans? En êtes-vous sûre? Ou serait-ce quarante-cinq? Ou même cinquante?

– Non, pas si vieille, corrigea Frances. Pas plus de quarante-cinq ans.

– Et l'avez-vous jamais vue en train d'administrer de mauvais traitements à vos compagnes de l'époque?

Frances prit une grande respiration et fit de nouveau un grand sourire avant de répondre, certaine qu'à ce moment-là Stone lui poserait les questions pour lesquelles elle avait mis tant d'efforts à se préparer.

– Oui, répondit-elle avec fierté. Je l'ai vue souvent avec des religieuses, en train de les flageller alors qu'elles étaient étendues au sol. Je l'ai vue aussi en traîner une par les cheveux, dans le corridor menant à son bureau et...

– Vraiment? l'interrompit Stone avant même qu'elle eût fini sa phrase. C'est singulier: la femme que l'on m'a présentée comme étant la supérieure de ce couvent m'a nettement paru plus âgée que vous nous l'indiquez, et elle avait beaucoup de mal à se déplacer. Elle m'a de plus informé qu'elle souffrait d'arthrite sévère, ce qui l'empêchait certains jours de se lever de son fauteuil...

Frances ne répondit pas. En une fraction de seconde, son visage pâlit et elle se mit à trembler. Elle interrogea

Maria du regard, incapable de trouver quoi que ce soit à répliquer.

– Alors, ils ont dû changer de supérieure, conclut-elle.

– Changer de supérieure…, répéta Stone avec son éternel sourire narquois. Parlons maintenant, si vous le permettez, des engagés…

Frances afficha l'air niais de celle qui n'a aucune idée de quoi l'on parle.

– Les… les engagés ? fit-elle timidement.

– Oui, les engagés, reprit Stone d'un air faussement surpris.

– Que… Quels engagés ?

– Ces gens que l'on engage, expliqua-t-il posément comme l'on fait avec un petit enfant, pour aider dans les corvées… Tous ceux engagés par le couvent pour aider à l'entretien de l'hôpital, à la buanderie et à toutes les lourdes tâches que les religieuses ne peuvent effectuer elles-mêmes…

Frances se mit à trembler et à scruter les spectateurs dans la salle, comme si elle espérait, par quelque miracle, qu'ils l'instruisent.

– Je… je n'ai jamais connu d'engagé, finit-elle par dire au bout d'un moment.

– Vraiment ? fit Stone. Voilà qui est bien surprenant, puisque le couvent de l'Hôtel-Dieu emploie plus d'une dizaine de personnes.

– Je ne les ai jamais vues, admit Frances. Peut-être les a-t-on engagées récemment ? Il y a déjà quelque temps que j'ai quitté le couvent…

– Peut-être, répéta Stone d'un ton sceptique. Peut-être, en effet, que c'est la mère supérieure, puisque vous croyez qu'elle est nouvelle, qui a pris cette initiative d'embaucher des aides… Mais dites-moi alors – et voici une question dont la réponse ne peut pas avoir changé depuis votre départ : sur quelle rue est située l'entrée principale du couvent ?

Frances parut estomaquée par une telle question et ne put répliquer que par un sourire niais. Emily sentit Maria se raidir sur sa chaise : de la place où elle était, il lui était impossible de souffler toutes les réponses à son amie Frances. Par contre, Emily ne comprenait pas comment Frances pouvait ignorer ce simple détail. S'étant elle-même rendue devant le portail principal, ne fût-ce qu'une fois, elle se souvenait très bien de son emplacement, rue Saint-Paul.

– Sur la rue… sur la rue Notre-Dame ? dit Frances sans grande conviction. Ou peut-être est-ce que je me trompe ? Je ne l'ai jamais su. Je ne suis vraiment pas très ferrée en géographie… Mais je sais que l'entrée de l'hôpital donne sur la rue Jean-Baptiste. Mais quelle est donc l'autre rue ? Saint-Joseph ? Non, je ne crois pas que ce soit de ce côté du tout…

William Stone était heureux de laisser Frances monologuer ainsi et s'empêtrer dans ses explications. Elle devenait de plus en plus nerveuse et semblait même au bord des larmes, tandis qu'elle cherchait désespérément la bonne réponse. Plus elle parlait, plus sa voix faiblissait et plus son visage pâlissait. Emily entendit distinctement Maria et William Hoyt pousser à l'unisson un soupir de découragement. Un instant plus tard, Frances Partridge s'évanouissait sur sa chaise.

Le débat fut de nouveau retardé de quelques jours. Les journaux de la ville se partagèrent en deux camps :

ceux qui disaient que les jeunes femmes appelées à témoigner avaient vécu des choses si abjectes que de les forcer à s'en remémorer était la plus cruelle des tortures, alors que les autres étaient d'avis que les crises d'hystérie et les évanouissements étaient sans contredit la meilleure façon de se soustraire aux questions dont on ne connaissait pas les réponses.

Un soir, les hommes se réunirent chez les Slocum, mais cette fois ils s'enfermèrent tous les quatre, Hoyt, Bourne, Dwight et Slocum, dans le petit bureau de celui-ci et fermèrent la porte soigneusement. Décidément intriguée par cette nouvelle manière d'agir, et également désireuse de savoir ce qui allait se dire, Emily se faufila dans la salle à manger. De là, il était possible d'avoir accès au bureau par une autre porte, celle à battants, plus susceptible de laisser filtrer la conversation de ces messieurs. Elle s'approcha du chambranle en silence, mais en tremblant de tout son être et tendit l'oreille. Malheureusement, les bribes qu'elle put capter n'avaient rien de bien sensationnel…

– Il est temps de renverser les rôles, déclara Theodore Dwight, alors que les autres ne semblaient rien avoir à dire.

– Qu'entendez-vous au juste ? demanda Hoyt d'une voix qui laissait paraître son scepticisme.

– Stone a assez abusé de notre patience et de la fragilité de nos deux jeunes dames. Nous devons demander au juge la permission de l'interroger à notre tour, même s'il ne semble pas en avoir lui-même terminé avec toutes ses questions.

– C'est raisonnable, admit George Bourne. Avec chaque jour qui passe, nous risquons de voir plus de gens perdre confiance en nous et se ranger de son côté. Certains sont plus sensibles à la façon dont est mené l'interrogatoire qu'à la nature même des questions et des réponses.

– Nous ne pouvons pas laisser aller les choses ainsi, continua Dwight. Stone est en train de tout tourner en ridicule. Il se croit le plus fort, et son arrogance est une arme qui peut nous faire beaucoup de tort.

– Oui, acquiesça Bourne. Souvenez-vous qu'à une époque il a été très actif au sein de notre mouvement. Il était excellent dans la rédaction de textes incendiaires, mais il appréciait moins se faire prendre à l'improviste. Nous savons qu'en tant qu'orateurs nous sommes aussi forts que lui, sinon plus. Il est temps que les gens nous entendent à notre tour.

– Mais comment y arriver ? demanda Slocum. Le débat doit reprendre demain après-midi. Nous n'avons pas encore établi notre stratégie. Nous nous étions mis d'accord pour baser notre interrogatoire sur ce qu'il allait d'abord demander à nos témoins, afin de démolir ses arguments un à un. Pensez-vous que nous sommes prêts à passer à cette étape sans l'avoir laissé terminer son propre interrogatoire ?

– J'ai bien écouté tout ce qu'il a eu à répliquer aux réponses de Maria et de Frances, expliqua Dwight. Il m'apparaît clair qu'il se réfère uniquement à sa courte visite des lieux, mais il n'a pas fait d'enquête approfondie. Sa seule argumentation jusqu'à maintenant est construite sur son opinion que la description faite par Maria des pièces du couvent ne correspond pas à ce qu'il a pu voir.

– C'est bien mince en effet, déclara Hoyt d'un ton moqueur. On peut facilement supposer qu'il est rentré par la mauvaise porte et qu'il a tout vu à l'envers !

À ces mots, les hommes se mirent à rire. Emily ne savait plus quoi penser de cette histoire. Elle continua d'écouter la conversation d'une oreille distraite, et fut peinée que ni Maria ni Frances ne fassent partie de la suite du débat. Il lui semblait qu'on allait maintenant faire fi des jeunes femmes, surtout de Maria, pour tourner cette affaire en joute oratoire entre le groupe du Révérend Slocum et ceux qui ne partageaient pas son avis.

CHAPITRE XVI

William Leete Stone refusa catégoriquement de se soumettre aux questions du groupe avant d'avoir fini son propre interrogatoire. La procédure avait été établie avec l'accord de toutes les parties et il n'était pas question selon lui d'y déroger. L'idée de demander à faire témoigner les prêtres du séminaire de Montréal fut alors mise en avant, chose à laquelle Stone s'objecta encore plus violemment.

– Ces gens sont innocents jusqu'à preuve du contraire, répéta-t-il à plusieurs reprises. C'est à Maria de prouver qu'elle a dit la vérité. Les prêtres de Montréal n'ont rien à se reprocher – pas plus que les religieuses du couvent de l'Hôtel-Dieu d'ailleurs. Ils méritent d'être respectés et ils ont donc le droit d'être laissés en paix.

Mais le groupe avait ouvert une porte en affirmant que ni Maria ni Frances n'étaient en état de continuer à prendre part au débat. Stone en profita donc pour demander à questionner nul autre que William Hoyt.

Dès lors, la foule se précipita nombreuse à la salle d'audience, sachant qu'on allait bientôt avoir droit à la confrontation de deux esprits forts. D'entrée de jeu, William Stone ne fit pas un secret de la façon dont il comptait mener son interrogatoire.

– J'ai ici des déclarations assermentées signées de plusieurs personnes résidant à Montréal et qui affirment solennellement que Maria Monk n'a jamais été religieuse au couvent de l'Hôtel-Dieu, commença-t-il…

– Si vous me demandez de juger de la crédibilité de ces personnes par rapport à celle de Maria Monk, je crains que vous ne perdiez votre temps, coupa Hoyt sans laisser le temps à son interlocuteur de finir sa phrase. Il est très facile de trouver des gens prêts à affirmer des choses dont ils n'ont aucune connaissance.

– Même sa propre mère ?

Pendant plusieurs secondes, Hoyt regarda Stone sans répondre. Assise presque directement en face de lui, Emily vit son regard se durcir puis, pour un bref instant, être traversé d'une lueur de panique.

– Mme Monk ne s'est jamais occupée de sa fille, dit calmement Hoyt après avoir pris une grande respiration. Ce fut l'une des premières choses que Maria nous a révélées lorsqu'elle est arrivée à New York.

– C'est pourtant elle que vous êtes allé voir lors de votre passage à Montréal au printemps dernier, lui demandant de prendre l'enfant de sa fille pendant quelque temps, lorsque celle-ci était disparue sans laisser de traces, n'est-ce pas ?

Encore une fois, Hoyt regarda son interlocuteur sans répondre. Et la même lueur de panique, cette fois-ci clairement visible, refit son apparition. Hoyt ferma les yeux et serra les poings, mais garda le silence. Laissant poindre au coin de ses lèvres un sourire de satisfaction, Stone parcourut rapidement ses notes pour retrouver le passage qui l'intéressait.

– Isabelle Mills, veuve Monk, a déclaré sous serment que vous vous êtes présenté au château Ramezay, où elle est embauchée comme ménagère, le 24 mars dernier. Vous lui avez demandé si elle était prête à venir avec vous devant un juge pour certifier que sa fille avait bel et bien été religieuse au couvent de l'Hôtel-Dieu de Montréal. Devant son refus, vous lui avez ensuite offert de la payer. Elle vous a, toujours selon sa déclaration, fermé la porte au nez. Vous êtes revenu la trouver deux jours plus tard de très bonne heure, cette fois-ci à son domicile de Griffintown, lui demandant si par hasard Maria n'était pas venue chez elle, l'informant du coup que Mlle Monk était introuvable. De nouveau, elle a refusé de vous recevoir. Quelques heures plus tard vous êtes encore revenu, cette fois apportant avec vous un jeune bébé qui, selon vos dires, était la fille même de Maria Monk. Vous avez déclaré à la veuve Monk que vous aviez besoin qu'elle s'en occupe, puisque la jeune mère semblait avoir disparu sans laisser de trace. Mme Monk a accepté de prendre l'enfant mais, dans ses mots, plus par charité envers le bébé que pour aider la mère. Vous êtes passé le surlendemain matin, encore une fois de très bonne heure, reprendre l'enfant et lui laisser un peu d'argent, mais sans vous soucier de lui laisser savoir si, effectivement, vous aviez retrouvé sa fille.

Stone se tut, à bout de souffle, après avoir livré sa tirade comme s'il s'était agi d'un sermon. Arborant un sourire triomphant, il dirigea ses yeux tout autour de la salle d'audience. La tête haute, il regarda tour à tour le juge, les observateurs, puis le public.

Emily en avait le souffle coupé. Elle s'était toujours demandé où William Hoyt avait emmené la petite Georgina pendant que sa mère était disparue, mais jamais elle n'aurait pu penser que l'enfant avait été conduite chez sa propre grand-mère !

Voyant que William Hoyt ne bronchait toujours pas, Stone revint vers lui et se pencha légèrement.

– Vous n'avez rien à dire ?

– C'est vrai, répondit Hoyt après avoir de nouveau pris une grande respiration. Oui, je suis allé trouver Mme Monk à quelques reprises. Oui, je lui ai demandé de prendre soin de l'enfant pour une nuit. Oui, je lui ai offert de l'argent, mais plus par charité que pour la soudoyer, car je suis convaincu qu'elle sait aussi bien que moi que sa fille a été religieuse au couvent de l'Hôtel-Dieu.

– Comment pouvez-vous être si sûr de ce qu'elle sait et de ce qu'elle ignore ?

Hoyt prit un moment avant de répondre, mais cette fois-ci ce n'était pas parce qu'il se faisait prendre de court.

– Parce qu'elle l'a elle-même avoué à un ami de Maria, dit-il calmement.

Ce fut au tour de William Stone de rester sans voix quelques instants.

– Un ami ? Quel ami ? fit-il simplement.

– Un jeune homme du nom de William Miller, annonça Hoyt. Il connaissait apparemment Maria du temps où elle était enfant à Saint-Jean. Il m'a arrêté dans la rue, alors que je quittais le domicile de Mme Monk à Griffintown la première fois. Il m'avait apparemment entendu dire que je cherchais Maria. Il a alors déclaré : « Vous ne la trouverez pas ici, elle est cloîtrée depuis quelques années chez les Black Nuns. » Et lorsque je lui ai demandé d'où il tenait cette information, il m'a répondu que c'est Mme Monk elle-même qui l'en avait informé, l'année précédente. Je lui ai demandé ce qu'il savait de plus, mais il n'a pas pu m'informer davantage, me précisant que tous à Saint-Jean savaient que Mme la veuve Monk était de caractère difficile. Il m'a même révélé que le bruit courait qu'elle avait à l'époque empoisonné son mari et, pour cette raison, le jeune Miller préférait éviter tout contact avec cette dame. C'est alors que je lui ai appris que Maria avait quitté le couvent depuis déjà un certain temps.

– Et sauriez-vous comment retracer ce jeune homme ? demanda Stone d'un ton aussi hautain que sarcastique.

– Non, répondit Hoyt en souriant. Peut-être devrions-nous nous informer auprès de Mme la veuve Monk ? N'en fait-elle pas mention dans sa déclaration ? Au fait, combien l'avez-vous payée, vous-même, pour cette déclaration assermentée ?

– Ce n'est pas à votre tour de poser les questions, monsieur Hoyt, répliqua sèchement Stone. Je répondrai au juste moment, si vous le permettez. Maintenant, j'aimerais que vous me parliez un peu plus de votre voyage à Montréal au printemps dernier…

– Que voulez-vous savoir d'autre ? demanda Hoyt d'un ton condescendant. Il me semble que vous en connaissez déjà plus que moi…

La foule se mit à rire et le juge dut rappeler tout le monde à l'ordre avant que Stone puisse reprendre, ce qu'il fit en ignorant complètement la dernière remarque de Hoyt.

– J'ai su que Mlle Monk et vous-même aviez séjourné à la taverne d'Asa Goodenough, rue Saint-Paul…

Stone fit une pause volontaire, faisant mine de consulter ses notes, mais observant tout de même la réaction de

Hoyt du coin de l'œil. Emily vit celui-ci pâlir. Il devenait clair que William Stone était bien informé. S'il avait appris que Hoyt et ses compagnes avaient logé à la taverne Goodenough, il devait sans doute savoir que Maria et Hoyt y avaient partagé une chambre. Et ce devait être précisément ce à quoi Hoyt pensait au même instant.

– Oui, effectivement, répondit-il avec méfiance. J'ai logé à la taverne Goodenough avec Mlle Monk et Mlle Taylor…

– Vraiment ? Il n'était pas fait mention de Mlle Monk dans le registre pourtant. Je n'ai vu que le nom de Mlle Taylor et une autre inscription au nom de M. et Mme Hoyt… Mes félicitations, j'ignorais que vous aviez convolé récemment…

– Je sais exactement où vous voulez en venir, le prévint Hoyt en se redressant. Oui, j'ai inscrit Mlle Monk sous un autre nom, mais pour éviter que sa présence à Montréal ne la mette en danger.

– Et est-ce pour cette même raison que vous avez partagé avec elle une chambre ?

À ces mots, un murmure de désapprobation parcourut l'auditoire. Emily sentit sur sa nuque un regard perçant. Du coup, elle tenta tant bien que mal de refouler les larmes qui lui montaient aux yeux. Se retournant légèrement, elle vit Mme Slocum qui lui lançait du regard une interrogation silencieuse. À présent, elle regrettait bien de ne pas en avoir parlé à son retour de Montréal.

– Oui, fit William Hoyt en prenant un air outré. J'ai partagé une chambre avec Mlle Monk, encore une fois dans le but d'assurer sa sécurité. Mlle Taylor pourra vous confirmer que cette chambre comportait deux lits, et qu'il n'y avait rien d'incorrect entre Mlle Monk et moi-même.

Emily se sentit rougir jusqu'à la racine des cheveux, alors que tous les yeux se dirigèrent vers elle. Combien injuste était cette situation, pensa-t-elle. Elle avait tout fait en son pouvoir pour aider la jeune femme et maintenant elle sentait la réprobation de tous peser sur elle, comme si tout cela avait été de sa faute.

– Je ne juge nullement de ce qui est correct ou incorrect, déclara Stone, satisfait. Je laisse à nos observateurs le soin de tirer leurs propres conclusions. Comme je les laisserai tirer leurs propres conclusions au sujet de ceci…

Il tira de sa poche une feuille de papier sur laquelle des lignes brèves avaient été transcrites.

– Voici, dit-il en agitant la feuille en direction de la cour, une déclaration signée par Mme Henrietta Latour, veuve McDonnell, directrice de l'institution connue à Montréal sous le nom de l'Asile de la Madeleine, situé rue Sainte-Geneviève, dans le faubourg Saint-Antoine…

Dès que Stone avait brandi sa déclaration assermentée, Emily avait dirigé son regard vers Maria, anxieuse de voir la réaction de la jeune femme. À la mention de l'Asile de la Madeleine, Maria avait tout de suite pâli.

– Mme McDonnell nous certifie, poursuivit Stone, que Maria Monk a été pensionnaire à son institution durant près de deux ans. Pour ceux qui ne connaîtraient pas cette institution, je dirais qu'elle se voue à la réforme des jeunes femmes de mauvaise vie, en cherchant à les remettre dans le droit chemin. Et, selon les affirmations, sous serment, de Mme McDonnell, non seulement a-t-il été impossible de réformer Maria Monk, mais en fin de compte elle n'a eu d'autre choix que de la renvoyer, quand elle s'est aperçue que Mlle Monk était enceinte !

De nouveau un murmure de désapprobation parcourut la salle. Satisfait de la réaction qu'il suscitait, le bras toujours en l'air, William Stone se tourna vers Hoyt.

– Mais cela, fit-il d'un ton triomphant, vous le saviez déjà, n'est-ce pas ?

– Oui et non, admit Hoyt. Il est vrai que Maria a séjourné à l'Asile de la Madeleine. Elle nous en a elle-même informés. Mais, contrairement à ce qu'affirme cette bonne dame, ce ne fut que pour bien peu de temps, après qu'elle eut réussi à s'enfuir du couvent.

– Et vous préférez croire une jeune femme au passé douteux plutôt qu'une dame aux intentions louables qui dirige une institution respectable ?

La voix de William Stone trahissait sa colère. Au bout de son bras, la feuille de papier vibrait sous la force des sentiments qui l'animaient.

– Cette institution, déclara calmement Hoyt, si respectable soit-elle, est en fait sous la gouverne du clergé catholique, dois-je vous le rappeler ?

Stone se figea soudainement et descendit lentement son bras. Les deux hommes se regardèrent en silence – un silence que personne dans l'audience n'osa rompre. Dans la salle, le Révérend Slocum et ses partisans avaient peine à cacher leur joie. Emily ne pouvait pas s'empêcher de sourire non plus. Par contre, elle ne comprenait pas pourquoi Maria affichait une si triste mine et gardait la tête baissée…

– J'ai lu des multitudes de déclarations assermentées, déclara Stone au bout d'un moment. Tous provenant de gens respectables et sans reproches…

– Tous de bons catholiques, sans doute ? répondit Hoyt tout aussi calmement. Au fait, vous avez lu les déclarations, mais avez-vous rencontré leurs auteurs ?

La question laissa Stone pantois et la mine piteuse. William Hoyt venait de viser juste.

– Non, avoua enfin Stone. J'en ai reçu des exemplaires par l'entremise des éditeurs du journal *L'Ami du peuple*.

– Un journal fondé par les sulpiciens, comme par hasard, ajouta Hoyt d'un ton condescendant.

– Le fait demeure, reprit Stone, que tous sont d'accord pour dire que Maria Monk est sujette au mensonge et à la fabulation, mais qu'elle est surtout une femme au caractère instable et imprévisible.

– Cela est très facile à dire, même sous serment. Personnellement, je côtoie Mlle Monk presque tous les jours depuis bientôt un an et je peux vous assurer qu'elle a toute sa tête.

Ces derniers mots avaient été adressés à la foule. Encore une fois, Emily ne put se retenir et se tourna vers Mme Slocum. Pour la première fois depuis l'ouverture du débat, elle dut admettre que, sur ce dernier point, William Leete Stone n'était pas complètement dans l'erreur.

Cette impression se confirma dès le lendemain. En se levant, à sa grande surprise, Emily constata que Maria avait déjà quitté la chambre qu'elles partageaient. Sans poser de questions, elle entreprit de se préparer et de lever la petite Georgina. En ce samedi matin, elle était heureuse à l'idée que le débat fût interrompu jusqu'au lundi.

Même si les discussions la fascinaient – elle en avait appris plus en quelques sessions que pendant tous les longs mois qui les avaient précédées –, écouter sans bouger durant de longs après-midi, dans une salle comble où l'atmosphère devenait rapidement suffocante, la lassait.

Vers la fin des sessions, la petite Georgina commençait à se fatiguer et était souvent difficile à apaiser.

Pour faire changement, Emily avait résolu de demander la permission à Maria d'emmener Georgina visiter ses parents en avant-midi. Elle se doutait bien que Maria serait d'accord, elle qui semblait ne plus avoir la fibre maternelle aussi prononcée qu'elle l'avait démontré dans les semaines suivant la naissance de sa petite. Elle traitait Georgina un peu comme une poupée, heureuse de lui mettre de jolies robes et de la tenir amusée, mais perdant bien vite patience si la jeune enfant faisait le moindre caprice, si rare fût-il. En fait, jour après jour, Emily s'occupait de plus en plus de la petite et Maria, de moins en moins. La seule autre personne qui témoignait de l'affection pour la timide enfant était, curieusement, William Hoyt.

Or ce matin-là, Maria était sortie très tôt et sans en avertir personne. Ne s'étant même pas rendu compte du moment où elle s'était levée, Emily n'avait pas pu lui parler et obtenir l'autorisation de sortir avec la petite. Ne sachant pas trop quoi faire, elle consulta Mme Slocum.

– Mais oui, emmenez la petite avec vous, conseilla-t-elle. Il y a fort à parier que Maria ne s'y serait pas opposée de toute façon. Et si jamais elle rouspétait, j'en ferais mon affaire.

Emily ne répondit pas, mais elle se doutait fort bien de ce que signifiait cet avertissement. Depuis quelques jours, Mme Slocum avait réintégré le domicile familial, jugeant qu'elle ne pouvait pas s'en laisser chasser par la jeune femme, si triste que fût son histoire, et bien déterminée à rétablir l'harmonie entre elle et son mari.

Après son témoignage, Frances Partridge avait été soudainement relogée à l'hospice en attendant que quelqu'un décide ce qu'il adviendrait d'elle, puisque elle-même ne semblait pas le savoir ni s'en soucier. Elle se contentait d'exécuter les tâches qu'on attendait d'elle, de bavarder cordialement mais toujours de façon assez anodine avec les autres pensionnaires de l'hospice et d'engloutir des quantités incroyables de nourriture à chaque repas.

La visite d'Emily chez ses parents fut agréable, ceux-ci n'osant pas trop sermonner leur fille devant la petite Georgina et remettre sur le tapis la question de son choix de résidence. Ils ne purent cependant s'empêcher de lui demander ce qu'elle pensait de toute cette histoire. Décidément, tout le monde à New York portait de l'intérêt à ce débat et avait une opinion sur le sujet.

– Je ne sais plus, avoua Emily. Je crois que John Slocum et ses associés sont des hommes foncièrement bons et que leur cause est noble. J'ai éprouvé beaucoup de peine lorsque j'ai entendu pour la première fois le récit de Maria, mais depuis quelque temps elle se montre si détachée de ceux qui essaient de l'aider que plusieurs trouvent difficile d'éprouver encore de la sympathie pour elle.

– Plusieurs, sauf John Slocum ? demanda son père d'un ton sarcastique.

Sa femme lui lança un regard noir et il se tut immédiatement. Emily n'était pas sans savoir que plusieurs personnes avaient pu constater que Maria entretenait pour le Révérend de doux sentiments. Tout le monde l'avait vue tenant ostensiblement le bras de l'homme, alors qu'ils arrivaient ou quittaient la salle d'audience. C'était également pour faire taire ces rumeurs que Mme Slocum avait décidé de rentrer au bercail. Serait-elle en mesure de faire enfin comprendre à Maria qu'elle n'était plus la bienvenue dans sa maison, quoi qu'en dise son mari ?

Emily n'eut pas à se poser la question bien longtemps. À son retour de chez ses parents, en début d'après-midi, elle apprit que Maria n'avait toujours pas été revue.

– Vous aurait-elle informée de ses projets pour la journée ? lui demanda le Révérend avec une pointe d'inquiétude.

– Non, répondit Emily. Je sais qu'elle s'est levée dans la nuit parce que la petite avait fait un mauvais rêve et la réclamait. Nous nous sommes toutes les deux levées, en fait. C'était bien avant l'aube. Mais je me suis vite rendormie et elle était déjà partie à mon réveil.

– C'est bien étrange, déclara le Révérend. Jamais elle ne sort ainsi sans nous en avertir. Je vous prie de faire demander M. Hoyt, si vous le voulez bien. Peut-être serait-il au courant de quelque chose ?

Cette dernière supposition laissa Emily perplexe. Même si Maria et William Hoyt avaient paru entretenir une relation particulière à une certaine époque, plus récemment il avait semblé à Emily que ce n'était plus le cas. Il n'y avait décidément plus aucun de ces sourires de jadis échangés entre eux et les regards complices d'autrefois avaient fait place à des coups d'œil froids. Néanmoins, elle ne posa pas de questions et fit ce que le Révérend lui demandait.

Mis au courant de la situation, Hoyt annonça qu'il partait à sa recherche immédiatement. Il ne revint qu'en toute fin de soirée.

– Elle est partie, déclara-t-il au Révérend en haussant les épaules.

– Partie ? Sans nous le dire ? Partie où ?

– Elle a été vue au port ce matin, à la première heure, montant à bord d'un bateau pour Philadelphie.

– Philadelphie ? Mais pourquoi ?

– Aucune idée. C'est à elle qu'il faudrait le demander.

Sur ce, il se tut et ne parut pas autrement préoccupé de ce qui avait pu arriver à Maria. Emily et Mme Slocum se regardèrent sans dire un mot. Il devenait clair que William Hoyt n'entretenait plus grand intérêt pour la jeune femme. En fait, tandis que le groupe se réjouissait en pensant que ce débat allait renverser la situation en leur faveur, Hoyt semblait s'en trouver contrarié, comme s'il commençait à en avoir assez de toute cette histoire – ou qu'il ne voulait pas que la vérité fût connue.

Le lendemain matin, Emily se rendit avec Mme Slocum au sermon du dimanche. Quelque chose lui disait que, si Maria ne revenait pas, il se pourrait bien qu'elle quitte aussi la demeure des Slocum. Ses parents en seraient heureux.

Pour la première fois depuis des mois, Emily fut soulagée de voir Mme Slocum sourire à nouveau. Bien entendu, son mari était extrêmement agité et contrarié, mais sur le chemin les menant à la chapelle la dame avait confié à Emily que, Maria partie, elle espérait bien que la vie reprendrait enfin son cours normal.

Emily, pour sa part, se demandait ce qu'il adviendrait de la petite Georgina si sa mère ne revenait pas. En l'absence de celle-ci, Emily et Mme Slocum avaient pour la première fois pris la petite fille avec elles. Emily se demandait si les Slocum éventuellement l'adopteraient. Abigail Slocum ne pouvait pas avoir d'enfants, et tout le monde savait que cela était pour elle une tragédie. Mais accepterait-elle d'élever l'enfant d'une femme qui avait causé tant de soucis dans sa maison ?

Ce matin-là, le sermon du Révérend portait, comme par hasard, sur l'espoir. Emily y vit un bon signe. Contrairement à ses habitudes cependant, le Révérend fut plutôt expéditif et quitta rapidement son pupitre, aussitôt son sermon terminé. En quittant la chapelle, il indiqua à William Hoyt, George Bourne et Theodore Dwight qu'il voulait les voir chez lui dans moins d'une heure.

Même s'il y avait eu des réunions quasi quotidiennes au cours des derniers mois, jamais il ne s'en était tenu une le dimanche. De tout temps le Révérend avait insisté pour que le jour du Seigneur soit un jour de repos, de sérénité et de méditation. Emily fut donc doublement étonnée de le voir, à peine rentré, brandir un sac de voyage dans lequel il entassa un paquet de feuilles et une grosse liasse de billets de banque.

– Je m'en vais à Philadelphie, annonça-t-il avant qu'aucun des autres hommes eût le temps de dire quoi que ce soit. Il faut absolument que je retrouve Maria.

Theodore Dwight fut le premier à se remettre de la surprise et à prendre la parole.

– Comment comptez-vous la retrouver ?

– Cela ne devrait pas être bien difficile, expliqua le Révérend. Je crois savoir où elle peut être. Et je suis sûr que vous le savez tous également.

Personne ne répondit, au grand désespoir d'Emily qui ignorait totalement de quel endroit il était question, mais qui aurait bien aimé le savoir.

– Tenez-nous au courant des progrès de vos recherches, conseilla George Bourne. Et laissez-nous savoir si vous avez besoin de quoi que ce soit.

Un instant plus tard, le Révérend embrassait froidement sa femme, tournait le dos à tous sans même leur dire au revoir et quittait la maison.

Mme Slocum était atterrée. Les yeux pleins de larmes, elle regarda Emily un moment, incapable de dire quoi que ce soit, puis sortit précipitamment du bureau pour se réfugier dans sa chambre. Emily ne savait pas quoi faire. Elle resta donc à l'écart, attendant qu'on lui demande de partir ou de rester.

– Alors, mon ami, que suggérez-vous que nous fassions ? demanda George Bourne à Theodore Dwight.

– Absolument rien, fit celui-ci. Nous avions déjà convenu que Maria n'aurait plus à répondre aux questions de Stone, nous n'avons donc plus vraiment besoin d'elle...

– Mais que dira Stone lorsqu'il apprendra qu'elle a disparu ainsi ? demanda Bourne. Et que Slocum est parti à sa recherche ?

– Devons-nous absolument l'en informer ? répondit Dwight avec un petit sourire candide. Nous pourrons prétendre que Maria est souffrante, si on nous le demande. Quant à Slocum....

– Pourrait-il être également souffrant ?

– Non ! protesta Dwight. Il ne faut pas risquer d'alimenter les rumeurs. Nous dirons les faits tels qu'ils sont, mais sans plus : le Révérend est parti à Philadelphie pour traiter une affaire pressante.

– Et s'il pose d'autres questions ?

– Il n'a pas intérêt à trop poser de questions en ce moment, puisque tout semble jouer contre lui...

Les trois hommes se regardèrent d'un air entendu.

– Je suis prêt à continuer avec cet interrogatoire, déclara Hoyt d'un ton neutre. Je crois d'ailleurs que nous n'en avons plus pour longtemps. Stone n'a pas assez d'arguments pour étayer ses réfutations. Il sera désormais facile de retourner contre lui tout ce qu'il pourra avancer comme accusation.

Emily remarqua qu'il ne montrait que peu de conviction en disant ces mots. Mais ce qui la toucha encore plus fut de voir comment les hommes ne semblaient guère se soucier de Maria et de ce qu'il adviendrait d'elle désormais.

– J'aimerais attirer votre attention sur le fait que la plupart des déclarations assermentées que j'ai en ma possession ont été rédigées en présence du Dr Robertson, un homme respecté à Montréal..., dit William Stone.

En plus du congé de la fin de semaine, Stone avait demandé à reporter de deux journées supplémentaires son interrogatoire, sous prétexte de vouloir remettre de l'ordre dans ses notes. Après tout, quelques-uns des témoins qu'il avait compté interroger n'étaient plus disponibles. On ne l'avait évidemment pas averti de la disparition de Maria ni du fait que le Révérend Slocum était parti à sa recherche. De l'avis du petit groupe, il valait mieux ne rien lui donner qui pourrait lui servir de munition.

– J'aimerais attirer votre attention sur le fait que, répliqua Hoyt en se moquant de Stone, le Dr Robertson a fait jeter Maria en prison pour vagabondage, sans chercher d'abord à savoir qui elle était, d'où elle venait, et ce, malgré le fait qu'elle était enceinte.

– Elle s'était fait passer pour sa fille!

– C'est faux! Lisez donc encore ce qu'elle a écrit! clama Hoyt. Elle a simplement donné ce nom, au hasard, et les gens autour d'elle se sont mépris sur son identité. Elle n'a jamais dit qu'elle était la fille du docteur.

– Vous êtes pourtant allé le voir, lors de votre visite à Montréal, n'est-ce pas ? Vous avez demandé à ce qu'il enregistre une déposition sur Maria, mettant par écrit tout ce qu'elle avait déclaré au sujet du couvent…

– Bien sûr, mais il a refusé. Il l'avait déjà jugée et condamnée avant même qu'elle quitte Montréal pour venir à New York.

Stone s'arrêta net, visiblement surpris. Il était clair qu'il s'attendait que Hoyt proteste, mais il n'avait pas démenti. Irrité de voir que l'argument qu'il croyait avoir bien étayé commençait déjà à s'effriter, dès sa première question, il se mit à consulter ses notes, tournant furieusement les pages. Les gens de l'auditoire le virent rougir de colère, puis prendre une grande respiration pour se calmer avant de poursuivre son interrogatoire. William Hoyt se montrait un adversaire de taille, à la grande satisfaction de Bourne et de Dwight, assis dans la salle. En raison de son énervement, Stone ne semblait même pas s'être aperçu que deux des spectateurs habituels et les principaux intéressés dans ce débat, Maria Monk et John Slocum, ne s'étaient pas présentés.

– Lors de cette visite, reprit-il en brisant le lourd silence qui régnait dans la salle, vous avez renoué avec plusieurs de vos relations, n'est-ce pas ?

– Je ne m'en suis jamais caché, répondit Hoyt.

– Et pourquoi ne vous êtes-vous pas directement adressé aux autorités ? Après tout, vous étiez en compagnie d'une jeune femme prête à accuser les gens du couvent de rien moins qu'un meurtre ?

– Je voulais d'abord voir si on nous croirait. Je sais que la ville de Montréal est pour ainsi dire sous l'emprise de l'Église catholique. Je ne voulais pas que nos accusations tombent dans les oreilles de sourds.

– Mais pourtant vous êtes repartis sans avoir rien fait ?

– Maria a pris peur quand elle a cru avoir été reconnue…

– Bien sûr, fit Stone d'un ton hautain, il y a certainement dans cette ville des centaines d'hommes qui la connaissent, et sous toutes les coutures !

La plupart des gens de l'auditoire se mirent à rire, ce qui ne fit que mettre Hoyt en colère.

– Vous n'avez pas le droit de parler de Mlle Monk de cette façon ! s'exclama-t-il en furie.

Emily sentit son cœur se mettre à battre plus vite. Puisqu'on parlait désormais de Maria, ce n'était qu'une question de temps avant que Stone s'aperçoive qu'elle n'assistait pas au débat et qu'il se mette à poser des questions à ce sujet. Mais pour l'instant, celui-ci était concentré sur son interrogatoire et continuait de talonner Hoyt.

– Pourquoi ne vous êtes-vous pas procuré le certificat de mariage de Maria Monk avec ce cousin lointain ? demanda-t-il à brûle-pourpoint. Ce cousin dont elle ne mentionne jamais le nom, d'ailleurs…

– Pourquoi l'aurais-je fait ? répondit Hoyt avec scepticisme. Je ne vois pas en quoi son mariage aurait un lien avec les affreux agissements des prêtres du couvent ?

– Non, mais il aurait servi à rehausser la crédibilité de Mlle Monk…

– Cette crédibilité n'aurait pas besoin d'être rehaussée si vous ne cherchiez pas constamment à l'abaisser, déclara Hoyt. Tout ce que vous avez besoin de savoir se trouve écrit, noir sur blanc, dans le livret qu'elle a publié. Vous devriez vous en inspirer pour poser les bonnes questions aux bonnes personnes, en l'occurrence aux membres du clergé de Montréal !

– Peut-être devrais-je en effet relire ce document, concéda Stone au bout d'un moment. Car il m'apparaît clair que vous en avez retenu les moindres détails... Ou serait-ce parce que vous l'avez vous-même écrite, cette histoire ?

– C'est l'histoire de Maria, affirma Hoyt en pesant ses mots. Il est vrai que nous l'avons aidée dans la rédaction, mais elle en est l'auteure. C'est son histoire.

– Vous l'avez aidée ? Jusqu'à quel point ?

– C'est son histoire, répéta Hoyt avec emphase.

– Admettons que ça le soit, je veux bien, mais moi, j'ai de sérieux doutes quant à la véracité de cette histoire. En fait, il m'a fallu moins de dix minutes dans l'enceinte de ce couvent pour voir que tout n'était que mensonge...

– Eh bien ! peut-être devriez-vous y retourner et y passer plus de temps, l'interrompit Hoyt. Vous pourriez regarder plus attentivement et ne pas vous laisser berner par ce que ces chacals veulent bien vous laisser voir.

– Qu'en savez-vous ? demanda Stone en haussant le ton. Je vous dis et je vous répète, la description que Maria Monk fait du couvent de l'Hôtel-Dieu de Montréal ne correspond aucunement à ce que j'ai été à même de voir de mes yeux.

– Peut-être êtes-vous entré par la mauvaise porte ?

Et comme l'autre soir dans le bureau de John Slocum, cette remarque fit rire tout le monde. William Hoyt souriait de satisfaction : de toute évidence, même si

William Leete Stone n'avait pas consenti à se faire interroger à cette étape des procédures, c'était néanmoins lui qui se retrouvait sur la sellette.

– Vous savez qu'il est possible de construire des murs, de déplacer des portes, et ce, très rapidement quand on peut payer grassement de bons ouvriers..., continua Hoyt avant que Stone ait le temps de préparer sa prochaine question. On m'a dit, lorsque j'étais de passage à Montréal il y a quelques mois, que des matériaux de construction avaient été apportés au couvent, quelques semaines après la fuite de Maria...

– Je n'ai absolument rien vu qui me porte à penser une telle chose, lança Stone en guise de réponse.

– Bien entendu, répliqua Hoyt, puisque vous n'avez pas vu toutes les pièces.

De nouveau Stone sembla troublé et désarçonné. Son plan si finement échafaudé ne servait plus à rien. Feuilletant son calepin de notes, il paraissait être au bord de la panique. Un moment plus tard, il se tourna vers le juge.

– C'en est assez, votre honneur, dit-il en bégayant légèrement, je n'ai plus de questions.

Mme Slocum elle-même prit la décision de convoquer le petit groupe en l'absence de son mari.

– Messieurs, dit-elle à Hoyt, Bourne et Dwight qu'elle avait invités dans son salon, je crois que je suis en droit de savoir ce qui se passe.

Sa voix se voulait ferme et autoritaire, mais Emily, présente dans la pièce, put y détecter un léger tremblement qui, elle l'espérait, passerait inaperçu.

– Voici maintenant dix jours que Maria a disparu, continua-t-elle, et presque autant de temps que mon mari est parti à sa recherche. Jusqu'ici, j'ai été très patiente et je me suis contentée des explications que vous avez bien voulu me donner. Mais désormais je vous en conjure : dites-moi ce qui se passe, pour l'amour de Dieu !

Theodore Dwight se leva péniblement, vint vers elle et lui prit les mains. Ce fut suffisant pour que la pauvre femme se mette à pleurer.

– Ma chère dame, dit-il doucement. Votre mari sait ce qu'il fait, ayez confiance.

Emily tendait l'oreille. Elle ne savait pas exactement ce qui avait été dit à Mme Slocum, mais, quoi que ce fût, ce n'était pas assez pour rassurer celle-ci.

– Je veux bien vous croire, fit-elle en se reprenant. Mais je vous en supplie, tenez-moi au courant dès que vous entendrez quelque chose.

– Bien sûr, répondit doucement Dwight. Je vous suggère de vous reposer maintenant. Cessez de vous faire du souci. Le débat est terminé et ce sera peut-être long avant que le juge nous fasse part de sa décision.

Emily était plus contrariée que jamais. Quatre jours plus tôt, tout de suite après la fin de l'interrogatoire mené par Stone, le juge McPherson avait annoncé qu'il discuterait avec les observateurs pour voir quelle serait la prochaine étape – si toutefois d'autres mesures s'avéraient nécessaires. Après à peine deux journées de délibérations, le juge n'était toujours pas convaincu et avait décidé de contacter certaines de ses connaissances à Montréal pour obtenir leur avis avant de faire quoi que ce soit.

Dwight, Bourne et Hoyt avaient considéré cette nouvelle comme extrêmement mauvaise pour leur cause. À Montréal, personne ne voulait s'allier à eux. Pouvaient-ils en appeler de cette décision du juge ? C'est probablement ce que John Slocum aurait voulu faire, mais cela n'aurait rien changé. En son absence, ils crurent préférable d'attendre patiemment la décision, qui pourrait ne pas être connue avant des semaines.

Chapitre XVII

En attendant que le juge rende sa décision, à savoir s'il y avait lieu ou non de charger les autorités montréalaises d'une enquête judiciaire sur le couvent de l'Hôtel-Dieu, MM. Bourne et Dwight entreprirent la rédaction du second livret des révélations de Maria Monk. Hoyt avait demandé à se retirer de cette entreprise, mais n'avait pas donné de raison.

À l'origine, le but visé avait été d'ajouter plus de détails aux révélations que Maria avait faites. Depuis le débat cependant, Theodore Dwight avait indiqué qu'il serait bon également d'y chercher à contrecarrer les réfutations de William Stone. Le travail étant déjà bien entamé, il ne restait plus que quelques passages à compléter.

Mme Slocum avait gracieusement offert aux trois hommes d'utiliser le bureau de son mari pour mener à bien ces derniers efforts. De cette façon, avait-elle confié à Emily, elle serait mieux placée pour en apprendre plus long sur la raison pour laquelle Maria était partie à Philadelphie. Emily, pour sa part, avait accepté l'invitation de la dame à demeurer chez elle quelque temps encore, pour lui tenir compagnie en l'absence de son mari et pour s'occuper de Georgina.

Elles passèrent ensemble de longues journées à attendre, se relayant pour prendre soin de la petite ou pour se rendre à l'hospice. Il était impossible de savoir de quel côté les nouvelles viendraient en premier : le juge rendrait-il sa décision avant le retour du Révérend ? Et quelle serait-elle, cette décision ? Ou le Révérend serait-il de retour avant que la décision soit annoncée ? Et réussirait-il à retrouver Maria et à la ramener ? Emily tenta de se distraire en s'intéressant au travail des deux rédacteurs et à l'ouvrage qu'ils peaufinaient. Mais encore, ils ne lui en apprirent que très peu : Emily voyait bien qu'elle n'était pas importante à leurs yeux, ou du moins pas aussi importante que la tâche qu'ils devaient terminer.

Ce qu'elle savait, c'était que les éléments mis en avant dans ce deuxième tome des révélations de Maria n'apportaient rien de bien nouveau à son histoire. Néanmoins le *American Protestant Vindicator* refusa de publier quoi que ce soit cette fois-ci. Les arguments amenés par Stone lors du débat public avaient, selon les éditeurs, mis à jour certaines failles dans l'histoire que Maria avait initialement racontée et le doute s'était installé. Même si elle avait toujours trouvé quoi répondre aux questions soulevées par Stone, les éditeurs étaient d'avis que son témoignage avait paru boiteux à plusieurs reprises et ils ne voulaient plus se voir impliqués dans cette affaire. L'ouvrage allait donc se retrouver rapidement sur les tablettes sous forme de bouquin.

D'après ce qu'Emily put lire, le ton employé dans la rédaction des révélations avait décidément changé. La priorité était de dénoncer William Leete Stone comme étant à la solde des prêtres. On avait mis aussi beaucoup d'emphase sur le fait qu'il s'était passé un délai considérable avant que soient publiées les réfutations de William Stone ; était-ce un signe de culpabilité de la part du clergé ? Ce supposé lien entre le journaliste et les prêtres sous-tendait sans équivoque l'ensemble du texte.

Même si les hommes se réunissaient chez Mme Slocum presque tous les jours depuis plus d'une semaine, elle n'en savait toujours pas plus long sur ce qui était arrivé à son mari. Chaque fois qu'elle posait la question, Bourne et Dwight lui répondaient avec patience et sollicitude, répétant inlassablement qu'ils n'en savaient pas plus qu'elle.

Lors de ses rares visites, durant lesquelles il semblait s'intéresser presque exclusivement à la petite Georgina, William Hoyt cherchait délibérément à se soustraire aux questions de la dame, donnant l'impression qu'il savait quelque chose qu'il ne voulait pas dire…

Mme Slocum informa un jour Emily de son intention de le prendre à l'écart et d'insister pour qu'il lui en dise plus.

– Je le connais depuis trop longtemps pour ne pas savoir qu'il me cache quelque chose, avoua-t-elle. Mais pourquoi ? Est-ce si affreux ? Et qui cherche-t-il à protéger ? Maria ou mon mari ?

« Probablement vous-même », pensa Emily sans oser le dire. Elle avait remarqué l'empressement avec lequel John Slocum avait quitté le domicile familial pour partir à la recherche de Maria. La façon dont il avait salué sa femme à son départ lui avait également laissé une désagréable impression. Si William Hoyt avait un jour été subjugué par le charme dont pouvait faire preuve Maria, il devait vraisemblablement savoir que le Révérend n'y restait pas insensible non plus.

Le moment venu, Emily s'éloigna de la maison pour faire une promenade avec la petite Georgina, voulant laisser autant d'intimité à Mme Slocum et M. Hoyt qu'elle le pouvait. Puisque Mme Slocum se confiait de plus en plus souvent à elle, elle croyait bien qu'elle la tiendrait au courant de ce que Hoyt lui apprendrait.

À son grand étonnement, elle trouva à son retour Mme Slocum enfermée dans sa chambre, refusant d'en sortir. Que pouvait bien lui avoir dit Hoyt ? Ce n'est que le lendemain que la femme sortit enfin de son isolement, la tête haute et l'air digne, mais les yeux gonflés et rougis d'avoir pleuré toute la nuit. De toute évidence, la situation tournait au drame. Emily était plus troublée que jamais. Elle ne savait plus quoi faire ni à qui se confier. Cette cause que le Révérend avait si noblement épousée était vraisemblablement sur le point de briser son foyer. Malheureusement, comme au moment où cette histoire avait débuté, Emily ne pouvait rien faire d'autre que de continuer à jouer son rôle de spectatrice silencieuse.

Juste à l'instant où elle allait elle-même se mettre à pleurer, la porte d'entrée s'ouvrit. Le Révérend John Slocum était de retour chez lui. Seul.

De retour dans sa demeure, le Révérend n'avait pas perdu de temps pour convaincre ses acolytes de s'y rassembler une fois de plus. En descendant dans le salon, Emily sentit les yeux des quatre hommes se poser sur elle. Depuis ces derniers mois, elle avait fait partie du décor et personne n'avait vraiment fait attention à elle.

– Ma chère mademoiselle Taylor, dit le Révérend à Emily, alors qu'elle se demandait si elle devait s'installer près de la fenêtre ou tourner les talons, auriez-vous, je vous prie, l'amabilité de préparer tous les effets de Mlle Monk et de les lui faire porter à l'hospice ? Elle ne séjournera plus ici désormais.

– Mais…, fit timidement Emily, qu'en sera-t-il de la petite Georgina ?

– Je crois qu'il serait mieux qu'elle demeure ici, intervint Hoyt avant que Slocum ait le temps de répondre.

Le Révérend hocha la tête en guise d'assentiment. Tout semblait avoir été dit ; du moins, tout ce qu'il fallait qu'Emily sache. Elle remonta dans la chambre et se mit à emballer toutes les choses de Maria dans un sac de toile. Le mystère s'épaississait de plus en plus. Après plus de trois semaines d'absence, Maria était donc revenue à New York, probablement avec le Révérend Slocum. Mais où était-elle passée, tout ce temps ? Et pourquoi était-elle partie ? Comment avait-il su où commencer ses recherches dans une grande ville comme Philadelphie ? Comment avait-il fait pour la retrouver et la ramener ? Emily devinait qu'elle ne le saurait peut-être jamais et elle en vint presque à souhaiter qu'on rouvre le débat afin d'apprendre quelque chose.

Cela ne fut pas nécessaire. Moins de deux semaines plus tard, le second livret des affreuses révélations de Maria Monk fut publié. Emily s'empressa de mettre la main sur un exemplaire. Elle alla elle-même se le procurer : un achat anodin mais qui néanmoins la rendit mal à l'aise. Moins convoité que le premier tome en raison de l'absence de publicité tapageuse autour de sa sortie, le livret attirait principalement les gens en quête de sensationnalisme, les curieux et les commères – même s'il était moins bien garni que le premier de ces détails lubriques qui en avaient fait sourciller plusieurs. Il était clair que la majorité des gens commençait à se désintéresser de la cause.

Dès les premières pages, Emily put constater que ces écrits n'avaient pas été dictés par Maria. Les mots utilisés et les tournures de phrases ne ressemblaient en rien à la façon dont la jeune femme s'exprimait. De plus, Emily savait trop bien qu'elle n'avait collaboré que très peu à ce second ouvrage.

Elle y apprit néanmoins des choses particulièrement intéressantes que Maria avait omises lorsqu'elle avait relaté son histoire la première fois. Par exemple, il y avait de plus amples détails sur les trois religieuses – deux sœurs de sang et leur cousine – qui n'avaient pu supporter la triste réalité du couvent et avaient choisi de s'enlever la vie à peine quelques jours après avoir prononcé leurs vœux. Un court passage relatait, de façon tristement pathétique, comment les trois corps avaient été découverts, gisant dans leur sang, un matin au réveil. Elles s'étaient taillé les veines au moment de se coucher et s'étaient endormies pour ne plus jamais se réveiller. Elles n'avaient pas eu droit à des funérailles et leurs corps, plutôt que d'être enterrés sous le plancher de la chapelle, avaient été jetés dans le gouffre de la cave sans autre cérémonie.

Un peu plus loin, Maria mentionnait aussi qu'elle avait éventuellement appris ce qu'il arrivait aux sœurs qui étaient grosses et qui disparaissaient mystérieusement, pour ensuite revenir au moment d'accoucher. Bien qu'elle eût indiqué dans le premier tome de ses révélations qu'elle n'en savait rien, elle déclarait cette fois-ci que les religieuses allaient attendre clandestinement la fin de leur terme dans un autre couvent – celui de l'île des Sœurs, tout juste au large de Montréal. Emily trouvait cette information plutôt incongrue, se souvenant très bien que Maria avait affirmé avoir demandé à Jane Ray pourquoi les sœurs grosses disparaissaient pour quelque temps, mais qu'elle n'avait jamais obtenu de réponse. De plus, Emily ne comprenait pas pourquoi les femmes enceintes se faisaient mettre à l'écart de la sorte, puis revenaient au couvent tout juste au moment d'accoucher. Ces allers et retours n'avaient simplement pas de sens pour elle et Maria n'offrait aucune explication.

Il y avait également de brefs passages mentionnant la venue de Frances Partridge à New York, mais n'expliquant pas pourquoi ni comment elle avait réussi à y retrouver Maria. Frances elle-même n'avait aucune révélation à ajouter à celles de Maria : elle corroborait tout ce que celle-ci avait dit et elle était prête à en témoigner devant Dieu et les hommes. Emily en fut à peine surprise, n'ayant elle-même jamais entendu Frances parler du temps qu'elle avait passé au couvent, sauf lorsque questionnée par William Stone dans le cadre du débat.

Ce qui la sidéra, par contre, était la description que Maria faisait de son récent voyage à Philadelphie. Elle déclarait qu'elle avait été prise au piège par six prêtres, alors qu'elle se promenait dans les rues de New York, puis forcée de prendre place à bord d'un bateau à vapeur. Parmi ces six hommes, elle identifiait le père Phélan et le père Dufresne, mais disait ne pas connaître les quatre autres prêtres, qui s'exprimaient en anglais. Une fois arrivée à Philadelphie, elle avait été emmenée dans un couvent à vocation hospitalière, semblable à celui de l'Hôtel-Dieu, où elle avait été séquestrée durant quatre jours avant de réussir à s'enfuir. Dans l'esprit d'Emily, il ne faisait plus aucun doute désormais que c'était de cet endroit que parlait John Slocum au moment où il avait annoncé son intention d'aller retrouver Maria. De toute évidence, les membres du mouvement étaient informés de l'existence de ce couvent et Emily se doutait bien que ses occupants étaient coupables des mêmes agissements que ceux de Montréal.

Il était également clair que cet enlèvement raté avait été planifié par le clergé catholique qui désirait faire taire la jeune femme. Mais bien qu'elle donnât une excellente description des faits et des gens impliqués, Maria passait sous silence certains éléments, ce qu'Emily trouvait plutôt bizarre. Comment les prêtres avaient-ils réussi, en plein jour, à la faire monter sur ce bateau contre son gré ? Le voyage avait duré plusieurs heures, pourquoi Maria n'avait-elle pas cherché à alerter quelqu'un sur le bateau ? Emily repensa au nombre de fois où Maria lui avait affirmé qu'elle se sentait beaucoup plus en sécurité à New York qu'à Montréal, parce que la majorité des gens y étaient protestants. Comment Maria aurait-elle donc pu croire que personne sur le bateau ne lui serait venu en aide ?

Et même une fois en fuite de ce couvent, comment avait-elle réussi à rejoindre John Slocum et à rentrer avec lui à New York ? L'avait-il aidée à en sortir ? Il n'y avait aucun détail sur cette partie de son aventure. Emily trouvait aussi étrange que personne n'ait soufflé mot de cet enlèvement dans la maison des Slocum. Une histoire si inusitée n'aurait certainement pas manqué d'alimenter bien des conversations… De plus, pourquoi Maria devait-elle loger à l'hospice désormais ? Bref, encore une fois les lecteurs en quête de réponses seraient laissés sur leur appétit. Emily se dit que, le temps aidant, elle finirait bien par tout savoir.

Chapitre XVIII

La réaction à la publication du livret, même si moins prononcée que lors de la parution des premières révélations de Maria, n'en fut pas moins bouleversante. L'année précédente, lorsque la série d'articles avait paru dans le *American Protestant Vindicator*, Maria logeait encore chez les Slocum. Elle avait donc été protégée des regards indiscrets et des questions de ceux qui voulaient en savoir plus long. Mais maintenant qu'elle vivait à l'hospice, la situation était tout autre.

Quelques-unes des pensionnaires de l'hospice avaient tenté de la questionner. Certaines étaient mues par une curiosité quasi enfantine, tandis que d'autres, plus sceptiques quant à ces révélations, cherchaient à surpasser William Stone et à la prendre en défaut, comme il l'avait fait lors du débat public. Bien que Frances logeât déjà à l'hospice depuis quelque temps, personne ne semblait la voir comme une source de renseignements. On n'en avait que pour Maria. L'amitié qui avait autrefois uni les deux femmes s'était visiblement dissoute. S'étant créé plusieurs amies, Frances avait entrepris de se refaire une nouvelle vie et ne paraissait nullement intéressée à remettre sur le tapis la question de ce qu'elle avait vécu au couvent de

Montréal. Maria, toujours aussi mystérieuse et renfrognée, était celle vers laquelle toutes les questions étaient dirigées. L'effet fut catastrophique.

En moins d'une semaine, Maria reprit l'attitude inquiète qu'elle avait dans les premiers jours suivant son arrivée à New York : terrassée la nuit par d'horribles cauchemars, se réfugiant le jour dans un mutisme et un détachement aux limites de la raison. Contre toute attente, ce fut Mme Slocum qui intervint pour qu'on ne harcèle pas Maria de questions.

– N'oubliez pas que cet établissement vous offre le gîte et le couvert, avertit-elle les pensionnaires rassemblées un matin dans la grande salle. En retour, nous exigeons de toutes que vous vous respectiez les unes les autres. Je vous rappelle que cette affaire est devant les tribunaux. Les hommes de loi étudieront les faits et eux seuls seront en mesure de juger. En attendant, je vous prie de bien vouloir laisser Maria en paix, sous peine d'expulsion immédiate.

Emily savait fort bien que Mme Slocum n'irait jamais si loin. Cependant, le message fut bien compris et les questions cessèrent. Mais le mal était déjà fait : même si les cris et les gémissements nocturnes de Maria s'atténuèrent graduellement, elle fut soudainement prise de nausées matinales. Au début, Emily attribua ces malaises à tous les chambardements que Maria avait dû vivre, d'abord en se retrouvant à Philadelphie, puis en se voyant obligée de loger à l'hospice, alors qu'elle avait visiblement pris ses aises dans la grande maison des Slocum. De plus, le fait de ne plus être à proximité de sa fille, même si elle n'en parlait que très peu, devait lui causer de la peine.

Au bout de quelques jours, une des pensionnaires, nommée Priscilla, prit Emily à l'écart et essaya de lui soutirer quelque confidence.

– Qu'en est-il de ces malaises dont Maria semble prise tous les matins ? On pourrait croire que la nourriture que l'hospice nous offre est avariée, tellement elle est malade...

– Je ne crois pas, répondit Emily. Si c'était le cas, il me semble qu'elle ne serait pas la seule...

Avant même qu'elle eût fini sa phrase, une autre pensionnaire, la vieille Elizabeth, s'approcha en riant, ayant entendu ce qui venait de se dire.

– Êtes-vous vraiment si ignorantes ? demanda-t-elle. N'avez-vous point compris encore de quoi souffre notre jolie Maria ?

Devant les regards confus d'Emily et de Priscilla, elle se mit à rire de plus belle.

– Seriez-vous devenues aveugles ? Il vous suffit de la regarder un peu, mes pauvres filles ! N'avait-elle pas repris sa taille de jeune fille, après la naissance de la petite Georgina ? Et n'avez-vous pas constaté combien elle a grossi récemment ?

Ces paroles firent naître dans l'esprit d'Emily des images qui la ramenèrent plusieurs mois en arrière, à ce premier soir où Maria avait fait irruption dans le cours jusque-là tranquille du modeste établissement : Maria présentait à l'époque, en dépit du fait qu'elle n'avait pu manger à sa faim depuis sa fuite de Montréal, une taille épaisse et une poitrine gonflée qui avaient trahi son état. Une fois la petite Georgina sevrée, Maria avait effectivement repris une taille svelte. Mais, soudainement, Emily se rendait compte que la vieille Elizabeth avait raison. Mise devant une telle évidence, Emily ne put qu'affronter la triste vérité : Maria Monk était de nouveau enceinte.

Depuis que Maria avait définitivement quitté la maison des Slocum, il semblait à Emily que la relation du couple s'en portait mieux. Le Révérend n'avait pas renoncé à son idée de dénoncer les religieuses et les prêtres de Montréal pour tout ce qu'ils avaient fait subir à Maria – et ce qu'ils faisaient encore subir aux autres religieuses, selon lui. Par contre, MM. Bourne et Dwight avaient réussi à lui faire comprendre qu'il ne pouvait rien faire de plus. Ils se devaient d'attendre la décision du juge McPherson.

Comme Mme Slocum paraissait nettement plus sereine et surtout plus heureuse, Emily ne vit aucun mal à lui confier ses doutes quant à la condition de Maria. Le plus problématique était qu'elle ne pouvait pas comprendre comment Maria avait pu se faire engrosser, puisque depuis son arrivée à New York elle n'avait eu aucun soupirant. Peu importait, il fallait qu'elle le signale.

Un après-midi où la dame, en compagnie de Hannah Lowell, achevait de faire les comptes de l'hospice dans le bureau de son mari, Emily osa aller leur en parler. Jamais encore elle n'avait eu l'audace d'émettre une opinion personnelle ou un jugement sans qu'on lui ait d'abord demandé son avis, aussi se sentait-elle légèrement mal à l'aise. Mais elle se disait que, si elle avait raison, l'état de Maria pourrait causer du tort à la cause du mouvement nativiste et il fallait en avertir les dirigeants. Elle ne pouvait trouver l'audace d'en parler au Révérend lui-même, encore moins à M. Hoyt. Décidément, Mme Slocum était la seule à qui Emily pouvait faire part de ses soupçons.

Mais à peine avait-elle informé les deux femmes de ses doutes que la réaction de Mme Slocum lui fit amèrement regretter de ne pas s'être tue. La femme la regarda sans dire un mot, se montrant à peine surprise de cette déclaration. Emily vit tout de suite ses yeux s'emplir de larmes. Un instant plus tard, Mme Slocum quittait précipitamment la pièce. Profondément bouleversée, Emily se tourna vers Mme Lowell.

– Peut-être aurais-je dû me taire, dit-elle à la dame avec un pâle sourire.

– Ce n'est pas votre faute, ma chère Emily, lui répondit Mme Lowell avec compassion. Vous n'avez fait que ce que vous croyiez être juste. Mais, voyez-vous, être mise devant cette triste évidence ne fait que nourrir les affreux doutes que Mme Slocum entretient déjà au sujet de Maria et de son mari, et de ce qui a bien pu se passer entre eux durant ce temps où ils se sont retrouvés seuls à Philadelphie…

Emily ne fut pas sûre de comprendre exactement ce que Mme Lowell voulait dire. L'idée que le père de l'enfant de Maria puisse être nul autre que le Révérend lui-même lui semblait totalement incongrue. Cette fois-ci, sa pudeur et la révulsion qui commençait à poindre en elle lui dictèrent de se taire et elle se résolut à ne plus poser de questions.

Trois jours plus tard cependant, une autre nouvelle traversa la ville avec l'effet d'une tornade – une nouvelle que personne ne put ignorer : le juge McPherson, à la suite de ses discussions avec les gens ayant participé au débat public, était d'avis que les révélations qu'avait faites Maria, bien que douteuses selon plusieurs, méritaient d'être examinées plus attentivement. Il avait même réussi à obtenir la collaboration des autorités montréalaises.

John Slocum, William Hoyt, George Bourne et William Leete Stone furent convoqués par le juge et informés qu'il recommanderait la formation d'un comité ayant pour objectif l'inspection du couvent de l'Hôtel-Dieu, à Montréal. Quatre hommes, accompagnés de quatre personnes considérées comme faisant partie de l'élite sociale de Montréal, seraient admis dans le couvent ; on leur laisserait le champ libre pour aller où bon leur semblerait. Depuis la récente création du diocèse de Montréal, l'évêque, Jean-Jacques Lartigue, s'était dit déterminé à innocenter le clergé de manière définitive. Après tout, il s'était lui-même vu incriminer dans le premier tome des révélations de Maria.

Mais alors que John Slocum, George Bourne et Theodore Dwight se montraient plus qu'heureux de cette décision, William Hoyt s'avoua réticent.

– Ce ne sera qu'une perte de temps, déclara-t-il en protestant. Bien entendu, ils ont eu amplement le temps de faire disparaître toute trace du séjour de Maria au couvent de l'Hôtel-Dieu. Maria a elle-même nommé Lartigue comme étant complice de tous ces agissements criminels. Et maintenant il serait prêt à montrer patte blanche ? À mon avis, il doit être persuadé d'avoir bien éliminé toutes les preuves dont nous aurions besoin.

– Croyez-vous ? objecta Theodore Dwight. Ce n'est pas si facile de modifier les structures portantes d'un tel édifice. Maria nous a bien dit que les cachots de la cave étaient fermés avec des grilles de métal scellées dans la pierre. Ce serait un travail herculéen que de les retirer et de combler les espaces vides. Avec son aide, vous saurez exactement où chercher. De plus, il est facile pour un œil expert de faire la différence entre un mur récemment refait et un autre datant du début de la construction du couvent.

William Hoyt ne répondit pas. De toute évidence, il ne voulait pas se rendre à Montréal et Emily soupçonna même qu'il désirait désormais se détacher de cette entreprise. Son tempérament avait drastiquement changé depuis la fin du débat public, et sa bonne humeur légendaire avait fait place à une triste sévérité, comme si la suite probable des événements commençait à sérieusement l'embêter.

Il se présenta un matin à l'hospice en demandant à rencontrer Maria, qui d'abord refusa de le recevoir. Au bout d'un moment, voyant que son insistance n'obtenait aucun résultat, il s'adressa à Abigail Slocum pour la prier d'intercéder en sa faveur.

– Je suis prête à vous aider, accepta-t-elle en l'attirant à l'écart, mais en retour je dois vous demander de faire quelque chose pour moi...

Emily n'entendit pas la fin de sa phrase, ce qui ne fit qu'attiser son intérêt. Pouvait-il s'agir de Georgina ? Depuis qu'elle était retournée chez ses parents, Emily ne savait plus ce qui se passait chez les Slocum, mais elle était confiante que la petite ne manquerait de rien avec eux. Elle ne pouvait s'empêcher de se trouver bien sentimentale de souhaiter voir le couple Slocum adopter la jeune enfant dont la mère ne parlait presque plus. Emily se savait plutôt naïve, mais il lui semblait bien que ce serait la solution idéale.

Le lendemain, le Révérend Slocum annonça qu'il ne serait pas du voyage à Montréal, et Emily comprit en quelque sorte quelle avait été cette faveur que Mme Slocum avait demandée à M. Hoyt la veille. John Slocum n'expliqua pas sa décision, mais Emily sentit tout de suite que William Hoyt, sous la direction de Mme Slocum, avait réussi à le dissuader de s'y rendre.

– Très bien, répondit George Bourne avec philosophie, j'irai seul avec Hoyt.

– Parfait, annonça celui-ci, non sans réticence. Je prendrai des arrangements pour que nous puissions partir après-demain.

Ce fut la dernière fois que l'on vit William Hoyt à New York. Plus tard ce soir-là, le Révérend reçut un message urgent. Un jeune homme se présenta à son domicile pour lui remettre une grande enveloppe contenant de l'argent, un billet de train pour M. Bourne et une lettre de Hoyt indiquant qu'il avait quitté la ville et qu'il désirait se retirer définitivement de toute cette affaire. Lui non plus n'expliquait pas sa décision. Il ne révélait ni sa destination ni la teneur de son entretien avec Maria la veille, et celle-ci était également restée muette à ce sujet.

Cette missive d'adieu fut reçue avec pragmatisme. En écoutant les conversations des hommes, Emily comprit rapidement que le choix de Hoyt ne les surprenait pas. Elle avait donc deviné juste. Et peu importe où il était parti, tous semblaient d'accord pour dire qu'il ne reviendrait pas de sitôt.

Une fois Bourne en route pour Montréal, la maisonnée des Slocum dut se résoudre à une autre longue attente. Seule Georgina, qui devenait une petite fille espiègle, avait le don de briser la routine. Emily venait la voir presque tous les jours, s'étant vite aperçue qu'Abigail Slocum, même si elle continuait de l'héberger, ne la portait pas vraiment dans son cœur. Ses espoirs de voir l'enfant vivre chez les Slocum en permanence commencèrent à s'émousser.

À l'hospice, jour après jour, la vie reprenait son cours. À l'annonce du départ définitif de William Hoyt, Maria n'avait montré aucune émotion. Si elle avait jadis entretenu de tendres sentiments pour lui, ils avaient fort probablement disparu. Par contre, lorsqu'on lui avait appris que des gens se rendraient finalement visiter le couvent de fond en comble, elle avait manifesté une grande instabilité d'humeur. Son ventre grossissait presque à vue d'œil. Elle n'avait pas demandé à se rendre à Montréal avec M. Bourne, car, dans son état, cela aurait été impensable, non seulement pour des raisons de santé, mais aussi parce cela aurait semblé justifier la piètre opinion que les gens de là-bas – tout comme William Stone – avaient déjà d'elle.

Elle n'avait pas révélé l'identité du père de son enfant, même si elle n'avait pas nié sa grossesse. Elle passait de l'inquiétude la plus profonde à une insouciance déconcertante. À certains moments, elle se montrait volubile et rieuse pour, l'instant d'après, redevenir silencieuse et sombre. Le tout tracassait Abigail Slocum qui, en dépit des rumeurs qui circulaient au sujet de son mari et de la grossesse de Maria, se préoccupait de la future mère plus que jamais.

Une autre rumeur courait, celle-ci à l'effet que la bonne Mme Slocum avait trouvé un homme qui serait prêt à épouser Maria pour lui donner, à elle et à ses enfants, une vie décente.

De son côté, John Slocum, malgré le fait qu'il eût été informé de sa condition, n'était pas revenu voir Maria. Lui aussi s'était détaché d'elle comme l'avait fait Hoyt.

Maria semblait avoir le don de charmer les hommes qu'elle ciblait, pour ensuite les voir s'éloigner d'elle complètement.

La vie à l'hospice était grandement affectée par la présence en ses murs de Maria Monk. Même si personne désormais ne lui posait de questions et ne lui parlait de sa grossesse, les rumeurs au sujet de Maria allaient bon train et perturbaient la quiétude des lieux.

Un après-midi, alors que la future mère semblait sans contredit de bonne humeur, Emily décida d'emmener Georgina faire une visite à l'hospice, sachant qu'elle apportait toujours la joie dans la grande salle. Les pensionnaires ne se lassaient jamais de la cajoler tour à tour, ce qui plaisait beaucoup à la petite fille.

Vers la fin de l'après-midi, alors qu'Emily à contrecœur se résignait à ramener l'enfant chez les Slocum, quatre hommes firent soudainement irruption dans l'hospice et demandèrent à voir Maria : tout juste de retour de Montréal, George Bourne amenait avec lui John Slocum, Theodore Dwight et – à la grande surprise d'Emily – William Leete Stone. Leur arrivée et surtout les airs qu'ils affichaient tous ne présageaient rien de bon. D'instinct, Emily prit Georgina dans ses bras et s'installa avec elle un peu à l'écart, voulant la protéger de la tempête qu'elle sentait se préparer, mais aussi désireuse d'entendre ce que Bourne avait à rapporter.

Seul William Stone arborait un grand sourire. Maria eut tout d'abord un mouvement de recul en le voyant. Elle se tourna vers Mme Slocum et lui lança un regard désespéré, comme si elle implorait sa protection. Elle se leva et parut désorientée pendant quelques minutes, faisant quelques pas au hasard en regardant tour à tour les gens qui l'observaient silencieusement. Le cœur d'Emily se serra en la voyant visiblement au bord des larmes, et elle craignit qu'elle ne perde complètement l'esprit. Un moment plus tard cependant, Maria se calma soudainement et retourna sagement s'asseoir.

Mme Slocum mit de côté son gros panier à ouvrage et s'avança pour accueillir les quatre hommes. De toute évidence, elle n'avait pas été informée du retour de Bourne et de Stone à New York, et encore moins de leur intention de venir tout de suite à l'hospice. Dans la grande salle, toutes les femmes se figèrent en retenant leur souffle, comme si le moment du jugement dernier avait enfin sonné.

En les regardant, Emily ne put croire ce qu'elle lisait dans les yeux du Révérend, de M. Bourne et de M. Dwight : colère, incrédulité, abattement, déception, tristesse. Elle crut qu'ils allaient prendre Maria à part dans le bureau du Révérend pour lui annoncer les résultats de la visite de Bourne à Montréal, mais ils choisirent plutôt de lui parler dans la salle même, devant toutes les femmes qui se tenaient à peine en retrait. Abigail Slocum fut la première à briser le lourd silence qui avait accompagné leur entrée.

– Alors, monsieur Bourne, qu'avez-vous donc découvert au couvent de l'Hôtel-Dieu ?

– Absolument rien ! tonna son mari à la place de Bourne, en fustigeant Maria du regard.

– Allons donc ! poursuivit Mme Slocum avec surprise, ne sachant plus à qui adresser sa question. Le juge avait annoncé que vous deviez avoir accès à tout l'édifice, ainsi qu'à l'hôpital. Vous ont-ils empêchés de faire votre inspection ?

– Au contraire, répondit Bourne d'une voix lasse. Nous avons vu tout ce qui est possible de voir dans ce couvent.

– Absolument tout, ajouta Stone en souriant.

– Et alors ?

– Cela ne ressemble en rien à ce que Maria nous avait décrit.

– En rien du tout, répéta Stone.

– Bien entendu, fit Maria d'une petite voix, tout en tentant de se lever pour s'avancer vers eux. Ils ont tout modifié.

S'affalant de nouveau sur sa chaise, elle se mit à pleurer doucement. Theodore Dwight s'approcha et, péniblement, s'agenouilla devant elle en lui prenant les mains.

– Ma pauvre enfant, fit-il d'une voix empreinte de pitié. Ils ont tout inspecté, de la cave au grenier…

– Nous avons même testé le mortier avec un pic, interrompit William Stone d'un air triomphant. Nous avons inspecté minutieusement chaque boiserie pour nous assurer qu'elles dataient toutes de l'époque de la construction du couvent…

– Oui, mais M. Hoyt avait la preuve, protesta faiblement Maria. Il avait la copie d'un article de journal indiquant que des travaux avaient bel et bien été entrepris au couvent…

– Peut-être, mais Hoyt est parti, dit M. Dwight, toujours agenouillé devant elle. Et il ne nous a rien laissé de cet article qu'il avait supposément trouvé. Nous n'avons que sa parole et, à présent, elle ne vaut plus grand-chose…

– Et qu'importe cet article que personne d'autre ne semble avoir vu, continua Stone. Nous avons tout inspecté dans les règles de l'art. Il n'y a aucune porte, aucune chambre, aucun cabinet que nous n'ayons fait ouvrir. Chaque appartement, chaque étage a été examiné pour savoir s'il y avait été fait ou non quelque altération, changement ou division, nouvelle ouverture, crépissage ou peinture des murs. Nous avons établi sans l'ombre d'un doute qu'il aurait été impossible de défaire ou construire quoi que ce soit sans que cela paraisse…

– Vous vous êtes fait rouler de nouveau, le défia Maria en levant vers lui un visage baigné de larmes.

– Assez avec cette rengaine ! rugit Stone en se fâchant soudainement. Nous étions accompagnés de John Frothington, président de la banque de Montréal, et d'un couple de Montréalais bien en vue, M. et Mme Shepherd. Tous des gens d'allégeance protestante, des gens dont la réputation est plus que solide et qui étaient dans un premier temps tous prêts à vous croire. Il y avait également avec nous le révérend Esson, que vous connaissez bien vous-même. Ce sont là des gens dont l'opinion ne peut simplement pas être mise en doute. Nous sommes ressortis de cet endroit ensemble, unanimement convaincus que vous n'y aviez jamais mis les pieds ! Et tout aussi convaincus que tout ce que vous aviez raconté était faux ! Personne n'a jamais entendu parler de vous ni de Frances Partridge dans ce couvent ! Personne ! Ni les religieuses ni les engagés que nous avons questionnés !

À ces mots, toutes les pensionnaires se mirent à fouiller la salle du regard, cherchant à voir la réaction de Frances. Bizarrement, elle semblait avoir disparu…

– Où est Frances ? demanda Mme Slocum avec une pointe d'inquiétude.

– Elle… elle est partie par l'arrière, alors que ces messieurs rentraient…, déclara timidement une des pensionnaires.

La colère de Stone fit place tout à coup à un large sourire de satisfaction, mais il ne répondit pas.

Maria se tourna de nouveau vers Mme Slocum.

– Je n'ai pas menti, fit-elle en pleurant doucement. Tout est vrai, je vous le jure. Je n'ai rien inventé… J'en fais encore des cauchemars…

– C'est justement là le problème, fit Dwight avec douceur. Vous ne pouvez faire la différence entre ces rêves qui vous terrassent et la réalité. Nous savons par plusieurs personnes qui vous ont connue à Montréal que vous êtes sujette à ce genre de fabulation. C'est très malheureux, mais c'est un fait… Cette instabilité remonte à plusieurs années, et c'est elle qui vous a menée à une vie de perdition. Jamais vous n'avez été admise au couvent de l'Hôtel-Dieu ni dans aucun autre couvent. Cette rancœur que vous entretenez contre le père Phélan et toutes ces horribles choses que vous attribuez aux autres prêtres qui vous auraient, selon vous, violée… c'est en fait contre vos clients que vous en avez… Dieu sait pourquoi, le tout s'est simplement mêlé dans votre esprit…

Sans s'occuper de ce qu'il disait, Maria continuait de s'adresser à Mme Slocum.

– Ils ont également dû faire disparaître le corps de sœur Saint-Barnabé. Elle doit être morte à présent. N'ont-ils rien vu dans les cachots ?

– Il n'y a pas de cachots, Maria, intervint George Bourne d'un ton accusateur. Il n'y a pas de cave telle que vous nous l'avez décrite.

– Mais le tunnel menant au séminaire, vous avez bien dû le voir ?

– Il est impossible de concevoir un tunnel entre le couvent et le séminaire, répondit Bourne. Vous devriez le savoir, si vous étiez allée vraiment au couvent. Les fondations de l'église Notre-Dame y feraient obstacle.

– Mais il y a un tunnel ! protesta Maria. Je ne l'ai pas imaginé ! Peut-être l'entrée se trouve-t-elle dans l'église même…

– Oui, il y a un tunnel, dit Stone en se penchant vers elle. Nous l'avons même exploré…

À ces mots, Maria reprit son sourire et regarda tour à tour Emily et Mme Slocum avec espoir.

– Mais il mène de l'autre côté, reprit Stone. Vers le sud. Il passe sous la rue Saint-Paul et permet aux religieuses de se rendre au fleuve pour puiser l'eau servant à la lessive et pour jeter leurs déchets. Voilà également une chose que vous devriez savoir.

Maria parut atterrée et se mit à sangloter. Visiblement en colère et ne tenant pas compte de ses larmes, le Révérend Slocum prit de nouveau la parole et s'avança vers elle.

– Vous nous avez menti, Maria Monk ! tonna-t-il en rageant. Vous avez inventé cette histoire – Dieu sait pourquoi – et vous avez réussi à nous en convaincre. Vous avez aussi inventé cette histoire d'enlèvement à Philadelphie. Nous savons que le père Phélan et le père Dufresne n'ont pas quitté Montréal depuis des années. Et ce couvent sur l'île où vous disiez que les religieuses allaient vivre leur grossesse : il appartient en fait à une tout autre communauté ! Et ces religieuses y exploitent la terre avec de braves paysans, qui n'ont jamais entendu parler de vous ! Tout cela n'était que mensonges ! Quand je pense que je vous ai crue... Quand je pense que...

Il s'affala sur une chaise et se cacha le visage dans les mains. Pendant un moment, ses pleurs et ceux de Maria furent les seuls sons perceptibles dans la grande salle. Il se releva brusquement.

– Nous savons désormais hors de tout doute que vous n'étiez pas religieuse au couvent de l'Hôtel-Dieu avant de quitter Montréal pour venir à New York, continua-t-il en reprenant son air digne. Vous étiez par contre internée à l'Asile de la Madeleine, où l'on réforme les femmes de mauvaise vie. Bourne et Stone s'y sont rendus et ont constaté que la description que vous aviez faite du couvent et de sa routine s'applique en fait à cette institution. C'est là que vous avez appris les noms des prêtres du séminaire, car ils y venaient régulièrement pour dire la messe. Vous en avez été renvoyée parce que vous étiez enceinte. Vous aviez également été réprimandée à plusieurs reprises pour avoir conversé avec un homme qui escaladait la clôture du jardin pour venir vous rendre visite ; un homme qui nous a été décrit comme ayant les cheveux bouclés, couleur de cuivre...

À ces mots, tous les regards se posèrent sur la petite Georgina qui était sagement assise sur les genoux d'Emily et qui ne paraissait nullement consciente de la gravité de la situation. Emily baissa également les yeux vers la toison rousse et bouclée de la fillette et se demanda tout à coup comment elle n'avait pas pu voir la ressemblance entre l'enfant et M. Hoyt. Tout devenait clair dans son esprit : les traits que partageaient l'homme et la petite, la raison des rendez-vous secrets entre Maria et Hoyt, la familiarité dont le couple avait fait preuve durant le voyage à Montréal, puis le départ précipité et sans raison apparente de l'homme…

Ses pensées furent brutalement interrompues par un grand cri de Maria. Car la dernière révélation du Révérend Slocum avait anéanti la jeune femme : redressant soudainement la tête, elle avait levé les yeux vers le plafond. Ses sanglots, d'abord à peine perceptibles, se transformèrent rapidement en un long gémissement, qui se changea à son tour en un hurlement hystérique. Son cri fit écho dans la salle, comme la plainte d'un animal à l'agonie, glaçant le sang de toutes les pensionnaires qui la regardaient, figées de stupeur et d'effroi.

L'instant d'après, Maria Monk s'effondra. George Bourne, secondé par William Stone, aidèrent Emily à la transporter à l'étage, tandis qu'Abigail Slocum se précipitait dans les bras de son mari.

– Qu'adviendra-t-il d'elle ? demanda timidement Emily comme si elle se parlait à elle-même. Et qu'adviendra-t-il de ses enfants ?

– J'ai confiance qu'en épousant M. St. John elle se remettra dans le droit chemin, répondit Abigail Slocum. Elle n'est décidément pas capable de prendre soin d'elle-même ni de ses enfants. M. St. John est un homme charitable…

– Oui, bien sûr, dit Hannah Lowell, mais on n'épouse pas une femme par esprit de charité !

– Qui sait quelles sont ses raisons, déclara Mme Slocum. Il a toujours voulu avoir une famille, mais le hasard semblait en avoir décidé autrement. Maintenant il se retrouve avec une épouse, une jeune enfant et un bébé à naître. Il s'est déclaré prêt à leur donner son nom, et surtout un foyer. Peut-être réussira-t-il à guérir Maria de ces dérangements émotifs et de cette instabilité qui la perturbe. Nous ne pouvons plus rien pour elle désormais.

– Mais, poursuivit Emily sur le même ton, elle connaissait donc M. Hoyt avant de venir ici ? Est-ce lui qui l'aurait amenée ici ? Et serait-il le véritable père de la petite Georgina ?

– Nous ne le saurons probablement jamais, répondit Mme Slocum. Et qu'importe à présent ? Il vaudrait mieux oublier toute cette affaire au plus vite. Elle ne nous a apporté que des embêtements. Quant à Maria, espérons que Dieu aura la miséricorde de lui accorder la paix, dans son cœur et dans son esprit.

– C'est à espérer, renchérit Mme Lowell. Il est vrai qu'avec beaucoup d'amour et un esprit de charité on peut accomplir beaucoup.

– Il est aussi vrai que charité bien ordonnée commence par soi-même, soupira Mme Slocum en rapprochant d'elle le grand cahier ouvert sur la table. Nous aurions bien besoin de draps et de couvertures.

– Oui, acquiesça Hannah Lowell. Comme à chaque année, avec l'hiver qui s'en vient, nous serons certainement à court bientôt…

ÉPILOGUE

Maria Monk est morte le 4 septembre 1849 à la prison de Blackwell's Island dans l'État de New York. Elle y avait été détenue pendant les deux mois précédant son décès, après avoir été surprise à voler un homme qui l'avait payée pour des faveurs sexuelles. Elle avait trente-deux ans. Elle n'était jamais revenue à Montréal.

Vers la fin des années 1830, elle avait épousé un certain M. St. John, qui avait adopté sa fille aînée, Georgina, et avait déclaré sous serment qu'il était le père de la plus jeune, Lizzie. Par la suite, Maria avait accouché d'un fils. L'année suivante, St. John avait quitté le domicile familial pour placer les trois enfants chez ses sœurs puisque Maria, ayant développé un penchant prononcé pour la bouteille, n'était plus apte à s'en occuper.

Depuis déjà quelques années, le récit dont elle se disait l'auteur avait pris son envol pour éventuellement se vendre à plus de 300 000 exemplaires, au détriment de la femme qui en était la principale protagoniste. Une fois l'histoire devenue un produit à part entière, celle qui en était à l'origine ne servait plus à rien. La vie de perdition qu'elle mena par la suite donna finalement raison à tous ceux qui, lors de la parution de son premier livre, avaient déclaré qu'elle n'était qu'une moins que rien.

Avait-elle donc menti ? Souffrait-elle vraiment d'une instabilité mentale qui l'aurait poussée non seulement à échafauder cette horrible fable, mais aussi à en être elle-même profondément convaincue ? Ou alors la folie dont elle a souffert jusqu'à sa mort était-elle un résultat direct d'affreux événements dont elle avait été victime et qui auraient pu, comme elle le prétendait, être habilement camouflés par le clergé montréalais ?

Ceux qui se sont penchés sur ce triste épisode et en ont déduit que le tout n'était que fabulation n'ont jamais pu se mettre d'accord sur la véritable origine de cette histoire. D'un côté, certains affirment que Maria s'est retrouvée à New York et a raconté ce fabuleux mensonge à des gens qui s'y sont laissé prendre, puis ont accepté de bonne grâce de publier son histoire pour faire savoir au monde ce dont l'Église catholique était capable. D'autres sont d'avis que l'histoire a été échafaudée par les membres mêmes du mouvement nativiste, possiblement William Hoyt, et qu'ils en ont ensuite instruit Maria en lui indiquant exactement quoi dire. Aucune de ces deux théories n'a été prouvée. Fait remarquable cependant, même après avoir été questionnée à plusieurs reprises par des gens cherchant à la prendre en défaut, Maria Monk n'a jamais changé sa version des faits. Était-elle un singe savant qui avait bien appris sa leçon ou simplement une femme qui ne pouvait oublier tous les détails de ce qu'elle avait vécu ?

Car même si l'on accepte qu'elle avait été internée à l'Asile de la Madeleine, il était notoire déjà à l'époque que ces écoles de réforme pour femmes de mauvaise vie soumettaient leurs pensionnaires à de mauvais traitements. La vie monastique qu'on y menait ressemblait étroitement à celle des couvents et le recours aux châtiments corporels n'était un secret pour personne.

Plusieurs années plus tard, la seconde fille de Maria Monk, Lizzie St. John Eckel, a publié ses mémoires. Elle affirme que sa mère a avoué à sa fille aînée, Georgina, qu'elle avait effectivement menti. Maria aurait également révélé à Georgina que son père n'était pas Patrick Phélan, mais plutôt un médecin de Brooklyn. Lizzie Eckel déclare connaître cet homme, qu'elle aurait d'ailleurs rencontré à quelques reprises, mais préfère ne pas divulguer son nom « pour lui éviter tout embarras ». Plusieurs sont d'avis que ces mémoires demeurent peu crédibles, considérant que Lizzie Eckel s'est convertie au catholicisme et a même pris le voile vers l'âge de trente ans. Cette autobiographie, que certains jugent sans grand intérêt, n'aurait en fait été qu'un prétexte pour déclarer que Maria Monk avait menti.

Quoi qu'il en soit, l'attaque dirigée contre un couvent de Montréal en 1835 a bien servi la cause du mouvement nativiste : il était peu probable que les gens en colère aillent y mettre le feu, ainsi qu'ils l'avaient fait à Charlestown quelques années auparavant. De plus, le simple fait d'avoir semé un doute dans les esprits, en cette époque où les rumeurs avaient la vie longue, aura été un accomplissement en soi. De toute évidence, personne n'avait prévu que quelqu'un se rendrait effectivement à Montréal pour vérifier les faits avancés.

Aujourd'hui, à la lumière des scandales qui ont récemment secoué le clergé catholique, plusieurs se remettent à douter. Non pas qu'ils seraient prêts à croire tout ce que Maria Monk a raconté, mais ils ne sont nullement convaincus qu'elle a entièrement menti.

L'Hôtel-Dieu et son couvent ont été complètement rasés après leur déménagement en 1875 sur leur emplacement actuel, avenue des Pins. Sur l'ancien site, les religieuses ont fait construire des entrepôts qu'elles louaient alors à des marchands faisant affaire sur le port. Plus près de nous, ces entrepôts ont été convertis en immeubles résidentiels, formant un complexe connu aujourd'hui sous le nom de Cours Le Royer.

Nul n'a jamais pu prouver hors de tout doute qu'il y avait à une certaine époque une cave où se trouvaient des cachots et un gouffre, ainsi qu'un tunnel menant au séminaire des sulpiciens. D'un autre côté, il n'a pas été prouvé non plus qu'ils n'ont jamais existé. De tout temps, des rumeurs ont couru, à tort ou à raison, concernant des souterrains secrets dans le Vieux-Montréal. On rapporte même, au début des années 1900, la découverte d'un tel passage devant l'église Notre-Dame, lorsque la rue s'est subitement effondrée. L'exploration du terrain n'a mené nulle part, mais cela n'a fait qu'ajouter au mystère.

La vérité ne sera probablement jamais connue. Je laisse aux lecteurs le soin de tirer eux-mêmes leurs propres conclusions.

Table

AUTRES TITRES PARUS
DANS LA MÊME COLLECTION

Barcelo, François, *J'enterre mon lapin*
Barcelo, François, *Tant pis*
Borgognon, Alain, *Dérapages*
Borgognon, Alain, *L'explosion*
Bouchard, Roxanne, *Whisky et paraboles* (Prix Robert-Cliche 2005)
Boulanger, René, *Les feux de Yamachiche*
Boulanger, René, *Trois p'tits chats*
Breault, Nathalie, *Opus erotica*
Caron, Pierre, *Émilienne. La naissance d'une nation. T. III*
Caron, Pierre, *Marie. La naissance d'une nation. T. II*
Caron, Pierre, *Thérèse. La naissance d'une nation. T. I*
Cliff, Fabienne, *Kiki*
Cliff, Fabienne, *Le nid du Faucon*
Cliff, Fabienne, *Le royaume de mon père. T. I: Mademoiselle Marianne*
Cliff, Fabienne, *Le royaume de mon père. T. II: Miss Mary Ann Windsor*
Cliff, Fabienne, *Le royaume de mon père. T. III: Lady Belvédère*
Collectif, *Histoires d'écoles et de passions*
Côté, Jacques, *Les montagnes russes*
Côté, Reine-Aimée, *Les bruits* (Prix Robert-Cliche 2004)
Désautels, Michel, *La semaine prochaine, je veux mourir*
Désautels, Michel, *Smiley* (Prix Robert-Cliche 1998)
Dufresne, Lucie, *L'homme-ouragan*
Dupuis, Gilbert, *Les cendres de Correlieu*
Dupuis, Gilbert, *La chambre morte*

Dupuis, Gilbert, *L'étoile noire*
Dussault, Danielle, *Camille ou la fibre de l'amiante*
Fauteux, Nicolas, *Comment trouver l'emploi idéal*
Fauteux, Nicolas, *Trente-six petits cigares*
Fortin, Arlette, *C'est la faute au bonheur* (Prix Robert-Cliche 2001)
Fournier, Roger, *Les miroirs de mes nuits*
Fournier, Roger, *Le stomboat*
Gagné, Suzanne, *Léna et la société des petits hommes*
Gagnon, Madeleine, *Lueur*
Gagnon, Madeleine, *Le vent majeur*
Gagnon, Marie, *Emma des rues*
Gagnon, Marie, *Des étoiles jumelles*
Gagnon, Marie, *Les héroïnes de Montréal*
Gagnon, Marie, *Lettres de prison*
Gélinas, Marc F., *Chien vivant*
Gevrey, Chantal, *Immobile au centre de la danse* (Prix Robert-Cliche 2000)
Gilbert-Dumas, Mylène, *1704*
Gilbert-Dumas, Mylène, *Les dames de Beauchêne. T. I* (Prix Robert-Cliche 2002)
Gilbert-Dumas, Mylène, *Les dames de Beauchêne. T. II*
Gilbert-Dumas, Mylène, *Les dames de Beauchêne. T. III*
Gill, Pauline, *La cordonnière*
Gill, Pauline, *La jeunesse de la cordonnière*
Gill, Pauline, *Le testament de la cordonnière*
Gill, Pauline, *Les fils de la cordonnière*
Gill, Pauline, *Et pourtant elle chantait*
Girard, André, *Chemin de traverse*
Girard, André, *Zone portuaire*
Grelet, Nadine, *La belle Angélique*
Grelet, Nadine, *Les chuchotements de l'espoir*
Grelet, Nadine, *La fille du Cardinal. T. I*
Grelet, Nadine, *La fille du Cardinal. T. II*
Gulliver, Lili, *Confidences d'une entremetteuse*
Gulliver, Lili, *L'univers Gulliver 1. Paris*

Gulliver, Lili, *L'univers Gulliver 2. La Grèce*
Gulliver, Lili, *L'univers Gulliver 3. Bangkok, chaud et humide*
Gulliver, Lili, *L'univers Gulliver 4. L'Australie sans dessous dessus*
Hébert, Jacques, *La comtesse de Merlin*
Hétu, Richard, *Rendez-vous à l'Étoile*
Hétu, Richard, *La route de l'Ouest*
Jobin, François, *Une vie de toutes pièces*
Lacombe, Diane, *La châtelaine de Mallaig*
Lacombe, Diane, *Gunni le Gauche*
Lacombe, Diane, *L'Hermine de Mallaig*
Lacombe, Diane, *Sorcha de Mallaig*
Laferrière, Dany, *Cette grenade dans la main du jeune Nègre est-elle une arme ou un fruit?*
Laferrière, Dany, *Le goût des jeunes filles*
Lalancette, Guy, *Il ne faudra pas tuer Madeleine encore une fois*
Lalancette, Guy, *Les yeux du père*
Lamothe, Raymonde, *L'ange tatoué* (Prix Robert-Cliche 1997)
Lamoureux, Henri, *L'infirmière de nuit*
Lamoureux, Henri, *Journées d'hiver*
Lamoureux, Henri, *Le passé intérieur*
Lamoureux, Henri, *Squeegee*
Landry, Pierre, *Prescriptions*
Lapointe, Dominic, *Les ruses du poursuivant*
Lavigne, Nicole, *Les noces rouges*
Maxime, Lili, *Éther et musc*
Messier, Claude, *Confessions d'un paquet d'os*
Moreau, Guy, *L'Amour Mallarmé* (Prix Robert-Cliche 1999)
Nicol, Patrick, *Paul Martin est un homme mort*
Racine, Marcelle, *Éva Bouchard. La légende de Maria Chapdelaine*
Robitaille, Marc, *Des histoires d'hiver, avec des rues, des écoles et du hockey*
Roy, Danielle, *Un cœur farouche* (Prix Robert-Cliche 1996)
Saint-Cyr, Romain, *Belle comme un naufrage*
Saint-Cyr, Romain, *L'impératrice d'Irlande*
Sicotte, Anne-Marie, *Les accoucheuses. T. I: La fierté*

St-Amour, Geneviève, *Passions tropicales*
Tremblay, Allan, *Casino*
Tremblay, Françoise, *L'office des ténèbres*
Turchet, Philippe, *Les êtres rares*
Vaillancourt, Isabel, *Les mauvaises fréquentations*
Vignes, François, *Les compagnons du Verre à Soif*
Villeneuve, Marie-Paule, *Les demoiselles aux allumettes*
Villeneuve, Marie-Paule, *L'enfant cigarier*

CET OUVRAGE
COMPOSÉ EN GARAMOND CORPS 14 SUR 16
A ÉTÉ ACHEVÉ D'IMPRIMER
LE DIX-HUIT JANVIER DEUX MILLE SEPT
SUR LES PRESSES DE QUEBECOR WORLD
À SAINT-ROMUALD
POUR LE COMPTE
DE VLB ÉDITEUR.

IMPRIMÉ AU QUÉBEC (CANADA)